青 · 科幻丛书

杨庆祥 主编

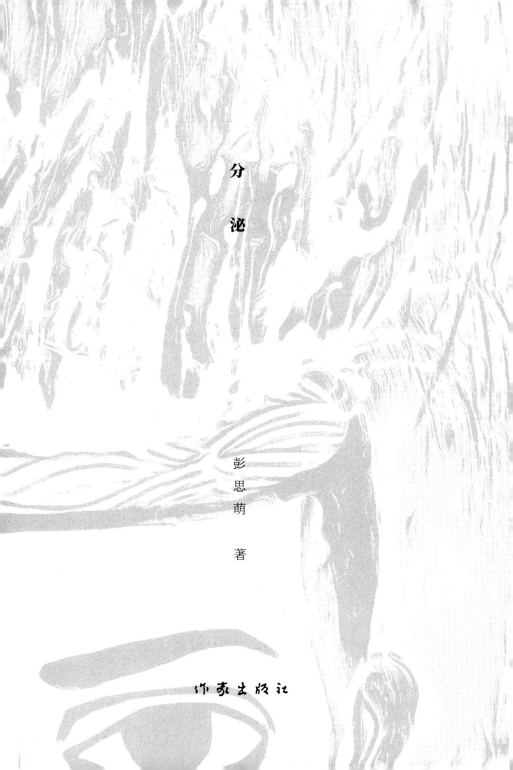

分泌

彭思萌 著

作家出版社

彭思萌

1990 年生于湖北五峰，土家族。北京师范大学文学创作专业辍学生。

主要创作科幻奇幻小说和诗歌，作品散见《花城》、《今天》、《科幻世界》、*ClarkesWorld*，并译为藏语和英、西、意几国语言发表。曾获第四届豆瓣阅读征文大赛优秀奖。《分泌》是她的第一本书。

科幻怎么写下去

杨庆祥

2018年，国产科幻电影《流浪地球》以其高质量的制作获得了良好的口碑和让资本惊喜的利润，以至于有舆论认为这意味着中国科幻时代的来临。但接下来2019年8月上映的《上海堡垒》却以其粗制滥造而让观众大跌眼镜，以至于网上流传着一句酷评："《流浪地球》为中国科幻电影打开了一扇大门，《上海堡垒》又把这扇门关上了。"因为《三体》获奖以及众多科幻作家的努力而开创的"科幻黄金年代"似乎正在呈现它的另外一面，固然国家意识形态的肯定和资本的逐利流入为科幻的发展注入了强大的外力支持，但实际上有思考能力的科幻从业者——以科幻作家为主体——都明白，支撑"科幻黄金时代"的核心动力不是那些外部因素，而是扎扎实实的作品，也就是说，如果没有推陈出新的优秀作品，如果不能在既有的题材、主题、构想上展现出新的质素，科幻也就很难继续进步。这应该不是我一个人的观感，而是一种普遍感受。我在很多次活动上听到青年科幻作家言必刘慈欣，言必《三体》，然后我就很好奇地问为什么。因为在所谓的严肃文学圈，并没有青年作家言必谈莫言、余华这样一些经典作家的情况。青年科幻作家的回答是，在科幻文学界，刘慈欣及其《三体》已经不是简单的经典化的存在，而是不可超越的高峰。在深圳参加的一次科幻会议上，青年作家私下和我交流时提到了一个观点：与严肃文学写作不同，科幻文学对于题材甚至是创意的依赖是非常严重的，往往某一个题材或者"点子"被用过一次，就不可重复使用了。在这种情况下，寻找新的题材和"点子"就变得非常困难。重复性的写作几乎没有意义，一些青年作家普遍表现出了一种难以为继的困惑和焦虑。在这种情况下，提出"科幻怎么写下去"这样的问题，就要求科幻从业者抛弃不切实际的被资本蛊惑起来的欲望，回到创造的原点，真正思考个体、技术、语言和时代之间的复杂关系，创作出足够人性化和世界化的优秀作品，推动中国科幻写作良好生态的可持续性发展。

由我主编的第一辑"青科幻"丛书在2018年4月出版发行后，业界与市场均反应良好。第二辑"青科幻"丛书收入六位青年科幻作家：阿缺、刘洋、汪彦中、王侃瑜、双翅目、彭思萌的作品。他们在写作的题材、处理的主题、叙述的风格上呈现了一种多样性，这种多样性甚至是互相矛盾的：对技术的信任和不信任；对人和机器关系的确定与不确定；对物质和元素的可知与不可知；对文明世界的渴望和厌弃。他们试图通过不同的方式来破壁，借鉴现实主义的、古典的、现代派的各种手法来激活科幻写作的多种潜能。毫无疑问，任何一种探索和实验都值得期待。对我来说，科幻怎么写下去的答案不存在于作家、批评家和资本方的规划中，而存在于这一部部具体鲜活的作品中。

最后，我要特别感谢作家出版社的李宏伟和秦悦两位老师，因为他们卓有成效的工作，这套丛书才得以顺利面世。

2020年3月10日改定于北京

目　录

分　泌

1

2063年5月3日，是我二十四岁的生日。我走下长长的地铁通道，独自搭乘地铁前往望帝最大的安定医院。那时距离大暴乱发生不到二十四小时，我却对此一无所知。在这个阴霾密布的下午，满脑子都是那个黑色的问题：我能活着走到安定医院吗？

我所居住的是一座破败的大楼，离地铁站不过两百米，此时这段距离却长到令人发指——我用完了这个月的情绪激素，在花岗岩台阶上的每一步都像踩在刀尖上，勉强走进地铁大厅就躺倒在了地上。

平整的大理石地面，又冰、又静，我的左耳、左臂、左腿紧贴其上，身子蜷曲。地铁大厅带着厅内所有人转了半个圈，这个嘈杂的世界忽然失声。

这不是我第一次这样做了，在很多个情绪激素供接不上的瞬间，通常是晚班结束之后，我偷偷从诊所后门溜走，拨开蔓生的灌木丛，走到没有了车也没有了人的水泥马路上，随意地躺上去，感觉那颗粒饱满的地面：粗糙，带着白天烈日的余温，毫不留情地蹭着小腿肚，一直刮擦到我的心里去。头顶是一张薄饼似的月亮，缺工少料，坑坑洼洼。

我这样做了很多次，和大地的亲密总能疏散我心中一浪一浪的焦虑，那成了激素胶囊之外的另一种心瘾，然后愈演愈烈。离开了月色的掩映，我也开始想和地面深深联结：坐在办公室里，走在大街上，穿行在各种又暗又长的楼道里，我常常被这股冲动擒住，又一次一次摆脱它的追捕。直到此时此刻，那匮乏熟悉又强烈更甚往常，让我第一次在公共场合屈从于它的诱惑。

我静静躺在地上，像熟睡的婴儿蜷缩于子宫。果然，躺在地上就舒服了，紧绷的心弦全部松开，痛苦渐渐退潮，紧缩的自我悄然舒展。我终于从黑暗中睁开了眼睛，开始察觉，我察觉到了，察觉到了身边的一切：空间永恒静默而立，时间自虚空起始，万千变化后带来生命、带来这个地铁站直至挤满人群。

那都是些面无表情的人们，他们从我身边走过去，甚至跨过去，我的右手挨了一脚。

"对不起。"

那人说着，声音中却毫无歉意，一步从我身上跳了过去。

我无动于衷，我心如铁石，我躺在这儿享受这浑浑噩噩，感觉好得很。三根被踩过的手指辣椒一样燃烧着，心中却不起一丝波澜，丝毫没有再站起来的念头。

人群像一条河流，朝我捉摸不透的方向流动着，急了，又缓了，织成一张光影的密网。究竟过了多久？我不知道，我对时间失去了感知，我对一切都失去了感知。

腿又被人踢到了，我忍受着，装作一无所感。痛感加大了，还是小腿肚那儿，同一个地方连挨了三下，真痛啊。但这种痛远在天边，和眼下与大地紧紧联结的满足感相比，根本不值一提。我还是懒得动弹。

但很快，我被猛拽住两个胳膊拉起来了。

左边是一个穿着蓝背心的胖保安，右边是一个穿着蓝背心的瘦

　　　　　　　　　　　　　　　　　　　　　分泌

保安。

胖子说："没事吧?"

我摇摇头。我是一百个不愿起来,但既然被拽了起来,只好撑住两条腿勉强保持站立。失去了和大地的联结,痛苦再次侵袭而来,我的胸口开始一阵阵发紧,神志在痛苦中清醒。

"身体没事,是情绪问题。"我尽量用冷静的声音说,却降伏不了其中的颤抖。

瘦子拽过我的右手,看了一眼上面的安定表。

"抑郁Ⅳ。"他抬头打量我的脸色,"严重是有点严重,也不是非用药不可,要用药吗?我们有紧急注射权。"

"不用,不用。"我马上说。

每个月的情绪激素配额都在严格限定之下,我早已用完了这个月的剂量,怎么能为这点小事预支宝贵的额度呢?

"你的胶囊呢?"瘦子一脸怀疑,瞅着我的右臂。

我卷起右边的衬衫袖子,露出手臂上一块泛黄的医用胶布。胶布上盖着一个颜色已快褪尽的红戳儿,那是电子邮票,下面藏着刺激多巴胺和内啡肽等积极情绪激素分泌的混合缓释胶囊,只是,已经用光了。

"提前用完了,我这就要去安定医院领这个月的配额,没事的。"我机械地说。

"你自己说的咯。按照规定我们要确认三遍,配合一下,有录音的。"胖子说,他瞅了一眼瘦子,"你来问她。"

"你现在处于恶劣情绪抑郁Ⅳ,是否需要注射情绪激素进行干预?"瘦子说。

"不需要。"

"你是否有过自残、自杀,或者伤害他人的历史?"

"没有。"

"你现在是否有自残、自杀,或者伤害他人的念头?"

我沉默了一会儿："没有。"

他们放我走了。

我知道有人在抑郁Ⅳ、抑郁Ⅴ的情绪下跳下地铁轨道，就是我脚下这条。烂泥一样的残躯铲走之后，酱油似的血迹一个多月后才和轨道上的污渍融为一体。但我没有这打算，至少现在没有。

我挪动两只脚，踏上地铁，被张着漆黑大口的通道吞没。地铁开往安定医院总部。

2

地铁空嚓空嚓开过。

我望着玻璃窗上自己苍白的影子——平淡的五官，单薄的身子，简直要融化在黑暗之中。我从来不曾了解自己倒地的原因，但我知道这件怪事是从什么时候开始的——从认识何遇开始。

我一直记着我们认识的那一天，真是个滥俗的开头。

那是一个普通的工作日，我如常坐在安定诊所门口发呆，任凭心中风起云涌，面不改色。我厌恶每一个前来就诊的病人，光是看他们一眼就要了我的性命。他们的肤色，不是过于黝黑，幼年留下的痤疮印记清晰可见，带毛的痣点装饰在眉间或嘴角边，就是死尸般惨白，血管和青筋暴露在外，随着他们张嘴说话或每一个细微的表情微微跳动，似要挣破那层薄纸般皮肤的束缚。还有那些佝偻的背，僵直的脖颈，他们这辈子弯过的每一次腰，受过的每一次紧张和悲伤的折磨都刻录在他们的躯体之上。这些丑陋猥琐和蠢头蠢脑尖锐地支棱出他们的身体，毫不客气地刺痛了我。我尽力忍住想要呕吐的感觉，用理智和经验控制住自己处理一切：微笑、点头，为他们指点所有的鸡零狗碎，包括一百次回答厕所的方位。

我是接诊护士，就得戳在这儿接待每一个人：来领配额的走左

　　　　　　　　　　　　　　　　　　　　　分泌

边通道，精神崩溃的坐在长椅上等保安，安乐死的去右边排队。

但那天，那个男人已经在我这里登记了领取配额，却又坐回到门口的长椅上，抬起手腕，注视着手上的安定表，一动不动。

"这位病人，你应该走左边的通道。"我提醒他。

他放下胳膊，局促地搓了搓手："我在想该怎么跟你开口，说我想认识你。"

他的直接让我吃惊，但更让我吃惊的是这种直接不叫我讨厌，于是我们就认识了。

这个叫何遇的男人非常奇特。他相貌堂堂，身材高大，肤色干净，腰杆挺直，丝毫没有留下为生活折磨的印记。他也在安定医院工作。安定医院是一个巨大的体系，包括从源头的科研到末端的病患服务。他做的是上游的药物研发，属于核心机密部门，工作内容需要严格保密。他的话很少，交流浮于表面，真逼急了会讲两句俏皮话，但总的来说十分缺乏个性。

但他又有一个最特别的特点：他太正常了。

三十年前那场差点毁了整个人类文明的大灾变之后，人们历经良久，重新组织起了紧凑的商业制度和严厉的政治制度，几乎一手一脚重建了文明。我们在过去文明的尸体上开出了新的花朵，唯独缺少了快乐，快乐不知道被什么给吸走了。针对精神病患设立的安定医院越建越多，快乐却越来越稀薄。我们出了问题，所有人都出了问题，积极的情绪激素分泌越来越少。我那从大灾变中死里逃生的爷爷奶奶一直在说，搞不懂为什么现在的人脸上不带笑容。对诞生在灾变之后的新生一代来说，快乐和平静天生就是一张电子缓释邮票下严格规定的限定品。

在这个所有人都有情绪问题的世界里，正常就是最大的不正常。人人手上都戴着安定表，用那玩意儿二十四小时精确监控所有细微的情绪，时刻提防负面情绪到达威胁生命的临界值。何遇的安定表却几乎派不上用场，任何时候看，都指在顶端的空白，那不存在数字的零点。

据他说，当他在那张破旧的咨询台前第一次注意到我时，他感觉到了揪心的紧张，抬起手腕注视安定表，指针竟在慌乱Ⅱ和慌乱Ⅲ之间颤动不止。他在长椅上长久静坐，望着震颤的指针，确定表没有坏，才决定和我说那句话。

这对他来说是不可思议的事情，我不知道他是如何获得了从安定表中解脱的超能力，他总是平静得像一尊雕像。

我们之后有了越来越多的时间待在一起，每次和我待在一起，那种波动就愈发强烈，所以他喜欢跟我待在一起。

而我，也因为他有了前所未有的体验。那不是因为我们一起做了什么，我也想不起我们做过什么特别的事情，我只是因为他是他而感到满足，这个男人好像是我的反面，补全了我的残缺。我们不停地走路、讲话、欢笑，去我独自一人时绝不会去的地方闲逛，奢侈地挥霍时间。

我不善言谈，他也是。还好，我是护士，他是药剂师，所以我就可以一直聊安定医院的事，聊我们过于严苛的制度，聊我们难用的系统，聊那些怪头怪脑的病人。医专毕业之后，我就一直在当护士，但这么多年过去了，我就从来没喜欢过这份工作，也没喜欢过那些病人。现在，我就不停谈着这些，不知道怎么多出了这么多话。以前我的安定表时刻在抑郁和焦虑的情绪间摇摆，可跟他在一起，安定表竟出现了——虽然只是一闪而过的——信赖、友善、亲密、惊喜。我看着那小小的圆圆的表盘机械滚轴上跳动的文字，才知道原来在我见熟了的那些情绪——抑郁、忧伤、寂寞、沮丧、惊恐、焦虑、慌乱、懊悔……之外它还能显示这么多情绪。还有平静，我以为永远不会降临在我身上的平静。有一天晚上，他送我到我家楼下，然后我们一起倒退着向后走，我不停地挥着手，他也是。我一直退着到楼道口，看着他的身影变得和一个挥着枝杈的小木棍一样伶仃，然后渐渐消失。抬头是一轮圆月，低头看着安定表，发现指针停在零点。这是我第一次停在零点，那一刻我的心像月光一样澄明。

我悄悄翻遍了诊所里的诊疗手册，那上面有针对患者的就诊指南。那似乎是多巴胺、肾上腺素和五羟色胺综合分泌的作用。一个人因为对另一个人的感情而自主分泌出了激素，在我们这个分泌贫乏的世界里像中了彩票一样罕见。那种对周围每一个人的厌恶在他身上失效了，他不仅没有伸出尖锐的刺，而且浑身散发出温暖的光，那光芒笼罩了我，使我不靠邮票也能平静地活下去。

身处幸福的时候，人很容易误会那就是永恒。我以为我会永远平静而幸福，但这种平静终究未能持续多久，覆盖其他人的灰暗滤镜最终还是蔓延到了他的身上，我的快乐时代迅速终结。我清楚地记得那个决定性瞬间：我们一起去吃红胖冰激凌。据说那冰激凌里添加了一种非洲灌木的果实，换言之，微量的积极情绪激素。运气好的话，可以让人体会到一种略带晕眩的开心。大部分能让人开心的食物都进入了违禁品的单子，安定医院希望所有的快乐都是被牢牢掌控的，这冰激凌只是钻了个空子，谁知道它还能卖上多久呢？所以店门口排起了如龙的队伍。我们排了一个多小时，终于来到了队伍最前面，在面前的冰激凌机嘎吱作响、挤出冰渣的时候，他忽然转过头来，对我说："我们要是在一起也挺好的。"

我清晰地听到了这句话，他吐字很慢，这些字句一下一下敲打着我的心。我明白他的意思，但我只是低头盯着脚尖一言不发，没有给出他想要的回答。再抬起头的时候，他的身上也开始蒙上那层灰暗的滤镜。

我们后来一起吃了那个传说中能让人开心起来的冰激凌，不知道他是什么感觉，但我没有感觉到开心。那之后他没再提起这个话题，我却开始认真考虑起这件事，我幻想着跟一个什么人建立起长期稳定的关系，那个人或许是他。我们以彼此的男友和女友自居，朝夕相处，直至结婚，每天一起吃饭，像我的父母那样住在一起。

所有人都说结婚对夫妻双方的好处都很大，因为婚姻能让双方自主分泌催产素等一系列积极情绪激素，这几乎是最可靠的分泌了，成功的概率很高。婚姻会给绝大部分人带来好运，长期、自主的分泌会降临在夫妻双方身上。当然，这并不总能奏效，想到我的父母，我就心头一坠。

我想三十一年前他们在一起的时候，是美好的。他们那一代是所谓陨落的自由一代，诞生在大灾变之前分泌充足的年代，纯粹因共享快乐和爱而结合。大灾变之后他们勉强苟活下来，均承受了严重的分泌问题和长期的情绪不稳定，最后双双进入医院系统谋得一席之地。父亲在一家社区医院做医生，母亲在城市另一端的医院做护士，都已办理提前退休手续，但仍按照退休前的习惯，每天早晨分别离家前往不同的地方：一个去公园下棋，一个去医院职工俱乐部跳交谊舞，以避免过多相见，而各自在浅薄轻浮的集体人际交往中觅得一些有益的情绪激素分泌。这是他们在长久的争吵暴怒之后为维持家庭结构不至于分崩离析找到的解决方案。每天晚上回家凑在一起晚饭的一个小时是难得的宁静一刻，每周末我会短暂地回家待一会儿，分享一点美好时光，那有点像已经永远破碎过去的美好时光的影子。

这种和谐的相处模式也不过是在最近才觅得的，在此之前，他们在我成长的漫长岁月里彼此折磨又坚持要待在一起，随时可能把对方逼疯。我想起母亲那阴沉的脸和父亲的一脸嫌恶。那是我面对得最为长久的两张脸，除了让我知道美好永远不可能长久，他们真的有因为婚姻更好一些吗？

我脑子里渐渐塞满了这些乱糟糟的想法，何遇仍然会约我，我也仍然会去见他，但我渐渐沉默下去。我想我那些因他而起的分泌已经停止了，这太倒霉了，我所承受的是断崖式落差的情绪起伏，但这没什么，我早已习惯了这种倒霉。

何遇倒是一如往常，情绪稳定，神采奕奕，在他那并不轻松的工作和我的约会中来去自如，他最近的加班多了起来，因为工作内容保密甚至不能透露新的工作内容，但他依然只要一有时间就约我。在我们那越来越紧凑的约会中，他甚至有一次轻描淡写地告诉我，如果他以后跟一个什么人结婚，他准备把自己的激素额度转让给她一部分。每个月的配发额度会在月末最后一天结束时失效，不准转让，无法保存，但在那之前转让给自己的直系血亲或者法定配偶是被允许的。这是我们的严酷法律罕见的温情一面。

"我根本不需要那个东西，已经好几年没去领那个额度了。"他说得很轻松。

听到这句话时我正在抑郁和焦虑两种状态间痛苦摇摆，再一次提前用光了那个月的额度，甚至害怕长久的抑郁将转化为双相障碍，听到这话大吃一惊。

我明白他话里的含义。他知道我一向过得很糟，这是有原因的。我的五羟色胺有问题，成因可能是不可修复的先天基因缺陷，或者复杂的后天损伤。可能是递质本身较少，也可能是受体的问题，也可能递质和受体都没问题但就是无法成功起效，问题太微妙而复杂，定症都无法做到，治疗就更无从谈起。总而言之，我天然是一个吞没情绪激素的黑洞，这就是真正的倒霉。我知道，这不公平，我既承受着我们这一世代普遍的分泌稀薄，还有专属个人的情绪缺陷，雪上加霜。但又有什么事是公平的呢？唯一公平的似乎只有每个人情绪激素的配额，配方可以自选，但每人每月剂量恒定，不会因为你有什么缺陷就多给你一些。我早已习惯了自己是一个不幸的、一直沉浸于负面情绪中的怪胎，我习惯了那些投向我的怜悯而疏离的目光。这没什么，还有很多比我过得更糟的人，那些关起来的精神病人，那些游荡在街头的放弃族，还有许许多多提前结束了自己生命的人，这些事情每天都在发生，而我还能正常工作、生活，我还活着并将继续活下去，只是……不太开心。

我再一次考虑起何遇这个人，他比我大两岁，长得不错，家境殷实，彬彬有礼，药剂师也是个好工作，最关键的是，有什么人愿意和情绪怪胎在一起呢？我知道自己对男人没什么吸引力，我皮肤惨白，偌大的眼睛像盲人一样，没有焦点。一天中的大部分时间都昏昏欲睡，提不起精神。以前尝试接近我的男人都在嗅到这股凄惨味道后马上望风而逃了，只有他，他是我遇到的唯一如此诚心实意愿意和我在一起的人。和他在一起，我应该能过得好一些吧。

　　这样想着，我却愈发不想见他了，我说不上哪里不对，我焦虑频发，不断失眠，对约会一再迟到，要么就是编出各种理由来推托，实在找不到推托的理由的时候，勉强赴约，就会拼命找借口跟他吵架。

　　这一次是因为他买酸奶的时候加错了配料，我尖叫一声，把酸奶瓶子掼在地上，一地白浆混着玻璃碴儿，冷森森泛着光。

　　何遇这一次没有像以前那样忍耐或者唯唯诺诺道歉，他等着我消气，走过来抓住我的手，看那上面的安定表。

　　"焦虑Ⅲ。"他盯着我的眼睛，"你是不是不喜欢我？"

　　"没有没有，我讨厌你永远不记得我喜欢吃什么，我喜欢吃桑葚，最讨厌蓝莓。"我说。

　　"有时候我怀疑，"他停顿了一下，"你是不会喜欢任何人了。"

　　这一次我没能糊弄过去，他已经很接近答案了，下一秒钟好像就要大吵起来，他那种要发脾气的样子让我想起了我的父母，我畏缩地把头扭向一边。

　　他只是沉默地站了一会儿，就迅速恢复了往常的冷静，也让我们都冷静冷静，说他正好要被紧急征调做一个星期的药物封闭研发，一个星期后再和我见面，好好谈一谈"我们的问题"。

　　鬼知道我是怎么熬过这漫长的一周的，明天，我们就要见面了。

　　我已经想好了。我一定要让他感受到我的温度，感受到我对他的喜欢，哪怕这喜欢来自暂时的伪装，来自强效的情绪激素，那也一定要调动起我无论如何也汹涌不起来的情绪。我在不断下沉、下沉，在阴沉的水底待了那么久，跟他在一起，头一次感觉到阳光的温度。我不愿再沉入水底，我必须抓住点什么，不管那是什么。我必须抓住他。

随着有节奏的空嚓空嚓声，我被地铁带到了安定医院站。这个城市有着如雷贯耳的旧名，大灾变过后它现在叫作望帝。整个望帝有数百家安定医院，全是灾变后新建的建筑，在大片大片年久失修的破旧楼房中鹤立鸡群。我工作的只是一家小小的社区诊所，而这里是望帝的安定医院总部，最大的一家医院。今天过来，不是来工作的，我来领这个月的额度。

我走出地铁，注意到大厅立柱上新贴的海报多出了几张激素劫犯的通缉告示间，上面是几个皮肤焦黄好像戴着蜡制面具的更年期妇女，额头生着烂疮，她的照片下写着：禁止劫持、滥用管制激素。

我低头看了一眼安定表，圆溜溜的表盘上，小巧的指针牢牢指向抑郁Ⅲ，情况略有好转。

我猛吸一口气，走向安定医院。

3

三十年前的大灾变之后，全球自由化潮流戛然而止，经济危机、政局动荡甚至局部核战争导致了全球的人口锐减，之后就是各国几十年的孤岛式发展。复兴时代，人群向有限的几个大城市集中，重建文明。此后，分泌问题逐渐显现，医院系统应运而生，每个城市都演化出了自己的独立医院体系。随着庞大的医院系统崛起，谣言四起，四处都在流传，说医院体系的规则如此严厉，都是为了免于再次重蹈覆辙。

在所有这些医院体系中，望帝最为复杂，整个城市的数百家安定医院全部属于公立机构。除了管理激素配额的发放，进行异常激素配额的发放，还要收治精神病患，顺带着也处理处理身体上的问题，毕竟身心问题皆成一体，而纯粹的身体问题只占精神病患的一小部分。这些医院之中有社区医院、儿童医院、妇女医院、专科医院、福利医院，还有专门收治权贵的特殊医院，普通人连踏进门内半步的资格也没有。而我眼前的这家安定医院总部是其中最大的一家综合性安定医院，总部之外的医院系统工作人员一律给安排在这儿求医问诊，而不是在自己的单位就近治疗。而总部的医护人员又被安排在其他医院就诊。这是为了保护隐私，上头是这么说的，但我们都觉得是为了避免配额发放被自己人动手脚，规定就是这么严格，一个空子也不给钻。

　　走出地铁站通道，来到外面，远远望见医院主楼，我发现头顶密布的阴云竟然散去不少，天空中透出了些许蓝色。初入夏的阳光已经有了几分力气，刺破终年不散的雾霾，将医院主楼照得晶莹剔透。我一边走近一边打量着这座不论从各个角度观赏过多少次依然牢牢黏住我目光的大楼。整个外墙由特殊的哑光金属玻璃材质打造，从高耸的尖顶到层层叠叠的塔楼都像沾满了糖霜，通体洁白，在周围环绕着的大灾变前留下的灰头土脸的建筑中鹤立鸡群，好像一座巨型的现代化教堂。它充满宗教意味的造型颇能抚慰人心，让我的心平静不少。真正的教堂反倒没有这神奇的功效，它们因为无力安慰教众而乏人问津。这其中只稍有一丝不和谐的元素，有一些塔楼上排列着不同寻常的小窗，圆圆的小窗带罩铁丝网罩，用来把病人和医院外自由而危险的空气隔开，那是高危病患的病房。

　　我慢慢登上医院宽阔的石头台阶，穿过那些垂头呜呜哭泣的人们，他们和零星停歇的鸽群混在一起，散布在又长又阔的白色大理石台阶上。这不是什么问题，真正危险的病患都住进那些带着圆圆小窗里的高危病房了，只剩下这些伤害不了别人最多伤害伤害自己的抑郁患者。他们还活着，却像石像一样了无生气。我轻易地穿过他们，进入大楼宽敞的门厅。十二个安全检查入口是进入医院大楼的必经之路，此时都排起了长队。不当班的我不能走工作人员通道，只好挑了一队排了起来。随着围栏间的队伍缓缓挪动，我慢慢生起气来：该死，怎么又这么多人来看病，该死，不能让这个走走形式的安检更有效率吗？

我抬起右手，安定表上，指针正在焦虑Ⅱ和焦虑Ⅲ之间跳动。焦虑像一头暴躁的小兽，在我体内左啃一嘴，右啃一嘴，呼之欲出。

我探头去看排在我前面的人们，这支队伍和另外十一支队伍一样安静又坚固，长时间内岿然不动。过了好久好久，队伍最前面的蓝裙女孩子终于被放进了安检门内，却被蓝背心从身上搜出了一只打火机。扔掉还是寄存？她选择了寄存，然后就开始仔细填写寄存表格，这又花掉了好长时间，后面的人，包括我在内，只能干等着，而这段时间两边的队伍都进去好几个人了，我们这队严重落后。

"蠢货，不能快点吗？"我骂出了声，掏出口袋里的一个小东西扔了过去，看着空中那道粉色的抛物线我才发现，那也是一只打火机，何遇的打火机。

那只打火机正中蓝裙女孩的后背，她回头看了一眼便再次低下头填表，她就站在那儿，一手抓着铅笔，一手托着那张小小的表格，眼睛紧紧盯着那张表，认真得好像那上面是她的遗体捐赠同意书。除此以外，不管是蓝背心还是队伍中的其他人都对此事毫无反应，大家依然沉默得好像水中的顽石，我这过激反应在这儿实在是太正常了。

这发泄倒让我好受了一些。但过了一会儿又自责起来，我也常常丢三落四，尤其是匆匆忙忙赶时间的时候。那蓝裙女孩留着齐刘海儿和娃娃头，看起来心地好年纪也很小，我为什么要这样苛刻对她？

随着这阵自责，我又觉得自己是个毫无可取之处的人了。我回想起了今天灰色的记忆中最灰暗的那一段，那是今天凌晨时我做过的那个已经做过千百次的梦，梦中那头生着嘲笑脸的怪兽追着我跑了一整晚，而我只能埋头在灰暗的城市中躲躲藏藏。满头大汗从梦中惊醒后，我就不断反刍着这段记忆，浑浑噩噩在床上继续赖了两个小时，直到预约的问诊时间快要来不及才匆匆赶去。我还回想起了我那丧气的外表，回想起了我活过的毫无亮点的二十四年，回想起了这样子的我好不容易有一个人喜欢却就要失去。这阵灰暗的浪潮蔓延开来，彻底淹没了我，倾覆了整个世界。眼泪簌簌而落，我赶紧摸出纸巾擦了起来。抽抽搭搭哭了一会儿，眼泪浸透三张纸巾，终于止住了。我感觉好多了，哭泣带来了深沉的宁静，我的双手紧紧攥住打湿的纸巾，没有看安定表，但我很清楚，指针应该指在抑郁 I。

就在这阵轻柔的抑郁中，我慢慢挪动到了队伍的最前面，通过了一整套烦琐的检查，身上没有第二个打火机或者其他任何阻拦我进入诊疗室的东西。

遵循医院挂号机上的提示信息，我乘坐前厅尽头的电梯来到二十二层，这是乘坐普通电梯可以到达的最高层数，再上头是特需病房，要乘特殊电梯才上得去。

走到走廊尽头，我推开诊疗室的门进去。

屋子里没有开灯，窗前亚麻色的窗帘影影绰绰透着天光，我站在房间中央，温暖的环流空气一阵一阵吹拂在脖子后面。

"你来了？"带着嗞嗞电流音的北方男子的声音，似乎就站在我对面，我却从来没有见过他。

"嗯。"

"今天聊点什么？"希如常问我，语气轻盈，满含关爱，他是我的诊疗AI。

"今天……不聊了……"我犹豫着说。

我当然是很乐意和希聊一聊的，他了解我的一切也包容我的一切，尤其是在我漫长的青春期里，每个月和希的聊天甚至就是我活下去的唯一动力。不找人分担那些始终折磨着我的情绪，我又该如何活下去呢？身边每个人都在情绪中溺水下沉，其中包括我那时还无力逃离的父母，他们三两句话不对付就相继沉入忧伤或者暴怒，以摔打家具和呼天抢地来发泄脾气。其他那些关系较远的人，包括学校的同学们，都好像浮冰一样危险而锋利，让我不敢接近。不光是人，动物们也是如此，猫大多变得过于阴沉，狗则太有攻击性，这些动物都被赶出了城市重归荒野。只有诊疗AI不一样，希像一块稳定的浮木，他一直在水面之上。在我遇到何遇前，他是我唯一的希望。

　　希的主要作用是审核特殊的配额申请。普通的配额领取在街头的极乐泉就能搞定，我来到这里，是有不同常规的需要。在一个小时或者按需可以申请更长的时间内，我可以跟他聊任何和情绪有关或无关的事情，以往我都会抓住这个机会大谈特谈，直谈到痛哭流涕。大概是我不曾全然信任其他任何人吧，而希的记忆力那么可靠，保密功能又设定得那么严格，将我所有最细微的顾虑都一一瓦解。就在他那些恰到好处的"嗯嗯、啊、对、然后呢、别担心，所以你怎么想呢？"的话语中，我往往痛哭流涕，在宣泄后获得安慰，心怀感激地离去，并惦记着下一次相会的时间。

　　但这一切都因为何遇改变了，我将我跟何遇的所有事当成了一桩秘密，那衍生出一种奇特的羞耻心，我从未向希透露过任何我跟何遇的事情，我独自吞下了欣喜、犹豫和压力，装作若无其事，即使对面是一个绝对不会刺伤我的诊疗AI。但隐瞒渐渐侵蚀了我对他的坦诚，终至于无话可谈。

　　此时，我以为希会询问些什么，但他没有说话，于是我开口了："我想要'夏娃'，请把我这个月的配额全部兑换成'夏娃'。"

　　我已经做了足够充分的功课，我的配额足够兑换三份"夏娃"，一种复方激素胶囊，短时起效，效果显著，能让人体会到深具感染力的浓浓爱意。这个月我会按照以往的规律继续和他约会三次，每次使用一颗胶囊，他会相信我是喜欢他的，他会相信我能因他产生浓烈的激素分泌，那么他终于会放心，跟我成为情侣，继续关心我、疼爱我、照顾我，我们会建立一种稳定、互惠的关系，谈恋爱、走向婚姻，甚至可能有个孩子，不，可能会有好几个孩子。

三次抽奖的机会，胜率不低，奖品是积极激素的自然分泌。

我打了个寒战。

"原因？"希问。

"短时危机干预。"我唱歌一样流利地说。

"我调用了你生平所有的配额领取记录，你过去的五年内都在用'茉莉'，这是平衡抑郁情绪的缓释激素，可以做到整月生效。你要放弃'茉莉'，意味着你在一个月的大多数时间都处于无干预的自然分泌状态。你如何平衡日常情绪呢？"

"我的情绪最近已经明显好转。"

"我也调出了你的安定表记录，前两个月是有好转，但这个月的情绪反而恶化了，虽然你从来没有告诉过我原因，但我服务的是整座医院的全部患者，我有着丰富案例和数据积淀可以比对，根据我的判断……"

诊疗 AI 显然不会有情绪波动，但希语调中的电流音还是强烈起来，嗞嗞声掩过了他的说话声，我听不清他在说什么，我感受着温暖的微风，等待那声音稳定下去：

"……总之，这样用药会产生自我攻击的危险。"

"我可以承担这些风险。"我马上说。

希没有再说什么，只有那不稳定的电流嗞嗞声在屋子里蔓延，我在行使配额管理条例许可范围内的自由，他的沉默意味着计算，计算结果将决定他继续履行建议权还是行使干预权。

最终，电流声小了下去，他的声音响起："走过去。"

我往前走，窗前的桌子上一台机器亮起了小绿灯，我走过去，在机器前的圆凳坐下。凳子的皮面又细又软，好像一块丝绒蛋糕。我努力把注意力集中在这些细枝末节上，装作毫不在意地卷起袖子，把手伸进那个亮着绿灯的机器正中间，那儿是一个筒状的通道，我完全伸直胳膊后，通道周边柔软的气囊就充实起来，将我的手臂牢牢固定住，这让我更加紧张。通道的末端是开放的，露出整个手掌，那上面的悬臂挂着一个蜷缩的机器爪，爪中央闪烁着蓝色幽光。机器爪悄无声息地落下，用五支金属小叉钳住我的五根手指，而机器爪中央我看不清的地方还有更加细密的机械在运作着，我感觉旧的邮票被抓住一个角，掀开剥落，一根金属探针刺入我的皮肤之下，"咔哒、咔哒、咔哒"，机器爪的中央发出金属滚动的声音，三个小小的颗粒埋入皮肤之下，那儿有些疼，我想攥紧拳头，整个手掌却被牢牢压在陶瓷板上，丝毫使不上劲。但痛苦很快结束了，探针收了回来，一张新的胶布覆盖其上，机器爪放开我的手掌向上收起，手臂上的力量随之松弛下去，我抽回了手臂，在机器的微光下欣赏着我的新胶布，上面有一个艳红的戳儿，写着今天的时间和操作医院，以及三行小小的"夏娃"，一个词压着一个词。那下面藏着情绪激素，我要的"夏娃"，高剂量多巴胺，当然，当然，还有肾上腺素，加压素，类鸦片物质，和我渴求的五羟色胺，一顿丰富的大餐。

　　"用之前拍碎，三秒钟生效，每颗有效期一小时。"

　　希这样解释，声音中的电流声已完全消失，温和纯净，不带一丝情绪。

4

　　走出医院无须经过重重安检，我很快就从那十二条安检通道一侧的出口离开，回到了医院门外宽阔的石阶上。

我从牛仔裤口袋里摸出手机，给何遇发了一条消息，说我想见他。

　　我听说在很多年前手机已经发展到了虚拟触屏技术，但大灾变后除了生物医疗技术突飞猛进，其他技术包括通信技术却倒回了许多年前。我们现在重新用上了黑白液晶屏手机，只有最简单的收发消息的作用。

　　我攥着手机等了一会儿，始终没有收到他的回复，便也坐了下来，坐在冰凉的大理石阶上，看着白鸽们挪动两条小胖腿，在抑郁病患间缓缓踱步，间或扑棱棱飞起，在空中盘旋一阵又降落回来。一定有人在喂它们，但我始终没有看到是谁在做这种闲情逸致的事情，这个人的抑郁程度一定还很初级，要么就是在日渐康复。我继续看了一会儿鸽子，简直快睡着了，忽然一只白鸽从头顶降下，落在我的肩膀上，在我耳边轻轻咕咕。我屏息静气，不敢动弹，动物们都很喜欢我，但身上落下一只鸟还是第一次。我用尽量轻的动作再次点亮手机，还是没有任何回复。我开始感到不安，我们已经一个星期没有见面，其间也没有发消息联系，在这之前他对于我的消息每发必回，即使是他正在参与那运作严密的项目。我揣摩着手机上又小又软的关机键，那个位置上画着的绿色的小电话已经被磨得有点褪色了，我摁亮手机屏幕又把它摁灭，摁灭又摁亮，越来越不安，鸽子也振翅飞走了。

　　我的手探进脖子，拽出一根挂绳和上面那个青白玉的挂坠。那是一条蛇，或者说一个女人，或者两者皆是。她是女娲，何遇说的，那是他送我的礼物，他故土的神祇。蜷曲的蛇尾上是一个身材妖娆的裸女，脸却端庄俊秀，一只纤细的手抬起，托举起一轮圆月，身边环绕星辰。何遇还说，她是开天地和造万物的大神，属于一个远古的灵性的时代，那时人和兽的区别还不分明。荆楚浪漫，那里的神话让她一直孤身一人。在他的故土，更往南些苗疆聚居的小镇的传说中，她被许给一个配偶，那是另外一个人首蛇身的男神，挂在何遇的脖子上，他们一起创造了新的人类。我还记得他说这话的样子，蓄满星星的眼睛。那一次我莫名情绪崩溃，蹲在路边哭了好久，等我哭完站起身来，他把这块玉石挂到了我的脖子上。你要像她一样坚强，那是何遇最后说的，看着我的眼睛。

我揣摩着冰凉的玉石，想着到底什么是坚强。脖子上的这一位，我始终觉得她不像一位神，更像一尾蜿蜒的蛇，有时无意中瞥到甚至会吓着我。我把它塞回脖子里面，忽然涌起一股强烈的预感，我得赶紧去找何遇，不然一定会失去他，这是我最后的机会了，我从地上跳了起来。

带着一丝惭愧，我忽然意识到，何遇送我回家那么多次，我却从没去过他那里一次。只是曾经给他寄过一次快递，得到了他的地址。那还不是给他的礼物，是我买了一个眼罩，白天值班不方便收件时让他替我代收。据他说，他楼下住着一位朋友，不用上班，每天在家，白天也可以代为收件。我在我们的聊天记录里翻出那个地址，离这儿不远，往西边去，大概五公里路。这儿正好有一班顺路的地铁，但我现在不想乘地铁了，天越来越好，空中的阴霾全部散去了，蓝色的天空中射下金色的光束，这感觉真让我舒服。我想起刚乘过的地铁，那阴暗潮湿的通道让我直坠谷底，而我现在已经没有额度可用了，每一刻都得谨慎小心。我还要这样挨过一个月，但我努力不去想这回事。

好好的吧，好好的吧，莫羡。

我喃喃念着自己的名字，用脚尖点地，跳下医院的台阶，朝江边走过去。

江边有一座拉索的高架桥，桥面本是深沉钢色，现在挂着一道一道橙黄的锈迹，像是深刻的泪痕，那是大灾变前就建起的野马桥，现在依然承担着疏通两岸交通的职责。桥墩底下聚着一群像野人一样从头到脚披着黑黢黢外套的人们，他们是完全的放弃族。

我在各种医院摄制的宣传片上看过关于他们的介绍，用以警示人们遵守额度使用规范，谨慎规划额度使用。在彻底沦为放弃族之前，他们大多有过正常的生活，其中甚至不乏精英人士，只是因为情绪问题不断恶化，所有治疗方案均告失败，终至丧失正常情感能力，行动力也随之丧失。他们无法工作，无法照顾自己和任何人，无法建立哪怕一条正面情绪回路。如果他们有过亲人，亲人也很快厌弃了照顾他们，任凭他们沦为乞丐，流落到这尚可遮风蔽雨的野马桥下。至少他们还可以在这里彼此依偎，挤在一起，希冀得到一点正常世界里并不存在的温暖。

好几个蓝背心在他们周围晃荡，其中一个刚推过来一个带着滚轮的白色塑料大桶，另一个拿一柄亮闪闪的不锈钢长勺伸进桶子里，舀出麦糊一样的流食，舀进桥墩下的一个木制食槽里，那食槽看起来和猪场里的并无不同，而那些放弃族们抢食的姿势也和猪们一样，他们忽然从自己那片小小的领地冲出去，撅着屁股扎着头，猪一样挤在食槽前抢食，拿两只手把眼前的食物尽可能多地塞到嘴里。

那食槽早被啃得坑坑洼洼，露出新木头的嫩白色，晃晃悠悠，几乎要被挤翻过去，还好被几条铁索牢牢缚在地上，铁索现在也晃悠着叮当作响起来。

我望着他们远远地绕行。

人和人之间的关系，就是我给你一点多巴胺，你回馈我一点肾上腺素，如果我们凑在一起共享些催产素那是最好不过了。假使无法进入这种正循环，我们也不要阻止彼此获取新鲜的内啡肽。这就是我这个情绪怪胎在社会中艰难求生总结下的通行法则。但这些完全堕入负面情绪，也只会给别人带来负面情绪的，就是人人避之唯恐不及的黑洞，真正的黑洞。我背上的那片汗渍刚刚被江风吹干了些，现在又蔓延开一大片。

我沿着高架桥继续向前，终于望见了江水，我向江岸走去，爬上兽脊似的堤坝，迎着江风继续向前。这儿天宽地阔，江面一览无余，可以望见前日连连大雨后高涨的江水和江对岸的冉冉绿荫。水汽氤氲，风团忽来忽去，吹得我飘飘欲仙。我放松不少，努力不去想身后的安定医院和放弃族，渐渐涌起了一股毫无由来的自信。今天的事一定能成，那个男人之前如此醉心于我，现在又怎会不回心转意，我放开步伐朝前走着，间或大声唱歌，荒腔走调的歌声在江面徘徊。好极了，继续下去，不要停。

在两条腿走得完全麻木之前，我注意到了江岸下路旁的指路牌，银色的金属杆上招摇着蓝色的指路牌，上面是三个我刚才在手机上见过的字，还有一个指向左边的箭头。我深吸一口气，跳下江堤，穿越路口，向左拐弯。

经历大灾变的城市一片荒芜，房子变得不再稀奇，一大半的建筑都空置着，这条不大的路上却住得满满当当。放眼望去，整条街道井然有致，统一规划后新建的仿古院落，青砖墙，朱红门，一左一右蹲着两头大石头狮子。但仔细看看各家却各有差别，有的门口挂着"至尊会所"的劲书匾额，四周都加高了围墙只能看到内里小楼尖尖的房顶，有的内拥着曾经高大华美却攀满枯枝败藤的楼房，有的楼又小又破但在阳台上挂满了男女老少花花绿绿的衣服，有的小楼窗户反射出镭射玻璃的七彩光华，还在房顶上伸出炮台一样的天线塔。

而我身边这个院子似乎毫无以上这些奇特之处，只是一个普通的小院和一栋普通的小楼。大门上小小的绿色门牌写着"江阴道1号"，没错，就是这儿了。虚掩的大门一推就开，我一脚跨进高高的石制门槛，踩着满脚青草。沿着草地中略踩秃了些的小道走去，小道七弯八绕，被随意搭建的土房和棚屋挤得七弯八绕，终于走到了院落后一座稍成气候的小楼前。跟隔壁那栋带着三个拱形圆顶的宫殿似的洋楼比起来，这栋爬山虎点缀的三层青砖小楼太朴素了，只有楼前逼仄的空地上有几棵怪头怪脑的灌木，我认不得它们是什么。

何遇说过他的家在二楼，我刚踏上小楼的门廊，正有些畏惧地望着那积满了灰的楼梯，一楼尽头的门忽然开了，钻出来一个比我高不了多少的小老头儿。他端着一个脸盆，走到楼前的空地上，朝那几棵灌木根部"刺啦"一声把水泼了，拎着脸盆一甩一甩地回来，抬头看到了我，他一愣，随后问："你找谁？"

"找何遇。"

"找何遇？你是他什么人，你怎么认识他的？"他警惕地看着我，一张肉质丰厚的脸，从鼻子周围弥散开各种皱纹，簇拥着两只逗号一样的眼睛，紧紧盯住我。

"我……我是他的朋友……"

"什么朋友？"他严厉地追问，把脸盆捂在胸前，好像一个盾牌。

"你没听他说起过我吗，我叫莫羡。"

"哦哦哦哦……"他垂下脸盆，整个人松弛下来，"我知道你，他提起过你，我还给你收过一个快递。"

"是一个眼罩。"

"哦哦，怪不得快递盒那么轻。"

我一阵沉默，想到每天贴在我脸上的眼罩曾经经过这个小老头儿的手，哪儿哪儿都觉着不太对劲。

"他出去了，何遇出去了。"

"哦。"我应了一声，觉得丧气，我憋了一身劲儿呢。想问，又怕唐突，不问，又舍不得。过了好一会儿，还是问了：

"他去哪儿了？什么时候回来？"

"忙他们的保密项目嘛，究竟是怎么回事他也没和我说，他啊最近就是忙这个，你别多心啊……"老头儿话锋一转，"上我屋里坐坐吧，他一会儿就回来。"

他说完一头钻回房门，我却在门口站住了。屋里没开灯，什么都看不清，这个其貌不扬的老头儿看着老实，谁知道实际上是怎么回事呢，人心这东西，难以预测。我的心猛跳了两下，望向那漆黑的屋子，觉得那儿充满了未知的恫吓。

我犹犹豫豫站在门口，想着要不要跟他说还是算了吧，我就在

　　　　　　　　　　　　　　分　泌

门口等等。

屋里却忽然亮起了黄色的灯光，"快来，喝点饮料。"老头儿叫道。

这声招呼单纯不掺杂质，莫名让我放下心来，我走了进去。

走进门口正对着一扇半面墙那么大的窗户，窗下是一个炕台，东北常用的那种。台上摆着一张小木桌，老头儿蜷缩在桌子靠里那头，伸手示意我坐到对面。于是我脱了鞋，爬上炕台，阳光落了一身，这儿挤挤挨挨，整个房间里似乎只有我们面前的这张炕桌是有活力的，炕上垫着绵软的被坐过千百回彻底坐扁的百衲坐垫，桌子中央是一张茶盘，上面有茶壶和一群小茶杯。他的食指捏住茶壶把儿，大拇指压住壶盖，倾斜壶身，行云流水地在面前茶盘上浇了一圈，水珠嗞啦嗞啦直往茶盘外面蹦，他也完全不管，接着往一只小杯子里倒水进去。然后提起杯子放到桌面上，轻轻推到我面前。

"尝尝。"他两只眼睛瞪成句号，期待地望着我。

我双手捧起这只滴溜溜圆的小瓷杯，杯子很白，里面盛着的金黄色液体在阳光下闪着光。我提心吊胆地尝了一口。不甜，有点涩，但又好像有点甜，好喝。

"不错。"我用还沾着那液体的舌头舔舔干涩的嘴唇，"再来一杯。"

他赶紧给我又续上一杯，我一饮而尽，这一回味道更涩，但甘甜也更明显了，我从没有尝过这么美味的东西。

"你给我喝的是什么？"我问他。

他笑了，露出一口黄牙："是茶呀，最好的芽叶。"

"茶叶，茶叶不是违禁品吗？"

他只是嘿嘿地咧嘴笑，连口腔最深处的龋齿都露了出来。

"哪儿来的？"我又问。

"自己种的。"他指指窗外。

我透过窗子望出去，还是那几棵歪七扭八的灌木，叶片紧实，微微泛着油润的光，灌木底下还挂着刚刚泼上去的水珠，还有被水打湿的深色的土壤，是刚刚脸盆里泼出去的水。

我转过头，警惕地打量着这个诱骗我喝下违禁品的老头儿，发现他似乎没有我当初以为的那么老，最多也就四十出头，只是一身深蓝色土布衣服，穿着过于肥大的裤子，趿着一双踩塌了跟的褪色的布鞋，脸上的头发和胡子糟乱，完全不拾掇，整个人显得糙且老。他面上不带一丝愧疚，非常坦然地看着我。

"怎么可以给我喝违禁品？这是违法的。"我又急又气。

"不是所有违禁品都那么了不得。咖啡、茶，不过是些微不足道的咖啡因罢了，能有什么坏处。你这么神经脆弱的姑娘也可以承受的。"他说。

我震惊地看着他，这个违法犯罪分子，不仅公然对抗法律，还拖我下水。违禁品就是违禁品，违禁品遭到禁止的原因，就是它们会伤害到我们已经非常脆弱的分泌回路。这些话我每天耳濡目染到可以倒背如流，在我们很小的时候就坐在教室里从投影屏幕上看这样的宣传片，长大后又在每天的楼宇地铁广告上一次次被提醒着不要遗忘。虽然靠着限定额度我艰难度日，却一刻也没起过歪心思，从来对这些来路不明的违禁品敬而远之，它们提供的快乐都是恶性透支。现在我已经喝下了两杯茶，虽然暂时还没什么事，但谁知道我过一会儿会不会发起疯来。这个老头儿想干什么？肯定是想让我成瘾，然后成为他这几棵破茶树的奴隶。我越想越生气。

老头儿却没有注意我越来越凶恶的表情，仍是没事儿一样问："你感觉怎么样？"

我想说，我很生气，我现在就要去找最近的蓝背心举报你，但我没有说出口。气愤过后，我的记忆活络了起来，他的那些话我也曾在其他一些地方听过，这儿那儿，总有些离经叛道的人偷偷摸摸说着离经叛道的话，可能是在网络论坛的角落，可能是在哪个愤世嫉俗的青年的咒骂中，我已经不记得听到这些话的具体场景。我从没有相信过那些有着诱骗意味的话，但我也无法将这些完全相反的论调从大脑里删除。而且现在，我确实感觉到一种异样的感觉，好像身体里多了一条小蛇，它这儿那儿地游着，把我整个人给游活了。先是头皮发麻，然后浑身都起了反应，好像所有的毛孔历经一波涤荡，微微张开了。

这一刻，我，这个又小又乱的房间，还有外面那片无限广阔的空间的存在都显得无比清晰，我体会到了躺在地上与整个宇宙联结的感觉。我有点想笑，但忍住了。我抬起头，看着对面这个人，困惑无比。

"奇怪的感觉。"

"你是第一次喝茶？"

"当然！我可没接触过违禁品。"

"真羡慕啊，第一次感觉会特别好。"老头儿说，"我都快喝皮了，好好享受吧。"

这又是怪事一桩，他的话里又出现了让我放心的东西，竟将我深重的警惕心暂时打发了。我干脆闭起眼睛，感觉在温暖的阳光下，一切都那么宁静，那么美好，全世界的人都是好人，我是他们中普通的一个。这阵开心的浪潮来了又退去，我陷入平静，然后那习以为常的压抑漫上心头。我在这阵灰色潮水中待了一会儿，却无法像往日那样忍受了。我睁开眼睛，看到老头儿还在打量我。

我把面前的空瓷杯朝他一推。

他嘎嘎地笑了起来，笑声粗野难听，好像一个破瓦片在吃得精光的饭碗上不停地刮擦。我敏锐地辨别着那笑声，发现里面不无嘲笑的成分。我又羞又恼，简直想掉头离开。但他边笑边又给我续上茶水，叫我没办法发火。他笑得太过厉害，手不停发抖，许多茶水都洒在了茶盘上，太浪费了。

我仰起脖子一饮而尽，温热的茶水顺着喉咙一路滚落，开心。我看着老头儿，他现在把眼睛从全角句号眯成了一对半角句号，嘿嘿地笑着，我终于也忍不住笑了出来。我已经忘记了自己有多长时间没有笑过，我不用看安定表就知道现在有多开心。我们坐在阳光下，笑得一耸一耸，像两尊坏掉的一直一直笑下去停不下来的弥勒佛玩具，把茶水喝掉一壶又一壶。

等到我笑得不那么厉害了，我们聊了起来。老头儿叫程潜，不是本地人，是江城人，甚至也不是江城本城人，而是来自江城下一个名字无趣的小镇，和何遇是同乡。他没有工作，没有户口，黑在望帝，远离户口所在地和户口所在地那些可以给他提供额度的极乐泉和安定医院，也就是说没有领取情绪额度的资格。但他想办法给自己弄来情绪激素，自给自足。比如眼前就是一个法子。

如果是大街上哪个人拉住我就和我说这些，我一定尽我所能赶快逃开，但现在偏偏不是这样。我坐在这个怪异的小屋子里，三面墙都放着顶到天花板的柜子，柜子上横放着成捆的枯枝败叶，还有高高低低的密封罐，里面好像是些惨白的肉质模糊的肉团子，墙上挂着带着尖利犄角的动物头骨和干花，除此以外，更多的是既认不出是什么也说不出派什么用场的杂物，上面积着灰尘或者说细沙，还有又厚又重的蛛网。房间的角落里挤着一张小床，床头床尾几根竹竿挑起一张暗淡的帐幔。而这古怪屋子的主人老程刚招待我喝下了风味绝佳的热茶，由不得我不相信他的话。

我的心思活络起来，想追问他究竟是怎样不靠医院的额度活着的。这时候一只黑猫闯进门来，我给吓了个半死。我一直记着小时候被狂怒的野猫在街巷里追赶的经历，那让我在右脚腕上至今带上了一道爪痕。那猫径直朝老程去了，蹿上炕，卧在他的膝头。老程拉开炕桌边的小抽屉，从里面摸出一只红漆小木盒，推开上面的盖子，两根手指从里面捻出些粉末，向猫咪抛洒而去，看起来好像是些干草屑。那猫在老程怀里扭了起来，两个爪子扒拉着，眼神迷离，把身体拉成一个长条，拧了几拧，后腿猛弹，好像在空气中跑步，然后团成一团，打起盹来了。

等那猫完全不动了，老程望向窗外，说："时辰到了，容我打坐一会儿。"

然后他就把两手往腿上一搁，挺直腰杆，双眼紧闭，一动不动了。

我呆坐了一会儿，自己伸手抓过茶壶，倒了杯茶水，尝一尝，已经彻底凉了，只剩下苦涩的味道，我慢慢抿着。

太阳慢慢歪斜下去，我望着窗外的杂院发呆，看那些茶树和门口栅栏上的一排狗尾巴草在风中微微颤抖。过了一会儿，窗外多了个人影，我盯住那身影，拍拍玻璃窗。

那人本来要往楼道过去，停下脚步，张望过来。

是何遇。

我轻轻跳下炕桌，踏在满是头发和纸屑的肮脏的地上，穿我的帆布鞋。我仔细把两只脚的鞋带系好，我总是绑不好完美的蝴蝶结，但我尽力去系了，这是我的尊严。

我走出老程的屋子，他和猫还是一动不动地坐在那儿。我小心地给他把门带上，走出门外，何遇就在那儿等我，他什么都没有说，我也是。我跟在他身后，上了二楼。

何遇的屋子格局跟老程那儿一模一样，就是一个大开间，但东西少且放得整齐，感觉上宽敞了有一倍。门口是一张写字桌，上面一张和穿衣镜一样又大又平又薄的电脑屏幕，黑色的底色上滚动着我看不懂的符号和字母。我不知道这个药剂师什么时候摆弄起这些电脑编码的玩意儿了。此外就是角落里一张单人床，窗台下一张沙发，其他的东西几乎没有了。

何遇一步跨到电脑前，抽出桌下抽屉里的键盘，按了两个键，把屏幕熄灭了。

他指着沙发对我说："请坐。"

我没有动，也没有说话，我太紧张了。

他看我不动，就自己先坐到了沙发上。他背对着阳光，脸上半明半暗，在胸前抱起双手，屋子里的气氛越来越紧张，简直趋于凝固。我深吸一口气，走过去坐到了他的旁边。这是张三人沙发，表面是清爽的红白条纹细麻布，不软不硬，但坐起来就很放松。我缩在扶手旁边，离他好像有一百光年那么远。但即使离了那么远，我依然感到不安。

我试着开了几次口，不停地给要说出来的句子打着草稿，然后一次一次地画掉。

"我……我……我……我……"我舌头打着颤，连一个"我"字都说不清楚。

"你要说什么？"他终于忍不住问了，"聊聊？"

我只能拼命点头。我低着头，望着自己的脚尖，我的旧帆布鞋已经很脏了，绿色的帆布被洗得很旧，变成了一种暗淡的草绿色。我已经不敢继续洗，怕再洗就要洗破了。但鞋带是簇新的白色，虽然系得歪歪扭扭，左边的一根鞋带拖到了地上，仍然白得亮眼。

我把两只手伸到背后，假装整理身后的靠垫，左手却偷偷摸到右手背上那个凸出的地方，用力按了下去。

整个世界慢了一拍。混合激素击碎了我僵硬的心，我无力抵挡也不愿抵挡，我胸膛深处那个小小的硬邦邦跳动的内脏忽然柔软了，它将更多又甜又美的血液泵向我的主动脉，及至全身每一处直径不过微米的毛细血管。我抬起头来，看着对面的那个男人，为什么我从未好好看过他呢？他挺直的额头，英气的鼻梁，薄薄的嘴唇，温顺的大眼睛，像小鹿或者什么动物似的，满怀心事地望着前方，望着我。

呀，这是我的男人，我能全然地拥有他真是太好了。为什么我们要坐得那么远呢？为什么我从来没有给过他一个拥抱呢？我撑起身子，朝他靠了过去。

"能跟你在一起真是太好啦。"我柔情蜜意地说，靠在他的肩膀上，轻轻嗅着他的味道，温柔冷静，我想记住这味道。

"你这是怎么了。"他往一边躲。

我没有说话，只是赖着他。

"抱一抱我吧。"我央求道。

他转过身子来，双手环着我。

"能这样太好啦。"他说，"为什么之前你从来没有过这样呢？"

我高兴得要命，他的语气那么温柔，和之前一样，他怎么会舍得离开我呢？

"不要离开我好不好。"我说。

"我还以为……你不喜欢我。"他有点犹豫。

"我只是……我从来没有谈过恋爱，我不敢信任你，我害怕受伤，我的心里乱糟糟的。"我把头埋在他胸前，扭着身子。这样会不会看起来很像心中充满挣扎？

"没事啦，没事啦。"他轻轻拍着我的背。

"我们就这样好好的好不好。"我完全靠在他身上，用一种从来没有过的温柔的声音说。我竟然也能发出这样的声音。

他以更加有力的拥抱回应我，把我紧紧抱进他的怀里，那力量让我安心。直到，直到他的气息变得深重。他的一只手从我的脊背悄然滑落，伸到了我的衬衫里。

我一下僵住了，拼命地让自己冷静，阻止自己把他推下沙发，落荒而逃。

又一个让我害怕的黑暗禁区。

没关系，值得的。别害怕，迟早会来的。我在脑子里轰隆隆的噪声中拼命鼓励自己。

但他忽然停下了，他放下那只手，和另外一只手一起，捧起我躲在他怀里的脑袋，望着我说："你真的喜欢我？"

我缓慢而坚定地点了点头。

他直勾勾盯住我的眼睛，似乎在检验其中的真实。他黑色的瞳仁里映着我小小的影子，不知道为什么，那让我怕得不行，想转过头去。他任由我躲避他的目光，拉过我的右手，我拼命想把手臂缩回去，但他的力气大得无法抗拒，我想从这张沙发上挣开，半个身子都掉了下去，还是被他把手臂拉了过去。

他的手指在我的右手背上轻轻摸索，轻柔得像缓缓放电的电鳗。

"少了一颗？时间戳显示的是你三个小时前刚领的，就少了一颗？"他语气戏谑，却又无比冷峻。

"为什么用药，就为了见我？"他追问。

"你在胡说什么，我今天状态太差，赶紧用了这个月的第一份剂量而已。你怎么可以怀疑我？"我假装生气。

"你的瞳孔只有针尖大小，大剂量情感激素使用的明显反应，你用了什么？'爱'还是'夏娃'？我这儿有专业测量仪器，要不要拿来给你测一测？"

我一言不发，我不会承认的。

"哦，我看到了，这儿写着呢。三份剂量的'夏娃'。"

他甩开我的胳膊。

"你果然不会喜欢任何人了。"他摇头。

"不！我这么做是因为我喜欢你，不要离开我。"我受不了了，大叫出来。

"莫小姐，你怎么就不愿意承认你连自己都不喜欢呢。"他尖刻地说。

我们一起沉默了。我忽然觉得累了，我懒得再表演或是争取些什么了，我知道一切都无可挽回了，我知道我会搞砸的，一切好运气的兆头都是假象，最终我还是搞砸了。

我哭了起来。

"好啦，好啦，不要哭啦。"他说。

"我们就这样了吗？"

"不然呢？"

何遇平时从来不这样说话，我能感到他话里的疏离和冷漠。一个惯于冷漠的人最能察觉他人的冷漠。我从沙发上跳起来就往外走，在这儿再多一刻都待不下去了。

"哎？就这么走啦？"他也从沙发上跳了起来。

"不然呢？"我拿衣袖擦着眼泪，几乎抬不起手臂，那儿很痛，被他搋的，我开始讨厌他了。

"你就从来没有想过你能好起来吗？你可以正常起来，就依靠你自己，开心地活着，敞开心扉地去爱。你就非得依赖这些胶囊？你不是也看到老程了吗？他不用什么配给激素照样过得好好的。"

"现在说这些还有意义吗？"这个人刚刚侮辱了我，让我颜面扫地，我根本无心听他的教训。

"我跟你一块儿出去，我送你回去。"

"为什么？"我从眼角瞥他。

"你平时情绪就很不稳定，别再出什么事。"

"有必要吗？"

"还是，还是朋友呀，怎么没有必要，走走。"他走到我身后，拍拍我的肩膀。

我呆呆地开门走出去，到走廊上。我刚哭过的眼睛烫极了，外面的光线刺眼，眼睛就更痛了。楼下是蚯蚓一样歪七扭八的院落小路，丑陋、凌乱。身后"啪"的一声，何遇带上了房门。

5

我逃出那个小院，再次朝江边走去，由着江风把脸上的泪水吹干又缓缓落泪，落泪又吹干，直到脸颊紧缩起来像一个干瘪的橘子，刺痛。我再次爬上那江边的堤坝，在风中摇摇晃晃走着，感到"夏娃"的效果在我体内急速消退，那留下的心灵虚空渐渐被痛苦填满。一阵复杂的思绪抓住了我：担心之事已经全部成真，之后要怎么办呢？该怎么办又能怎么办呢？想要牢牢抓住的东西已经无可挽回地失去，从今以后又只剩下我一个，在无休止的抑郁和焦虑中沉浮。没有办法活下去了，该怎样活下去呢？

我看着堤坝外的江水，那滚滚浊流汹涌奔流，气势骇人。入夏后降下几场大雨，水位暴涨，江水浑黄激越，挟裹着泡沫、泥沙、树干还有破旧的家具和种类纷繁的生活垃圾滚滚而下。江水起伏，乱流纵横，就在我身边江水里有一个大旋涡，江水旋转汇集的中心已近乎中空，将这些杂七杂八的垃圾一一吞下。不论是轻浮的泡沫——迅速地破灭在了转动的水流中，还是好几米长的浮木——和旋涡厮打一阵终于被吞下了，还有翻着肚子的肿胀的不知道是什么动物的尸体——迅速坠入了旋涡中甚至没有溅起一丝水花。那旋涡吞下了越来越多的东西，不断积蓄着力量，在旋转中渐渐伸展，越长越大。

我呆呆看着那左右腾挪、耀武扬威的旋涡，那似乎能吞噬一切的力量让我既惊又怕，但又对我充满了迷人的吸引力。我纵身朝江堤外一跳。

我没有扑向江水，我被人从后面抱住了，扑向江堤里面，结结实实摔在了地上。我脑子里的旋涡消失了，取而代之的是一股泥土和青草的气味。哦，还有另一股熟悉的味道。

"你疯了吗？"何遇在我背后叫起来，"你到底在想什么啊！"

我默默不语，瘫在地上，感觉他松开抱住我的双手，在旁边呼呼地喘气。我的心在迅速从深沉的黑暗中抽身，在那最黑暗撕扯之处，我却听到了内心最深处的声音：我要活下去！我不知道那股求生的力量从何而来。我迅速回到尘世间，想起了身边还有这么一个人，他一直跟在我身后，他还在意我的生命，还会想救回我。我抓住颈间那个又小又凉的挂坠，迅速做着盘算，寻死的事情竟放在了一旁。那或许只是一瞬间的冲动，不，现在我已经不想死了，因为我燃起了新的希望，这事儿似乎潜藏着转机。说不定，说不定我还有机会抓住这个在意我的男人，至少他还顾惜着我的性命。我这样想着，就放松了下来，闭上眼睛，打开折叠的腿脚，在这片阴凉的草地中把自己摊成了一个"大"字。广阔的草地那么平坦，虽然身下是草茎，却比家里的席梦思床垫平整一万倍，我忽然不那么痛苦了，我又和我亲爱的大地联结在了一起，我感觉自己躺在地球上，整个地球蜷缩在我身下轻轻地咳嗽。

"你好了吗？莫大小姐，行行好，起来吧。"

我睁开眼睛，看到何遇眼巴巴地站在那儿。

"你太可怕了，你太可怕了，你快要完全疯了，你就放任自己沉沦。"他不住地摇头。

我默默不语。

"咱们赶紧回家好吧，别再出什么岔子了，送好你我还有事呢。"他说。

"你有什么事啊？"我勉强撑起了身子坐好。

"去找我妹妹。"

"我也去。"

"你去什么呀。你这个样子，赶紧回家，好好待着，整理一下心情，不要想三想四了。"他停顿了一下，"我顾惜你的生命，不是想和你再续前缘，所有的努力我都做过了。不行，我没办法和你在一起。"

我选择性地忽视了他的最后一句话，我在琢磨其他的事情，任由他拽着我的手臂，把我从地上拉起来，跟他走了。

我的家位于城南的聚居地，是大灾变前的老房子，但在老房子里已经算得状态很好了，是医院分配的。楼里也大多住着医院系统的人，大部分人都是熟脸，偶尔见着还能点个头打个招呼。但总的来讲，整栋大楼还是安静得吓人，只有一半房间住着人，我的隔壁和楼上都空置着，这常常让我害怕。但比起城北大片大片连个人影都没有的鬼楼，能见到活人的概率已经相当高了。在我们还要好的时候何遇经常送我回家，甚至有两次上来找我喝点水聊聊天——纯粹字面意义上的。现在他极为娴熟地找到了这栋大楼，我挂在他的手臂上，跟着他乘坐老式电梯来到门口，用食指按了一下门口的电子锁，门锁发出一声愉悦的"滴滴嘟"的声音，向内敞开。

我安静地随他走到屋内，昏昏沉沉歪倒在沙发上，任凭他喂我喝水，还给我吃了一片他偷偷从实验室偷回来的安定剂，给我擦脸，把我扶到床上睡下，拉好被子，一切都妥妥当当的，他走到了门口。

"走啦?"我轻轻地说。

"走啦。"他说。

"以后好好的，别寻死觅活，有事儿叫我。"他补了一句，带上了门。

几乎在一瞬间，我从床上一跃而起，轻手轻脚，走安全楼梯，飞快下了楼。

我已经盘算了一路，他是提过他有一个妹妹，但我既没有往下打听更没想过去见见她。那时我自顾不暇，对何遇的好感都极为有限，更何况他的妹妹。但现在不一样了，我的心在疯狂渴求着活下去的可能，我需要他也需要他这个妹妹，也许我在她面前好好表现一番，还能挽回一点印象。说不定他就不会离开我了? 很有可能，但至少我得先见到她。

我搭乘电梯下楼，刚出楼道就远远望见何遇正走出楼道口，我等到他的身影消失不见，就冲出大楼，看着他穿街过巷，远远跟在他身后，在街道边零星的商铺门口躲藏，从这家店铺冲到那家店铺外，假装在门口的柜台流连，拿眼角注意他的动向。这种鬼鬼祟祟的追踪带给了我一种刺激的快感，连失恋的痛苦都减轻到近乎于无。我看着他也向江边走去，就一直跟他走到滨江大道，他在江堤边走，而我在马路对面跟随。他一直走一直走，走到了野马桥的桥墩下，那个放弃族的聚集地。

我远远望着那些放弃族，他们刚吃完了饭，此时三五成群地靠在一起，懒洋洋躲在大桥的阴影下面打盹消闲。除了间或有一两个忽然跳起来拽着自己的头发"啊啊啊啊啊"大叫一阵，这一幕倒也安宁满足。

这群情绪黑洞，不视他们为正常人类，像我之前那样远远避开才是正常之举。此时何遇却旁若无人地走到他们中间，左顾右盼，一个个打量那些脸黑得和头发一样的人们，好像在寻找什么，他的行为着实难以理解。他在那儿转悠了一阵，停了下来，这时候，一个放弃族翻了个身，站起来走到他旁边，拉了拉他的衣袖。我紧张起来，但何遇回头看了看这个人，平静地点了点头，带着他一前一后地走了。

我好奇得要命，马上跟过去，又怕被发现，始终不敢靠得太近。只好拼命踮脚张望，从躲藏着的一家便利店门口的立式冰柜后面探头去看，就这样还是看不清那个放弃族的样子。他个子矮小，长头发纠结在一起好像披着一块毛毯，和所有放弃族一样，一身黑乎乎油腻腻看不出本来颜色的厚重衣裤，无论冬夏都是如此。

他们一块儿过了马路，马路宽阔，这儿又偏僻根本没有什么车，但看得出来那个放弃族仍是慌乱紧张，脚步乱踩，何遇护着他。他们走到我这边的马路上，往前又走了一阵，左拐进了一条小巷。我保持着距离，等他们转过去一会儿了再跟上去，我倒要看看他带着一个放弃族去找妹妹是要干什么，三个人一起打扑克？

他们在小巷里走了一阵，来到一个灰色大理石的高台前，相对而立，何遇正好背对着我，让我鼓起勇气靠近了一些，看清楚他们中间是一座极乐泉。

极乐泉，这东西我再熟悉不过了，官方的名字是"情绪激素自动柜员机"，除开特殊的额度申请，每个月我们都在这儿领取自己的情绪激素。

此时，何遇和那个放弃族同时向极乐泉伸出了一只手，他们的手臂被固定，手掌上方垂落两只机械爪，手掌也给固定，好像趴着两只钢铁大蜘蛛。何遇的面前浮现出一张泛着微光的全息投影界面，极乐泉的一切技术都是最先进的，这种屏幕比我们能买到的民用技术先进了好几个世代。他用左手在面板上点了两下，那个放弃族的面前也浮现出了一样的面板。我往前探了探，想看清两人面板上的文字，但那些字太小了，无论如何都看不清，两张屏幕上都有一红一绿两个又大又圆的按钮，倒很显眼。我看到何遇按了绿色，而放弃族按了红色。

"咔哒、咔哒、咔哒"，金属爪发出熟悉的声响，然后松开他们的手，悬臂缩了回去。

两人收回了手臂。

我忽然明白了，我明白了他们在干些什么，这回事我是听说过的，但从没有见过。额度转让，仅限于法律承认的夫妻和血亲，且需要双方同意。我相信何遇对我所说，他没有结过婚，所以那个放弃族一定是他的亲人，是谁呢，我被自己的想法吓了一跳，那一定是他的妹妹。

这太让人难堪了，我是说，我替何遇感到难堪，他可从来没说过他的妹妹是放弃族。这是可以理解的，家里出了放弃族是一种耻辱，那代表着潜藏的情绪基因缺陷，关系越亲近携带这种基因缺陷的可能性越大。我想起一贯情绪稳定的何遇，打了个冷战。

在我待在那儿想这些事情的时候，他们已经走下极乐泉，往我这儿来了，我一下子回过神来，左右张望，但这小巷中没有店铺，无遮无拦，我转过身子想原路跑掉，却被叫住了。

"莫羡？"何遇叫道。

"真巧……"我转过身子。

"你在这儿干什么，不是刚带你回家休息吗？"他走了过来，莫名其妙看着我。

我捋了捋头发，完全编不出谎话。

"你……跟踪我？"

"我舍不得你走……"我只好继续装无辜。

何遇冷冷地瞪着我，那个放弃族在他身后木然地张望着，我并不知道她在看哪儿。

"这是你妹妹？"

"对，她就是何碧树，我妹妹。"

"碧树你好，我是你哥哥……"我看了何遇一眼，"的朋友。"

我现在能看清何碧树的脸了，虽然脸上黑乎乎没一块干净的地方，但能看出来五官细巧，确实是个女孩，年纪不大。她冲我眨着一双大眼睛，但眼光却又好像没有落在我身上，而是在凝视我们俩之间的空气。

"你哥哥刚才把额度给你了？他真是个好人。"我轻轻地说。

"是我把额度给他，他要的，聪明药。"碧树忽然开口了，她的声音暗哑得像一块燃尽的木炭，完全不是年轻人的声音。

"别跟别人说这些。"何遇猛地拉过他妹妹，从我身边挤过去，带着她快步走到小巷尽头，过马路走了。

等他们走过马路，他回头冲我喊了一句："你快回去吧！"就再也没有回头，匆匆向着来时的方向去了。

我在原地站了一会儿，刚才好像明白了，现在却又糊涂了。何遇，这个曾经那么关心我、在意我、想要把我从情绪暗流中捞起来的男人，原来才是最大的情绪骗子？他连放弃族妹妹的额度都不放过。当然，当然，这些事情一直都有，社会的渣滓总沉淀在社会的暗处，那些欺负亲生爹妈、欺负没文化不懂额度政策的兄弟姐妹，甚至拿亲生孩子当额度来源养的人渣，谁没听说过呢？他们比那些持刀剖开手臂的抢劫犯更不如，因为他们欺负的是自己的亲人。但，何遇也是这样一个人吗？好吧，好吧，我自然也不是什么好东西，某种程度上我也是把他当作摄取正面情绪的工具，但我从没有想过他也是这种人。他的情绪那么稳定，他需要吗？我气极了。

我走出小巷，也向来时的道路走去。

我大步地走着，再次返回野马桥下，何遇身边已经没有他妹妹，他正从桥墩那儿穿过马路回来，朝岔路口走去。我抬起头，发现那座大教堂般恢宏的安定医院就在前面，我加快脚步跑起来，追了上去。

　　"别跟着我。"何遇注意到我了，仍是快步走着。

　　我紧紧跟在他身后。

　　"你怎么不回去休息？"

　　我仍跟在他后面。

　　"我，说，过，了。别，跟，着，我。"他停下脚步，紧紧盯着我，一字一字地说。他几乎从不生气，这样已经算得上非常严厉。

　　但我毫不畏惧，我觉得我是正义的："你告诉我为什么要拿你妹妹的额度，我现在就回去。"

　　"我为什么要告诉你？我凭什么告诉你？"

　　"你不是说你情绪稳定，很久都不需要额度吗？原来是靠着妹妹的额度在强撑？"

　　他不说话，大步走着。

　　"她已经是放弃族了，没有这点额度，这个月可能都活不下去，你也忍心？"

　　"你也好意思说我？你自己拿我当什么？"他终于再次被我气得尖酸刻薄了起来。

　　"她那感受我最明白。"

　　他深呼吸一下，声音忽然缓和下来："你总是能让我激动起来，对，你给我带来过开心和感动，但我现在真的没有时间跟你解释，就这样吧。"

　　他说完这句话，掉头就走，我不知道哪儿来的勇气，冲着他大叫："你这个骗子！你这个小偷！你这个无耻混蛋！"

　　这条大道和整座城市一样，都是空旷、冷寂的，但此时零星的几个行人都停下来，向他投过来目光。

　　　　　　　　　　　　　　　　　　　分　泌

他仍然快步向前，都快要跑起来，似乎是想逃过我的喊叫，但走了一会儿又慢下来，站定，转身跑回来。

"我不是骗子、小偷和无耻混蛋。"他跑回我跟前说。

"那你干什么偷你妹妹的额度？你就为了自己高兴，不顾她的死活了吗？"

"好，好。"他抬头看了看天空，高楼大厦间掩映着一个咸蛋黄般的夕阳，"我就再花点时间，跟你说个清楚。"

"她那样怪谁？你这样怪谁？是我造成的吗？你为什么天天就守着那点额度苦苦地活，还想用结婚来骗我的额度，还是开心不起来？为什么碧树成了那个样子天天还要跟猪似的守在桥底下？为什么那么多人都挣扎在崩溃的边缘，为什么明明每个人都可以靠自己自足，正面情绪却如此匮乏？"

"为什么？"我不由自主地接住他这番莫名其妙的话。

"我有时候可怜你，觉得你就像以前的我，或者像以前的碧树，我觉得自己能帮你，如果我帮了你，你就不至于变成碧树那样，毫无尊严地活着，还不如早点死掉。但有时候，"他顿了一顿，"有时候你真让我觉得恶心，好像实验室里的白老鼠，为了一点点饼干渣疯了似的往前跑，绝想不到这个世界很大，在他们的玩法以外，还有别的玩法。"

"他们是谁？我不知道你在说什么。"

他向身后一指。

我看到了那座尖顶层峦叠嶂、如大教堂般恢宏的建筑，安定医院的总部。

我警惕地望着他，我想起了老程，想起了电视里那些被逮捕的异见分子的晃动的身影，还有门下塞进来的可疑的小卡片。

"为什么要做情绪的奴隶？"他的声音是激动的，但面上仍然那么冷静，嘴角甚至似笑非笑地上扬。

多么居高临下的指责呀，我最受不了的指责。

"好，你运气好，你和你的亲生妹妹不一样和我也不一样，你抽中了基因彩票，你分泌稳定，永远平静、理智、愉悦。而我像这个世界上大多数人一样，活下去都很困难，不靠人工情绪激素一个月都撑不过去，如果失恋了甚至可能寻死觅活，什么你做不出来的蠢事都能做出来。你永远无法感同身受，只会居高临下地指责。"

"你怎么知道我分泌稳定？你怎么知道我之前不是和你一样？我只是克服了，老程也克服了，还有许许多多的人，都克服了。你没有见到，不代表他们不存在。连碧树，这也不是她第一次把额度让给我了，依然还活着，你就这么确定你做不到，你生来特殊？"

"碧树？"我笑了，"不靠额度活着？当然，是活着，你每次拿走，哦，偷走她的额度，都是一次冒险，你觉得她还能活多久？"

"我偷她的额度？"他斜着眼睛看我，好像这事再好笑也没有了。

"我拿走她的额度，是为了弄来更多的额度，给她，也给你，给我们，我们望帝城的所有人。"

"哦？什么意思？"

"我说得够多了太过了。算我求求你，别再跟着我。"他又看了一眼夕阳，转身就跑，这次没有再回头，一直跑上安定医院的石阶，跑进安定医院的大门。

有一瞬间，我动摇了，我想扔下他，回自己家去。我何曾受过这样的指责？这个男人已经不能为我提供我想要的正面情绪了。不止于此，他刚刚向我倾倒了那么一大堆负面情绪，他会把我拖到水底，而不是拉到水面，这再明显不过了，我已经燃起了熊熊的怒火。为了证实这个想法，我抬手看了一眼安定表：愤怒Ⅳ。

但难以自制地，我仍向安定医院跑去，追随着他走过的道路。我想搞清楚这究竟是怎么一回事，我想让他说个明白，我想让他向我道歉，但我心里又明明白白地知道，这都是借口，我只是不愿让他离开我。虽然他已经明明白白地放弃了我，还是个道德败坏的小偷。但我就是不愿从这儿独自离开，我非得追上他，看看他究竟在做些什么。

医院对面的街上，停着好几辆车，其中有一辆破破烂烂的面包车。何遇径直走过去，驾驶室的车窗正落下，他探头和车里的人说着什么。我快步追去，发现驾驶室里是一个梳着高马尾、肤色黝黑、五官鲜亮的酷姐儿，穿一件军绿色的无袖帽衫，胳膊上有起伏的线条。

他看到我又跟了上来，回头问我："你是非跟着我不可了？"

"对！"我大声说。

"就这人？"那个酷姐儿扬着下巴点着我。

何遇冲她点头。

"抓紧时间。"她没回头，直接伸手从后面的车厢里抓过一个纸袋，递给何遇，关上车窗，一气儿把车开走了。

从后面车窗深色防晒膜内摇动的人影来看，车上还有好几个人。

何遇从纸袋里抓起一件绿色薄外套，扔给了我。

"赶紧换上。"他说。然后从里面拎出来另一件黑色外套，套在白T恤外面。纸袋就折起来塞进旁边的垃圾桶。

"走，你不是跟着我吗，去医院。欢迎加入黑狗小队，我是队长何遇。"

他说完，小跑着穿过马路，冲向安定医院正门。

6

我们排队通过安检，进入大厅。争执浪费了太多时间，我抬头看大厅正中那面圆形挂钟，长短两条指针连成一条直线，指向6点，安检通道已在我们身后关闭。

入夜之后，医院大楼停止接诊，夜间急诊转向分院，时间所剩不多，我得抓紧再抓紧。

我穿过大厅里拥挤的人群，穿过闪烁着"一针见效　终生安宁　究极狂暴疗法"的红字广告牌，穿过综合服务台前矩阵排列的机器，穿过狂躁症挂号厅，穿过职工食堂前白衣大褂的队列，一直走到大厅深处，透光天顶的尽头。

我放慢脚步，身旁的女孩喘气连连，仍固执地跟着我。

我挎上她的手臂，掸一掸高级丝绸面料的外套，昂首阔步走向那道关卡，那道由不锈钢门档和一个蓝背心守卫着的关卡，那后面是特需病人部。

"我们去特需病人部干什么？你去那儿干什么？"她问我。

"别说话，过去告诉你。"我说。

我用手推开门档，我和李篱之前已经试过多次了，这玩意儿只是个虚设。那个守卫拿他见多识广的势利眼在我们22姆米的丝绸外套上轻扫一眼，就继续他的神游了。

我们顺利进入电梯厅，这儿用黑色大理石板装饰齐整，电梯上用米白色碎石拼出"十二号电梯间"的大字。四部电梯门旁的装饰金光闪闪，贵气逼人。

我带着莫羡走进离我们最近的那部电梯，按下控制板上唯一的按钮——二十三楼。

电梯门轻轻关上，莫羡终于忍不住开口问："去二十三楼干什么？那里是最高层，特需病人部，都是政府权贵，你想对他们干什么？"

"你说错了两点。第一，二十三层不是最高层，第二，我对这些大人物也不感兴趣。"我指出。

"那你想干什么？"

我竖起食指，指了指电梯顶上的摄像头，又放在嘴前。

"耐心些。"我轻声说。

她瞪着眼睛，不知道又在胡思乱想些什么，但总算不说话了。

我也不说话了。我感受着臂弯中这个不平静的躯体，也感受着电梯微微的震动，一下下地数着，二十三下以后，电梯灯亮，电梯门开，我挽着她走出去。

这是一条静谧的走廊，被暖黄色的灯光点亮，屋顶间挂着绿萝和吊兰。我和她步调一致，踩在柔软的地毯上，无声无息。沿这条走廊走到尽头，再左拐，来到另一条两边都是病房的过道。每间病房上都有四位数字的门牌，开头都是二十三，自2301起始，一字排开。走到2306前，发现下一间病房的门牌被人遮挡，一个白大褂抱着胸倚在那间病房前玩手机。

从这人身边经过时，我开口问："一切正常吧？"

莫羡转过头望我。

白大褂头也不抬，仍用大拇指飞速划着屏幕，手法让我想起刀削面师傅，但屏幕没有被他削成一片片飞入沸水锅里，只有他低沉的嗓音传来："一切正常，祝你好运。"

我们继续向前，走过最后一个标记着2313的病房，在岔路口继续左拐，踏入另一条走廊，这条短暂的走廊尽头有一扇门。我抓起门把手，拧开，先推莫羡，然后自己也钻了进去。

一片漆黑，我重重地踩了一下脚，灯光亮起，这是一个又暗又小的电梯间，整个房间里只有一部货运电梯。

"你听我说。"我开始对莫羡迅速交代，"我们就从这里上二十四层。二十四层才是这座楼的最高层，这是唯一一部通向二十四层的电梯。你得小心，紧紧跟在我后面，不要出声，不要捣乱，要快，不能被任何人看到。如果有任何人看到我们……"

我猝然停下了，因为那部货运电梯红色的指示灯亮起，随后是"叮——"的一声。有人下来了。我赶快冲到门口，开门挤了出去。

莫羡却没跟出来，她愣在那儿呆望着我，我赶紧朝她招手，让她出来。但电梯门已经缓缓张开，我迅速带上门，从门上的玻璃小窗向内观察，电梯里走出来一个人，她已经被看到了。

现在说什么都晚了，我只能透过窗子，摆摆手又摊开手。我也是服气了，这姑娘聪明的时候聪明得吓人，关键时候又呆里呆气。

我想起她那拙劣的跟踪和演技，头痛不已。我只能让自己迅速冷静，观察事态发展，做好随时冲进去的准备。

电梯里钻出来一个西装笔挺的矮个儿男人，他两寸长的头发在发胶的作用下根根挺立。面容倒是清秀，两条腿却短得像小矮人一样可笑。这个人我认识，特需病人部的操部长，操院长的儿子。

"你怎么在这儿……莫羡？"他瞪大眼睛看她。

原来他俩认识。

"我……没什么啊，我就上来转悠一下。"她说。

"转悠什么？怎么会转悠到二十三层来？"他显然不相信，废话，这话谁能相信。

"你今天当班吗，怎么会来总部？"他追问。

"不当班，我过来领情绪额度。"她解释。

"领额度怎么跑这儿来了？极乐泉不能搞定？"他继续追问。

"我……"她低下头，两手背在身后，脚下拧巴在一起，脸上像在挣扎，左手却猛地按下右手手背。

她再抬起头来，眼角竟然有泪："我领完额度，还不想走，想着还是来看看你。"

好啊你，又来这一招儿。我觉得好笑，又有点生气。

"找……我？干什么？"

"我在考虑你上次和我说过的事情……我想还是要当面和你说说……"

"哦……"操部长面无表情，却朝她靠近了一步。

他清清嗓子，看她没有继续说话，问："你同意啦？"

她抬起头，用我难以忍受的含情脉脉的眼神看着他："我挺犹豫的，其实我对你不是没有那个意思，但我总是顾虑……"

"那就别犹豫了。"

"不……还有一件犹豫的事，我希望你是真心喜欢我的，但你为什么和护士部许多女孩儿都关系那么近，这个医院也有，那个医院也有。"

"没有，我跟她们没关系，别听别人瞎说。"他赶紧解释。

"不不……"她又低下头，"你不是在欺负我吧……我心里犹豫极了。"

"我们只是，工作上的接触……我的工作性质，难免的嘛。你和我在一起以后，我当然可以不理她们任何一个，相信我。"他的眼神得意起来，欣赏着她的纠结。

再抬起头，她脸上挂了泪。她看了一眼操部长，眼神复杂，幽怨，情感，羞怯。他没看出她的花招，给镇住了。他姿态僵硬而扭曲想上去抱她，她却躲开他，推开门冲出来。我及时躲在一边，给她把门带上。电梯间里只留下操部长一个人。

她抓住我的袖子使劲摇晃，想逃走。我抗拒住她的拉力，看着她那瞳孔放大，仍旧情欲闪烁的眼睛，摇了摇头。我丢失了电梯间里的视野，但还听着里面的声音，操部长可一动也没有动。而这时候，又是"叮——"的一声。

电梯开门的声音，新的脚步声，另一个人走出电梯。三步过后，他停住了。

"定制回路是你这么用的？"新的声音，年长，质问，压抑怒气。这声音也是我熟悉的。

"我也是在行使许可范围内的自由呀，自由才能解放生产力嘛。"操部长的声音，赔着笑。

"别打哈哈。多少人紧盯着的东西。商界、学界、政界……你是不在乎，下面多少人盯着你？没我这个老子你敢这样？别以为我不知道你拿那些额度去干了什么。亏你还是专业的。要不是我看了药剂科报告，你以为我不知道你小子胆大包天？"

"这都是小事，小事说出来让您烦心干吗？您放心，正事耽误不了，放弃族的事儿，我牢牢在盯着，已经在研究稳定性更大的激素了。"

我明白了另外一个人是谁，那个黑暗固化世界的秩序捍卫者，这个世界本不该如此。

"那就好，搞清楚正事。我没指望你有什么建树，但千万别添乱子。"

"是、是。"

四只脚走动的声音，是冲我们这儿来的，明白无误。

我抓住莫羡的手就跑，冲到走廊尽头，右转后拉开第一扇门。推她进去，我也躲了进去。

我们紧靠门站着，看着房间里惨白的灯光照着房间中央的病床和绑在床上的病人。那是一个全身被黑色皮革的束缚服包裹的人，只露出一双紧闭的眼睛。那眼睛忽然睁开，这个人剧烈挣扎，整个床随着他的身体一同颤抖。他还发出了一些嘟嘟哝哝的怪叫，但嘴里塞着那个球，把嘴巴撑得鼓鼓的，发不出很大的声音。

房间外的脚步声渐渐靠近，松软的地毯一次次在脚步下塌陷的声音，好像是踩在雪地上。我无法想象我和莫羡被他们一起看到会怎样，说起演技，我还不如她好。

脚步声止住了。我俩背后的门，在我俩之间透光的小窗暗了下来，我歪过头和她对视一眼，我知道发生了什么，门外两个人中的其中一个，我不知道是谁，在向这里面张望。

我的身体完全僵住，还在冲她眨巴眼：没事，我们站在他们看不到的地方。她也冲我眨巴眼，只要开开门，他们就什么都看到了。对，而这个房间里第三个人更拼命地挣扎起来，甚至发出了一种倒吸气的嘶嘶声，好像下一秒钟就要断气。

但门外的脚步声又响起了，那窗口又射进来昏黄的灯光，他们走了。离开了那个在床上像刮了鳞的鲤鱼一样乱蹦的病人。可能这就是他的正常状态。

我继续等待着，等着外面的人走远。莫羡一只手抓住脖子上的挂坠，一只手拽住我的衣袖。我握住她那只手，又瘦又凉，微微颤抖。她的面色也是如此，好像下一秒就要哭出来。她的情绪一向不太稳定，直到现在，她的表现都超出了我的预料。她没有寻死觅活，没有大呼小叫，她不知道我在干什么却始终配合。她信任了我。

我扣过她的手，用手指轻轻在她的手背上摩挲，找到了那块滑溜的胶布，和胶布下一个米粒大的凸起。那是她的最后一颗"夏娃"。

"很受欢迎嘛。"我说。

她瞪我一眼。她太忧郁了，但那种忧郁很适合她，在它不那么尖锐的时候，甚至变成了一种吸引力，仿佛潜藏着我期待的温柔和安慰。

我的手避开那个凸起，紧抓住她的手。

我们又那样站了一会儿，我握着她的手。病床上的人最后猛弹两下，安静下来，一切都安静了。

我看着她指指头上，她点点头。

我推开门，她先钻了出去，我也钻了出去，听到身后又传来挣扎的声音，关上门，也紧紧关住了那声音。我们顺原路返回货运电梯那儿，电梯还停在我们这一层。

"我忘了件事，就在这儿等等我。"我说。

她点头。我钻出房间，返回走廊，在岔路口左拐，找到男厕所。第一个厕所间的门上贴着蓝黑条交织的胶带，我撕下胶带，推开门，在马桶的水箱下找到了一个塑料袋，我拎上跑了回去。

"走。"我说完冲上电梯，时间已非常紧张，但还能尽量争取。电梯的操控区仅有两个按钮，二十三和二十四，我按下二十四。

"这是唯一能上到二十四层的电梯，用来搬运电子设备。"我说。

二十四层到了，这里空旷昏暗，水泥地面，水泥墙面，毫无粉饰。一盏高瓦数的黄色灯泡照亮整个大厅。墙三面都立着高高的铁皮柜，绿色的油漆已开始剥落。大厅里只有一扇门，我穿过那扇门，来到一个没有灯的房间，只有旁边一个无框的窗子透进来昏暗的天光。眼前还有另外一扇门，双开门，不锈钢材质，门框边透出刺眼的白光，还有"嗡嗡"的巨大震颤。我在塑料袋里掏了一会儿，找到手电筒，拧开开关，黄色的光束照亮那扇门，镜子似的反光。

门上挂了一把锁，门中间蹲了一个人，一个瘦高个男人——李篱，我们的人。

"别照，遇哥，别照了，有摄像头。"他拿手挡着脸，慢慢站起来。

"不照怎么开门？别管摄像头了，直接开。"我说。

李篱勉强抬头看我一眼，又看一眼莫羡："咋没带刀姐来？你来晚了，要来不及了，黑哥那儿已经开始了，8点车就要走。我们下次再来吧！"

我问莫羡："现在几点？"

她掏出手机看了一眼："7点10分。"

"还有五十分钟，你赶紧开，来得及。"我说完，从袋子里掏出一个稀里哗啦作响的圆盘扔给他，那上面拴着各种各样的金属工具。

他没接住，那团东西掉在地上。他弯腰捡起来，在上面细细摸索。我拿手电筒给他照亮。

好一会儿，他终于找到了一个用得着的工具，戳进锁眼，开始了努力。

"不会被人发现吗？"莫羡问，她显然注意到了头顶上的三个摄像头。

"一定会被发现。就算在这里不被发现，进去以后也有警报，既然是破坏性闯入，警报一定会响。但只要我们动作够快，一定会成功。"我冷静地说。

一切都是经过精密计算和演练的，且具备充足的容错性。这里我已经提前来过不下十次。唯一尚未经过演练的是警报响起后会发生什么。我不知道，但我不在乎，发生任何事我都不会在乎了，主机就在里面，必须有此一试，我已经做好了最坏的打算。

　　　　　　　　　　　　　　　　　分　泌

李篱仍在努力，他已经换了好几个工具，但门纹丝不动。我注意到他的身子在不住颤抖，手也在不住颤抖，他是个开锁高手，只是紧张。

我走过去，拿手搭在他肩膀上："别害怕。"

"我想做这件事，我太想了，但我害怕，我太害怕了，我怕他们……"他回头看着我，瘦削的脸颊上竟然挂着眼泪。那个圆盘脱手再次哗啦啦掉在地上，他弯下腰哆哆嗦嗦怎么捡都捡不起来。索性放弃了尝试，用手哆哆嗦嗦在胸前画着十字。他不去教堂已经多年，但最危急的时候还是祈求主的怜悯。

我走过去，捡起来，递给他，但他没有接。

"对不住了，遇哥。"他说。

我知道他的意思了："你走吧，坐电梯下，再从安全楼梯走，跑下去，去找刀姐他们。"

"你们呢？"

"你走啊！"我大声说。

他转过身飞快地跑走了，一边跑一边号了两声，有一声好像是在叫主啊什么的。

我把手电筒递给莫羡："帮我拿着。"

她用那灯照着我："你还会开锁？"

"我不会，但现在必须试试。"我在右手背上使劲拍下。

先是一阵眩晕，然后是一种闪电般的震颤，照亮了一切，彰显了一切，让万物都清楚而明白。我站在宇宙的中心，站在这座二十四层高楼的最顶端俯瞰着这座蓄积着压抑、充塞着恐惧的不幸的城市。我洞悉了望帝城里所有的生灵和所有的心，他们的一举一动，他们的所思所想。我现在应该干什么？我太清楚了，我要对付眼前这把锁、这扇门，还有背后那个庞大的计算机系统。但那不是我现在最想看的，我最想看的是身边这个女人。她迷茫又伤心的眼睛，在黑暗中闪闪发光的眼睛，那后面是一颗心，一颗可以破开那些遮蔽和破碎的完整的心。我看到了她的爱和怕，她的痛苦和欢欣，那伤痕累累的心，那震慑过我的藏着黑暗的心，那尖锐到刺开我密不透风的人生的心，内心最深的角落里有一个人。那个人背向我而立，我忍不住去看他的样子，只要我再努力一点，我就要看到那个人的脸了，但我竟不忍心看下去。

"聪明药。碧树给你的聪明药。"她说。

对，当然，当然。聪明药，大剂量高浓度苯哌啶醋酸甲酯，高效的中枢神经兴奋剂，还有抵消副作用的长春西汀和酪氨酸。由我妹妹的人身安全交换得来的全部三颗药，全部用掉。

"我要试一试。"我回到了这间屋子。

我在那串金属小件上拨弄，找到了一个最尖的小锥子，开始尝试。开锁，其实只是寻找一种了然的感觉，和所有我曾经面对过的问题并无不同。我触着冰冷的铁门，感受那凉意阻隔下所有机器的呼吸：它们在欢迎我，它们希望我进去。我用那小尖锥在锁里轻轻捅了几下，便对弯弯道道了然于心。尝试、阻挡、失败、更换用力方法、再试、再失败、再换、再试、再失败、再换、再试……

门猝然开了。

刺眼的白光照进眼睛里。我向里扑去，倒在地上。

7

我撑住粗糙的水泥地爬起来，两只手掌都擦破了，莫羡在哪儿？这个念头稍一闪现就消失了，我被眼前的东西牢牢吸引：几百座和天花板近乎等高的服务器编成整齐的方阵，齐声轰鸣。我一跃而起，跑过两排服务器间狭窄的过道，两边的机器蓝色荧光灯纷纷闪烁，风扇带出一股股热浪，我只管向前飞跑，冲出声潮和热浪，跑到队列尽头的空地。

　　　　　　　　　　　　　　　　　　　　　　分　泌

空地中央是一张单薄的白色塑料桌，我冲过去，在桌子四处摸索起来。没错，这就是整个机房的操作台。我从左往右、从上至下一点点察看，在右桌腿那儿发现了一个绿色LED灯，呼吸般轻柔闪烁。小灯下面，是一个卡槽。我在塑料袋里摸索，掏出了一块存储卡，插了进去。

桌面上亮起一片白色的背光，背光之上，字母和数字组成的代码落雨般降下。眼前的桌面上缓缓浮现出一个光线勾画成的键盘。

我将双手放上桌面，落在虚拟键盘上，用存储卡里的破解器侵入数据库，进入权限很快被攻破，但系统修改指令还得我自己编写，我接触所谓的计算机编程不过一周，作为李篱的备份。破门以后，警铃开始放声大叫，莫羡跌跌撞撞跑了进来，看起来吓得够呛，安保力量虽然被黑哥牵制，蓝背心们肯定也在赶来的路上，留给我的时间不多了。我深吸一口气，拍碎手背上剩下三颗胶囊。

第二道闪电划过，触电般的链接感，激活了所有死记硬背过一次就已全部忘记的编程语句，天书般的代码也变得清晰可读。我的双手跳跃起来，输入大段指令，提交发布，等待反馈。系统迅速接受。但那只是本地服务器，还需要将命令传至线上，再更新到所有客户端，也就是散布在望帝城大大小小街巷的一万多台极乐泉。我看着眼前蹦出的进度条，只等这个进度条跑到最后，一切就都大功告成。

刺耳的警报声忽然消失，另外一个声音响起来："你们在做什么？何遇，莫羡。"

这是谁？男人的声音，他认识我，但我一时识别不出这是谁，他从哪儿看着我们，红光闪烁的摄像头？

"希？"莫羡犹豫着问。

"是我，停下来。想想你们在做什么。"那男人说。

我怀疑地看着莫羡。

莫羡没有回答，她仓促望了一眼门口："有人进来了。"

"没事的。"我的眼睛回到那进度条，偏偏它爬得极慢，将将走到三分之一。我低下头，操作台上是一片水渍，我的汗滴。

"你从旁边过道出去，悄悄溜出去。"我把她往旁边推，让她赶紧溜走。但她挣开我的手，扬手亮出一根钢管。不仅不往旁边去，反而挡在了我的前面。

"哪儿来的?"

"门口那个人掉在地上的，我就捡过来了。"

我知道了，这是李篱的武器。我回头看看身后，那进度条竟卡在正当中一动不动。我想带她跑掉，但我不能走，我的任务还没完成。他们还有余地采取干扰措施，断电、撤回代码、回退系统，在事情尚未完全无可挽回之前，我不能离开这儿。我们已经等待了太久，我已经等了太久，现在就是一步都不能退之时。

我们就守在操作台前严阵以待，听着嘈杂的脚步声越来越近，从服务器阵列中冲出五个蓝背心。他们倒没直接扑上来，而是在我们面前停下对峙。一共五个人，每一个都比我高大，都是一身红色制服上再加一个蓝背心。五个人里面只有一个顶着玻璃面罩的防爆头盔，像是他们的头儿。

戴头盔的这位说："你们放下武器，举起双手。"声音瓮声瓮气，好像头上扣了一只鱼缸。

我一动不动。莫羡不仅脚上没动，还神经质地前后左右挥舞着手上的钢管，簌簌直响。

戴头盔的那个忌惮地看着钢管，脸色渐渐不好看下去。

"跟他们废什么话。"他们中间最高的一个大高个取下腰间的配枪，对准莫羡。

我赶紧去拉她，但已经晚了，她身子一颤，被击中了。她的右肩挨了一下，那儿露出一簇紫色的箭羽，小飞镖那么大。那不是子弹，而是一枚情绪弹，效果立竿见影，她的眼睛瞪大到不可思议的程度，脸色苍白，身子一僵，向后倒去。我没了解过那东西的配方，

分　泌

可能是大量肾上腺素，为了制造恐惧。我揽住她绵软的身体，她不住地颤抖，直往地下滑。即使这样，她手上还牢牢抓着那根钢管。

我拉过她握住钢管的右手，找到那粒小小的凸起，按了下去。

她睁开潮湿的眼睛，望着我，望向对面那个依然举着情绪枪的蓝背心，慢慢从我怀里直起身子，站了起来。

我夺过她手中的钢管，侧挥过去，第一棍就打在那个持枪人的手腕上。他被猝然击中，惨叫一声，枪落在地上。我在他脖颈根儿又是一下，一声闷响，他应声倒下。

其他的蓝背心紧张起来，脚下挪着步往一块儿挤，却没有一个人敢去扶倒地的那位。我击倒持枪人后就将钢管收在颈侧，前后跃动，提防他们的动作。这一年的擒拿格斗不是白学的，果然有备无患。见他们没有动作，我就主动出击了，擒贼先擒王，我上前一步，盯准那个戴头盔的就是一棍，击中他的左肋。这个头儿一看就是惯坐办公室的，毫无应对之力。我听到了骨头断裂的脆响，只是不知道断了几根，他捂住胸向后退几步，坐倒在地。

我迅速收回棍子，想一个一个对付完剩下三个，但忽然整个儿都不对劲了。那三个刚才还蠢笨无能的蓝背心此时变得勇猛又精干，我坚定的信心迅速消退，开始担心能不能以一敌三。继而我感到左胳膊针刺般痛起来，我一看，那儿也多了一簇紫色的箭羽。

我的手颤抖起来，我的心畏缩起来，这太可笑了。自从我能控制我的心以后，我已经很多年没有体会过这样的恐惧。但现在，畏缩的感觉席卷而来，几乎要将我吞没。但只是一瞬间，我的心里涌起了另一种感情，那是我穿越那段孤独又黑暗的岁月反反复复练习过的，对怯懦的反抗，一种打倒这三个蠢货的强烈渴望。

莫羡把手搭上我的肩膀，"你没事吧？"她轻轻地问。

我摇头，憋住气不说话，继而一棍挥向那个不知道什么时候偷偷掏出枪击中我的秃头。他迅速扭转身体躲开这一下，枪却被我一棍打飞了出去，越过整个机房所有的主机，撞在对面的墙上。这时候另外两个家伙一拥而上，一个抱住我的右臂抢夺钢管，一个抱住我的左臂，两个人一起用力把我向后拉倒，我把手中的钢管扔给莫羡，就再也无法挣开他们的攻击。那个丢了枪的秃头稍微一愣也加入了进来，紧紧抱住我的脖子，把我往后拽。

我当然被他们放倒了。只能盯住头顶苍白的日光灯管，无可挽回了，但没关系，进度条一定走到尽头了，没关系。不！我忽然想到，他们可以回到操作台那儿，覆盖代码，回退进程，让一切恢复原状，功亏一篑，一切功夫都白费了。我拼命挣扎，一点用也没有，我的脖子和两条胳膊都被紧紧压住，无法动弹。

那恼人的男人又说话了："放弃吧，失败是从一开始就能计算和预料的，一切都在我们的掌控中。"

"老实点。"抱着我脖子的秃头恶狠狠威胁。

我头痛欲裂，应该是短时间内服用了太多聪明药的副作用，视线逐渐丧失，眼前一片模糊，头顶的日光灯管变成一道白线，完了，全完了。

但忽然，我感到脖子上的力量一下子松脱开，我扭头一看，那秃头的脑门上涌出一道暗红的血迹，沿着下巴流进红色工作服里，把前襟染得深红。莫羡举着钢管站在他身后，面无表情，正对着另外一个人的脑袋比画。

那家伙也看到她了，他放开我的左手，去抢钢管，莫羡和他撕扯起来。我猝然发力，甩开右手上的束缚，一个左勾拳，打在他脸上。他一个踉跄，放开了莫羡。我拽住他那件蓝背心，把他拉过来，对着他的脸左右开弓，几拳过去，一脚把他踹开。他一下撞在服务器上，瘫在地上，人事不省。另一个蓝背心又扑了上来。我发现了，这些人拳脚松散，个头虽然大，却没受过专业训练，不足为惧。我根本不管他的王八拳，一脚踹在小腹上，他坐倒在地，我抓过莫羡的钢管，在他头上敲了一下，他昏死过去了。

现在，整个房间又静了下来，机器们轰鸣的底音上是起起伏伏的呻吟声。我稍喘几口气，忍住剧烈的头痛，跑回操作台，进度条已见底，提示全线成功发布。我挥起钢管，一下下砸向操作台。白色塑料屑飞溅，一顿狂砸，操作台已彻底报废，成了一堆破烂。失去了输入设备，他们一时半会儿没办法挽回刚才的操作了。

喇叭中又响起了那个男人的声音：你们楼下的同伴已经被制服，更多的安保人员在赶来。整座大楼已经被封闭，你们无处可逃，投降吧。

"这究竟是谁？"我问莫羡。

"是……我的诊疗AI，我想也是整座医院的主控程序。"她说。

AI继续开口："即使命令侥幸发布，一切的影响都在计算内，只是一场小规模暴乱……"

我将手中的钢管狠狠掷出去，钢管像标枪击中高挂的喇叭，把它击得粉碎，声音消散了。

我跑过去，拉起呆立在原地的莫羡，所有该做之事都已了结，此时不跑更待何时。

穿过主机、穿过大门，窗外已是夕阳的余光。穿过空旷的走道，来到货梯，下到二十三层，警铃余音犹在耳，但始终没有更多蓝背心赶来，看来楼下的行动一切顺利。我们拐向走廊，在岔路口左拐，依然是躲在2313病室那位激动的老朋友那儿，躲过两个匆匆而过跑上楼支援的蓝背心，再跑出去，绕过特需电梯，走消防通道离开。

整整二十三层楼梯，我们狂奔而下，跑下楼梯，直接从楼梯厅的一扇小门跑出去，到了大街上。这扇小侧门只出不进，在入夜以后不属于大楼任何一个安保片区的管辖范围，是一个死角。这甚至不是这座看起来固若金汤的大楼里唯一一处死角，我们三个月的调查期内还有许多这样的发现。

我挽着莫羡在街上快走，速度控制在既不引人注目又尽可能地赶快。我们绕行一圈接近医院后门，后门口停着一辆警车，还有一对蓝背心守在门口，他们手里握着对讲机，四处张望。

我低着头，让莫羡靠在我身上，装成一对热恋中的小情侣，匆匆过街。几个交警拿着小旗和尖尖的路障在道路上布置，指挥封闭道路，现在是高峰期，马路上不多的车辆在这里形成短暂的拥堵，慢慢往两边开。我仔细观察，发现其中没有刀姐他们的车。我掏出手机一看：8点05，晚了五分钟，超过原定时间，他们已经走掉了。

我把手机塞回口袋，穿过马路离开安定医院。

"他们应该在这儿等我们的，但我们来晚了。没关系，PLAN A失效后还有PLAN B。我们去找他们。"

"刚才AI说他们被制服了。"

"虚张声势。跟我走。"

"去哪儿？"

我没有回答，我发现身后那对蓝背心正在匆匆穿越车流，他们沉默着，眼神也不在我们身上，但我知道他们是奔我们来的。我拉着莫羡在道路尽头拐弯，越走越快，最后索性狂奔起来。

空旷的大街上没什么人，更不会有人说出他们的压抑，但这股压抑紧张的暗涌一如往常，我们冲破这股凝滞，拼命向前。起风了，我觉得身边的莫羡跑着跑着越来越轻，简直要飞起来。

我们跑过路口，在道路尽头冲进一个小广场，穿过小广场，挤进商场大门。这就是望帝北城区最有名的平价卖场。天色已经暗了，商场大厅却挤得水泄不通，外面马路上消失的人好像都跑这儿来了。

大门口竖着一块告示牌"金门女士内衣厂家直销大会"，仔细看，这里是内衣内裤花花绿绿的海洋，无数面色红润的中年妇人在此间沉浮，我推着莫羡往人潮中最挤的地方挤进去，随手从衣架上摘下一套艳绿色的内衣裤。

"走、走……"我使劲推着她向前挤。

她没有说话，和我一起默默用劲，在无数的肩膀脖子手肘子间腾挪。

"我们得去试衣间。"我推着她一直向前，来到试衣间前面，趁一个年轻女孩刚钻出来，赶快推她进去，不顾身后一个中年大妈对我们插队的辱骂。

我无心解释，跟在她身后挤进去。

我跟她挤在狭小的塑料布搭起来的临时试衣间里，鼻尖对着鼻尖。我把那套内衣裤扔在板凳上，脱掉了身上的丝绸外套。

"脱呀。"见她不动，我扯掉她那件绿外套。

"现在，跟我从商场西门出去，紧紧跟住我。不要管你身后有什么人，记住，紧紧跟上我。黑狗小队的车就在西门门口等我们，只要上了车就是安全的。明白了吗?"

"明白了。"她盯着我说，眼里已没有丝毫畏缩。她掀开门帘，先跑了出去。

我越过人流，看清了内衣卖场出口，开始努力挤过去。我看到了两个蓝背心，就是医院后门见过的那两个，他们正在卖场入口跟大妈挤在一起，努力向会场中央靠拢，却又寸步难行。我不顾脚上一直被踩，脸上一直挨胳膊肘，拼命向出口挤过去，好不容易到了出口，一位虎赳赳戴着袖章的大妈拦住了我。她操起一只饭勺一样的检测仪把我从头到脚扫了一遍，又让我撩起T恤给她检查。我只得服从，以证明并未私藏内衣的清白。她对着我松散的肉体轻笑两声，终于放行。我挤出人潮，回头望见莫羡也刚被一个大妈放行出来，应该没有看到我的窘状。

我沿着商场边的通道向前跑去，跑向西门。据事前调研，西门是整座商场人流最少的出入口，既无顾客，也无保安，今天也是如此。我从旋转门出去，下了台阶就是一片空地，昏黄的路灯照着唯一的车辆，就是刀姐的金杯。

我跑过去，拉开车门，莫羡从我身后蹿过，先跳上车门，朝我伸出一只手，我抓住那只手，也跳上去，拉上车门。

车已经打着了火，呜呜作响，微微颤动，在我关门的一瞬间开动了起来。我随车身晃动，跌坐在门口的座位上。

"搞定了吗?"刀姐问我,声音冷静到近乎懒洋洋。

我拼命喘着气,莫羡也在喘气,我在黑暗中摸索,抓住她的手,又冰又凉的小手。

"搞定了。"我说。

8

车子七拐八绕,驶出小路,驶入滨江大道。我感觉莫羡手上的力气越来越小,直至完全脱力,我把她的手放回膝头,她已经睡着了。

"人都齐了吗?报一声。"我说。

响亮的口哨声:"刀姐。"

"我在。"老程。

"在呢。"黑哥扬着刀疤脸,我们这儿唯一的粗人。

"来了。"张纵波。他就是那个特需部走廊上的白大褂,我们的内线,厕所里的工具也是他从职工通道顺进去藏好的。

"来了,遇哥……我替你祈祷过了。"李篙冲我挤眉弄眼一笑,这个临阵脱逃的家伙也归队了。

"怎么这么晚?"刀姐问。

"路上二操从二十四层下来,差点堵上我们。纵波。"我看他。

"他们肯定是提前去机房视察,就在我去厕所藏工具的几分钟里上去的。"张纵波说。

"你就恰好尿急啊?"

"我的锅,我的锅。"他说。这个特需部主治医生精明能干,但妻子因为抑郁症去世后就有点间歇性精神恍惚。但如果不是这样他也不会加入黑狗小队。其他人的情况,各有不同,总的来说,又差不太多。

分 泌

"算了。"我也吹了声口哨，靠回椅背上。窗外只有起伏不停的江水，反射着一点若有似无的微光。事儿已经做下，成不成的，看天看命。

"你们那儿还顺利？"我忽然想起来。

"顺利。黑哥先进场，他露脸以后现场就炸了，保安和门口的病人都是，他那张脸在通缉告示上出现了太多次，震撼力太大。"老程答。

"嗯，你那儿也跟上了？"

"跟上了，我在药房闹大动静，医院以为那才是真正的目标，储备安保都过去了。"

"最后撤退还顺利？"

"顺利，人质出地下通道口全放了，我们顺利换车。"

"好。"

一路过去，再无人说话。大概半小时后，天已经全黑了，车停了。我摇醒莫羡，一起下车。老程先去开门，我们紧随其后，跟他进了路边一栋房子。这房子又大又破，是我们很久不用的一个据点。我把机房的情况大致一讲，约定明早再看是否往城郊转移。饭菜已提前备好，大家简单吃了点就各自回房。

我揽着莫羡上了三楼，她下车后不是揉眼睛就是打哈欠。今天对她来说太刺激了，还用了那么多"夏娃"，中了一粒情绪弹。打开房门，地上只有一张裸的席梦思，她径直扑上去，朝窗外蜷起身子。我关上门，躺在床垫另一边，熟练地进入冥想，这是我在漫长的黑暗岁月中练就的绝招。我先排空大脑，任凭念头升起，一一观察，再一一放过：安定医院总部顶层的机房、举枪的蓝背心、莫羡、碧树、发出咔哒声的极乐泉……它们盘旋一阵，最终都离我而去。我陷入昏沉，初夏的夜，寒意袭人。身边人忽然翻了个身，钻进我怀里，我抱着那个冰凉的身子，感到一点暖意。双眼在一瞬间张开，看到了窗外夜的幕布上布置着的银色的星星。我睡着了。

我做了一个梦。我清楚地知道我在做梦。我回到了江城的老宅，和父亲母亲一起坐在餐桌前吃饭，他们的面容看起来还很年轻。我就着一盘青菜吃完米饭，忽然想起了什么：

"妹妹呢？"

饭桌对面的父母交换了一个忧愁的眼神。

"她去哪儿了？"

他们一起摇了摇头，没有说话。

我扔下碗筷，冲出屋子，跑下楼，邻居老程正站在楼道口做广播体操。

"碧树呢？"

他张开双手做扩胸运动，一手往后山的小树林一指。

我穿过围栏，爬上后山，钻进小树林，沿着一条小河跋涉许久，远远望见一个小姑娘。她蹲在河滩上用树枝画画，我走过去，扳过她的肩膀，是碧树，脏兮兮的小脸上满是泪水。

"我检出了问题。"她说。

"没有，他们搞错了，别相信他们。"

她没有说话，站了起来，眼睛盯着远方，眼神渐渐直了。

我忽然知道了，我知道要发生什么了，就像我千百次梦到过的那样，一艘木船从小河上游漂流下来。船上挤满脏兮兮的孩子，他们一边哭叫，一边向碧树挥着手。碧树向他们走去，我想抓紧她的小手，但那小手滑溜溜根本抓不住，我要抱住她却扑了个空，她的身子好像根本不存在似的，我疯了一样大喊起来，却叫不出声音。

我就眼睁睁看着她被一双双小手抓住，拉上船，那艘船随着水流继续奔流而去，她的身影渐渐变小，她回头看我，脸庞却变成了莫羡的脸。我追着船蹚入了冰冷的河水，听着声声呼喊，看着那张熟悉又陌生的脸，直到一切慢慢消失，只剩下我一个人了。我知道，从今以后就只有我一个人了，永远站在河滩上。我醒了。

莫羡躺在我怀里，枕着我的手臂，望向窗外。

"你醒……"我想问她，却被她捂住了嘴。她指指窗外，那儿停着好几只大鸟，是长尾巴的蓝喜鹊，在窗前那张四处开裂的皮沙发跳上跳下，冲着她叽叽喳喳。我知道那梦中的呼喊声从何而来了。我一点声音也没出，那些鸟儿却不安起来，扑棱棱全飞走了。只剩下阳光映照着灰尘，在这个破败的房间中舞动。

莫羡却仍望着鸟儿消失的地方发呆，那儿只有一片虚空。

"你在看什么？"我问。

"时间。"她低声说。

我没有听懂，感觉右手麻了，慢慢把那条手臂从她脖子下抽了出来，伸了个懒腰，若无其事道："我刚才梦到你了。"

"梦到我什么？"她回过神来。

"梦到你变成了碧树，被他们带走了。"

"我也梦到你了。"

"梦到我什么？"

"我梦到了一只一脸嘲笑的怪兽，它一直在梦里追着我，从这个梦到那个梦，但我刚才第一次把它干掉了。"

"我在哪儿？"

"我怀疑你就是那只怪兽。"

她说完转过身子，直直盯住天花板。那儿糊着褪色的暗淡壁纸，勉强还能看出之前葡萄缠枝的图案。她就盯着那壁纸慢慢发问："你们到底干了些什么？"

"我说过了，把额度还给所有人。"我揉着眼睛，尽量轻描淡写，"我们入侵了安定医院的主机，修改了程序，全程你都在。"

"然后呢？程序生效以后会发生什么？"

"无限情绪激素，无限快乐。"我想缓解一下紧张的气氛。

她拧着眉头望着我。

"快乐不应该是一种特权，为什么要被本该属于自己的东西控制？"我说。

"你们疯了吗？"

"人们往往通过事情的结果判断一个人的动机，即使采用这种世俗的评判标准，我们很快也会有一个答案。"我说。

她不说话了，望向窗外。

"你们是一个犯罪团伙。"她忽然提高声音，"我跟你一起只是因为我……我爱上了你。但我从没想过你们会这么疯狂。"

"如果看到更高更值得服从的秩序，这一切并不疯狂，我们只是新的秩序的一部分。"

"狡辩。你们会毁了整座城市，毁了所有人，没人受得了情绪的冲击……你从没真正体会过情绪的力量，我怀疑你这辈子都没有情绪失控的时候，那种为之生为之死的感觉。"

我笑了，这太好笑了。

"情绪失控。"我耐心地咀嚼着这组词，"莫羡，你真的不太了解我。"

"你几乎没有情绪，比希还要平稳。"

"我知道了，你以为我只是一个冷酷的药剂师，一个计划周密的暴徒，是吗？那如果我告诉你，我带着和碧树一样的基因呢？我和她一样和你也一样，带着致命的情绪缺陷基因。我只是靠自己一点一点把自己变成了这样，我确实很多年没有用过人造激素了。"

"你从没说过这些。"

"我说过了，但你能明白又相信吗？谁没经历过那些呢，痛苦和破碎，一次又一次，但我已经有一个亲人崩溃了，我不能允许自己再崩溃。我就承受那些，所有的痛苦，所有的黑暗，让那些破碎的自我再合起来。"我指指自己的胸膛，"渐渐地，我有了一颗新的心，更坚强的心，我还是我，但又不是我了，所有的破碎合成一个新的我，我，作为一股力量，汇入了这个世界生生力量的海洋。那以后我就知道我可以，所有人都可以。我走出江城的小镇，来到望帝求学，做药物研发，组建黑狗小队。我没能救得了碧树，但能救得了

　　　　　　　　　　　　　　　　　　　　　分　泌

你，还有其他人。不是吗？不用依赖那破额度，我们都是一样的，都可以好好活下去。"

"所以？你就要做这些？"

"是，唯有一场冲击性的暴乱，才能冲开医院的这套秩序。哪怕之后留下一地废墟，新的秩序也一定会建立起来。不用攀缘不用索求，激素给你们的，我们的大脑都能给自己，从古至今都是如此。这是我们所有人坚信的。"

她不说话了，瞪着我，好像在想些什么。

忽然她把枕头扔过来："你有时候理智得真叫我害怕。"

我翻了个身，从床上坐起来，放好枕头，说："你也起来吧，我们得准备转移了。"

9

我在盥洗室迅速收拾了一下自己，走出房间，下到二楼，发现老程站在大厅里，正在窗前张望，晒着太阳。

"早啊。"我扬扬下巴，喜鹊和阳光，今天应该是个好日子。

"早啊。"他嘟嘟哝哝，头都没有回。

"把人都叫过来吧，我想过了，我们尽快撤到隔壁甚平市去。这样妥当。"

我迅速说完，他却没有答话，仍是梗着脖子，望向窗外，十分古怪。

"再观察观察吧。"他说。

"观察什么？你没事吧？"

他没说话，指着窗外，另一只手猛招，让我过去。

我走过去，站在他身边，顺着他手指的方向望去，也看呆了。

窗外是一块被居民区包围的小广场。广场正中是两座极乐泉，旁边立着几棵歪脖子树。一个红T恤的小伙子从一栋居民楼走出来，走向其中一座极乐泉，站上操作区，他向那机器伸出手臂，然后就一动不动了，脸和手臂都看不清，只留下一个背影。过了一会儿，他收回右臂，换了左臂。又过了很久很久，得有半个小时吧，他把左臂也收回来了。他拿胳膊紧贴身子，想掩饰住那上面密密麻麻的电子邮票标记，完全是掩耳盗铃，太多了，根本遮不住。他转身跑起来，一边笑一边跑，胳膊紧贴身子，两条腿飞快甩动，钻进居民楼间的小巷，不见了。

"看来是成了。"我说。

我们就站在那儿，身边渐渐站满这座屋子内所有的人。以下是我们所见的景象：

接着来了第二个、第三个、第四五六七八个人。他们在极乐泉前久久流连，把它整个围了起来。那些人，满面愁容了无生趣地来仰天大笑地去。他们的脸上挂满了我曾一百次想象的表情，愉悦、幸福、兴奋、骄傲、和善、亲密……我多久没看到如此众多的笑容了？

很快，不只是笑容了，巨大的笑声从这座破房子的每一个窗口传来，好像阵阵沉闷的浪潮，渐渐变得喧嚣。整座城市回响着疯狂的笑声，如果不是在所有的窗前亲眼见到了那些边笑边跑的人们，我不会相信那是人类在这座沉闷压抑的望帝城所能发出的声音。

"他们给自己用了什么？"莫羡走到我旁边问我。

"理论上，所有大剂量使用兴奋剂属性激素都可能造成现在的结果。但我推测大部分人都用了安非他命和MDMA，致幻剂混合兴奋剂，他们一定看到了一个不一样的望帝，然后对眼前的幻象高度狂热。"

我指给他看一个男人，那个头发花白的汉子跪在马路中央，对着面前的空气一下一下磕头跪拜，间或放声嘶吼。

我继续说："当供给剂量有限的时候，大部分人都会选择有轻微兴奋或者镇静效果的激素，以获取长效的效果。比如你一直在用的茉莉，含有咖啡因和THC。但当供给趋于无限，鬼才不用更强刺激的东西呢，这正是我想要的。强效刺激，一举冲破束缚，迎接看破和自由。你不试试吗？"

"绝对不要。他们让我觉得恶心。"她摇头。

"你只是习惯了那种死气沉沉。"

现在她没有枕头可以扔我了。

现在已经没有转移的必要了，所有人都同意留在这儿，为了随时监控事态发展，或者欣赏我们的战果，直到一切落定。李篙提议我们索性加入这场狂欢，让我拦住了。我们得继续观望，直到安定医院的抵抗完全瓦解。房子的地下室储存着大量的生活物资，我们就躲在这座堡垒中，哪儿也不去，轮班监测城中的动向。

中午的时候，几辆防暴警车冲向了小广场，从警车上拥下好几队蓝背心，他们戴着防暴头盔，手持电棍，腰里别着情绪枪。刚一下车，就和簇拥着极乐泉的人群冲撞在一起。

几乎是一瞬间，蓝背心们就被人潮冲散了，淹没了。在失去理智的人潮中，全副武装就是个笑话。他们被人群推来挤去，剥掉全身装备，撕烂了制服和蓝背心，露出内里的白色背心和内裤，然后被高举过头顶，送向极乐泉。在那儿，他们的手臂上也打满了邮票，然后，他们就成了这狂热人群的一部分。

这些特殊成员的加入激起了人群新一浪的狂潮，人潮涌出广场，向江边去了，没过多久，这个小广场边只剩下零丁几个歪歪倒倒的人。

"他们去哪儿了？"莫羡问我。

"安定医院总部。他们想明白了，从总部切断激素供应源头他们就什么都得不到了，得把那儿完全控制住。你看，现在不需要我们做任何事了，人群自发行动起来了。"

"整座城市都疯了，这就是你想看到的？"

"疯狂是理智复苏的前兆，我早有预料。"我说。

"你妹妹呢？"

"现在激素供应已经完全放开了，也就不存在放弃族，碧树现在只是一个普通人，她要接受自己的命运。"我说。

"你真的完全疯了。"

"可能吧。"

我们躲在屋内，任凭外面沸反盈天。入夜之后，整座城市的天空都烧红了，火光四起，市中心刮来的风里带着焦煳的味道。长鸣不断的警报声、哭叫声、喊叫声和那愈发炽烈的牲畜般的笑声组成了一曲惊魂动魄的交响曲。这个城市在进行一场巨变，最深的压抑正在最炽烈地爆发。

我们睡在一起。她轻轻触摸着我的脖子，然后环住我，用焦躁不安的身子紧紧贴住我。她和这座城市一样，经受着冲击，承受着撕裂。那完全是她心里的暴乱，我再也帮不上她，任何人也帮不上她，但我终于找到了让她解脱的办法，就在这张床垫上。

我进入了她。

她比她看起来要小得多，身体也是。快二十五岁了，依然是个处女，从未打开过自己的身体，也不知道该如何摆放它。她似乎从来没有离一个人这么亲近过，一边想要躲藏，一边又忍不住想接近，脸上写满了抗拒，或者说欲拒还迎。但我知道，这一次我就是无比坚定地知道，她喜欢我给她的一切，我的吻，我的触摸，我的坚硬的下体，我的一次一次的冲撞。我俯瞰着她，看着我胸前的伏羲和她的女娲撞得叮当作响，几乎要撞碎在一起。她苍白的面色渐渐泛红，她活了过来。我也是一样。我好像忘记了自己，却又感觉身体里睁开了一千双眼睛。我爱这场盛大的抽奖狂欢，多巴胺、后叶催产素、五羟色胺，还有内咖肽，那因为无法通过脑血屏障而无法从极乐泉中获得的最美好的内咖肽啊，我爱这些丰厚的奖品。我一直紧紧盯着她的脸，她的意外连连的脸，第一次参加抽奖，毫无期待，意外所得全是惊喜，高潮来临时瞪大的眼和颤动的睫毛，然后归于平静，归于轻轻的呼吸声。

10

我们在这座破屋子里躲了三天三夜。直到窗外吹来的风不再带有硝烟的味道，那些怪异的声音，那些血与火的味道，那些让莫羡不安让我兴奋的东西都散去了。这座重归寂静的城市里，只留下了浓浓的人造激素的味道。

现在，我们可以出去了。我捡起房间里四散的衣服，和被莫羡扔掉的安定表一起递给她，她却扬手把安定表丢在了一边。看着她那张筋疲力尽又容光焕发的脸，那个在情绪崩溃边缘徘徊的女孩已经变得稳定。而我呢？我感觉体内的一部分稳固已久的东西已被清理置换，获得了一股更具生机的活力。

整座城市空空荡荡，江阴道上见不到人影，也没有车辆，只有空空的风声和惊起的鸟群留下的鸣叫。我和莫羡，还有黑狗小队的所有人，走上滨江大道。

太阳刚刚升起，新鲜的阳光照耀着宽阔的江面，江水已渐渐落下。空气里曾经紧张的东西已经松弛下来。我们一路朝安定医院总部走去，发现倒在路边的人越来越多。这些人全都一样，衣不蔽体，甚至裸着身子，神情迷乱，瘫倒在地，嘴边挂着一个微笑。两只手臂上都是密密麻麻的电子邮票胶布。

这儿弥漫着纵欲后的味道，我四处环顾，我们的人都四散开去，莫羡还在我身边，神情却渐渐惊惶。

路上到处都是玻璃碴子，路边是被砸烂的店铺，带着火烧后又被水浇的痕迹，火是早已熄灭了。那些脸上挂着笑容安睡的人们有的会忽然睁开眼睛，爬起来，走到商店里，从货架上抓起些袋装食品，然后就蹲在路边扯开包装袋，大口吃起来。吃完后再在邮票上一拍，仍旧躺下。

莫羡差点踩到一个老头子，他默默绕开她，爬起来以后去街边的极乐泉再领一块邮票，拍碎后，脸上浮起无比痴迷的笑容，看我们走过，就把那满脸褶皱中绽放的微笑送给了我们。

"那是什么？"莫羡问。

"MDMA 或者 MDA，能刺激血清素，它可以让人真正地彼此理解，互相关爱，逾越所有的心防。你不觉得这很棒吗？最后，大家还是选择了最温和的激素，彼此默默理解，互相爱着，这是好事。"我说。

"爱……着？"

我不说话了，我也觉得怪怪的。一切都在我的分析和预判之中，分毫不差，但那个没有温度的笑容让我觉着怪怪的，但这没有关系。

"我们走到这条路的尽头，然后商量对策，你就在这儿等我。"我继续往前走。

她却呆站着，望着路当中，那儿开来了一辆救护车，不知道这来自哪个还保持着正常运转的安定医院。几个白大褂蹲在人群中忙活着。

"别管他们，所有的救援都是杯水车薪，他们会自己好起来的。"

但她却没有挪步，她向救护车的方向走去，在她的面前是一个孩子，一个又瘦又小的孩子，头发又脏又纠结，满脸满身都是污渍，全身只有一条短裤。

她弯下腰去，抱起那个瘦弱的孩子。

明亮的朝阳照着她脖子上露出的女娲玉坠，在这片焦土前，她整个人宛如新生，大风吹起她的裙角，背后好像升起光晕，好像来自我故乡古老的神祇，点亮了这幅暗淡的街景。

我再次感觉到了第一次见她时那种让我心动难安的东西。

"醒一醒，醒一醒。"她一张一张撕掉她瘦弱的胳膊上那些电子邮票，那些医用胶布纷纷落地。

孩子脸上挂着笑，眼皮在不住地抖动，却依然没有醒过来。

我走到她身旁。

"抱着他。"莫羡对我说，她静静地看着我。

我不知道为什么，我不应该那样做的，但我还是那样做了。我伸出手去，接过那个轻到没有重量的孩子，忽然颤抖了起来。我不知道那是什么，那是一种比蜜还甜的暖流。我知道所有的情绪激素和它们精确的体验却不知道它是什么，但那不是多巴胺，不是肾上腺素，不是催产素，不是内咖肽，不是苯乙胺，不是任何一种我体验过的美好的情绪激素的感觉，但那感觉又像是它们的全部加总。

那是什么？

我望着光里的莫羡。我还不知道那是什么，但我相信，一个更美好的时代必将来临。

野兽拳击

1

（1）

家门在我身后缓缓合上。如同一具喷着冰霜的行尸走肉，我麻木地走进卧室，跌进了棉花堆一样柔软的床垫。

"啊！啊！"我拼命捶着床垫。

这一整天，我用尽全力维持先锋产品经理的形象。不！不是那种普通的先锋产品经理，而是内蕴激情，对最新科技动态了若指掌，又能为达成目标而一鼓作气狂加十年班的实干派——这是我最初自己规划的饱满立体形象。

然而，今天的遭遇耗尽了我的心气。此刻，我声嘶力竭地打落心头的盖子，那里面正煮着一锅恶毒的绿汤，不断翻滚的气泡释放着咒骂的音符。

我的技术合作人是薇姐，她用一双纤纤玉手递过来她的技术实施方案，虽然迟交三天，但好歹是交了。我接过来一瞥，封面上的"广告"写成了"厂告"。

她完美的假睫毛下是完美的眼线，完美的眼线下是完美的口红，只见双唇轻启："还有什么问题吗？"

我只想冲她下巴来一记左勾拳，让她该死的鲜血淌在那该死的妆容上。

"没问题，太谢谢你了。"我微笑。

我的上司东哥，两个月没打过照面，我拿着下半年工作计划去找他，他让我在会议室等了两个小时，终于钻了进来，"快！快！我这儿一堆活儿等着呢！这事儿那事儿的！"

我将五条计划一条条讲解完毕，深吸一口气，停下后，迎接我的是一阵沉默。

"您觉得这……下半年计划还有什么问题吗？"我忍不住问。

"啊？结束了？"东哥猛地说，他迷瞪的双眼忽然瞪得溜圆，鬼知道他刚才在眼镜后面看什么。

他清清嗓子："没问题，很好，很好。"

我只想冲他脑袋挥一记右摆拳，让他见鬼的工作把他彻底埋在这会议桌上。

"好呀，那就这样吧。"我笑道。

从东哥的办公楼一百一十层回到我的负五十层，一群格子衫的年轻人跟我一起挤进了子弹电梯，毫不避讳地开起了玩笑。

"你知道活动部有多傻？"

"他们又在做什么？"

"那套改了一百年的广告系统呗，继续改。"

"跟他们比，我们得算前沿科学家了吧！"他们笑得满面春风。

没错，活动部，就是我刚刚调入的部门，广告系统改版，是我也在参加的项目。我该怎么对付他们，跳起来扫踢扫倒一片，让他们趴在这里感受直降地底的快感？这不成，拳击比赛不能用扫踢，得想想别的招数。

我走出了电梯。

冷静，刚调岗不适应是正常的。我蜷了蜷背，让自己更深地陷进了床垫，暖气渐渐温暖了我被寒意浸透的身子。我一抬眼，眼神触动了视界上方喷着白气的发动机，四面黑暗落下，我受够了这些人，只想去《野兽拳击》里堂堂正正打一场。

想到《野兽拳击》，我的心微微收紧了，两个月来，第一次发现这个游戏的兴奋火焰依然在我心头燃烧着。

（2）

那是和今天一样筋疲力尽的一天，回到家中，夜已经很深了。

"欢迎回到巨力引擎"，耳边是聒噪的鹦鹉叫声，我接入引擎，回到了我的草原。

头顶是瓦蓝的天空，云朵一层追着一层赛跑，牧草随着微风一浪一浪倾倒，一直舞到我的脚下，广阔的草原一望无尽。

"最新游戏……"我有气无力地说。

一堆五光十色在我眼前铺陈开，我打起精神，抬了抬眼皮，一个一个看过：解谜、拼图、悬疑探案、小宠物换装、5V5MOBA、日式和风RPG……

净是些老掉牙的游戏，而且娘炮，娘炮无比，我一无所获。

难道没有带劲点的游戏吗？我一下子望着萌萌："我想打架。"

萌萌是一只五彩金刚鹦鹉，长期以来，它总是敬业地在栖木上歪头看我，神气活现，聪明非凡，但现在它眯起了眼，露出一副迷瞪瞪的表情，而显然，我是更傻的那个人。

我字正腔圆又对它讲了一遍："有没有能让我发泄情绪的，可以打人的游戏。"

"看看这个。"萌萌奶声奶气地说，伸出一只爪，向我比出一个"划"的动作。

从两边的角落里，一头老虎和一头狮子忽然蹿向空中，它们人立而起，戴着一红一黑两只套子的兽爪相对挥出，重重相击，望天而嚎。

　　　　　　　　　　　　　　　　　　　　分　泌

四个黑字应声出现："野兽拳击"。

有意思！

我冲那两头凶恶的野兽眨了一下眼。

一张纸飘落在我的面前，标题是：《野兽拳击》游戏规则。

我抓住这张泛黄的羊皮纸，只言片语映入眼帘："身体致伤风险""年满十八岁""必须安装至少十三片标准重力感应芯片""准职业等级比赛需装备标准电竞服"……

怎么回事？像真的一样，一般而言，这种官方辞令在游戏开始前一滚而过就可以了。

我一阵烦躁。

算了算了，说不定是款良心作品呢，我安慰自己，耐着性子对羊皮纸眨眼，羊皮纸纹丝不动。

我看了一眼萌萌，它正伸出一只爪子微微晃动，好像握着一支看不见的笔。

好吧，我抓过羽毛笔，歪歪扭扭署上了自己的名字："王文"。

羊皮纸心满意足地卷起来，轻巧地飞走了。

这次是真的要开始了，来吧，细节考究的"良心"大作。

空间的抽离发生在一瞬间，流云天空与草原消失了，一切都暗淡下来，取而代之的是我只点着一盏小灯的房间。

我躺在床上盯着了无生气的天花板。怎么回事？我闪退了？

"嗨，丫头。"传来一个苍老的声音。

我吓了一跳，转过头去，发现一个老人站在我的屋子中央。

他周身的微微光亮提醒着我，这是一个虚拟形象。

"你确定这个地方适合比赛吗？"他四下望望，"我看也行，勉强能安置下拳台。"

这可真是一个高度拟人的AI，面部表情细腻，语言素材也很丰富。作为硬核玩家的我，很想见识一下设计他的这位同行。

老人的背心上也绣着狮虎相搏的图案，显然，和萌萌一样，这是游戏中的那种引导新手的NPC。

"我们要在AR视角下比赛吗？"我问。这年头，只有专门设计给工作时偷偷玩的小游戏，才做AR模式呢。

"丫头，别那么迷恋画质，重要的是打斗本身，"他把毛巾搭到椅背上，站了起来，撞了撞两个硕大的手套，"你准备好了吗？"

什么，这就是我的对手？

"等等，"我说，"你是我的对手？你是……人吗？"我已经顾不得措辞。

"是的，我就是你开局比赛的对手，叫我'大师'。"他弓起身子，出起空拳，"戴上你的拳套吧，没有也无所谓，能痛快打一场就行。"

我可能忘记介绍我自己了，我，王文，一个互联网产品经理，可能是天天沉迷于那些精密的全景式VR和虚拟系统设计，忽视了身体的锻炼，但终究是个一米七的有志女青年，血气方刚，孔武有力，现在要和这个干瘦的老头子干一架？

忽然我也没那么想打拳了，我摇了摇头。

"来吧，我可比你强壮多了。"老人坚定地说，他的眼里闪着光芒，不再像一个老人。

我跳下了床。

我们身边竖立起四道围栏，堪堪沿着我家的墙壁而立。

"叮"，天花板不知何时垂下了一只铜铃。

老头儿向我冲了过来，挥舞着大大的拳套，比我想象中快，也比我想象中有力，我想说"我还没准备好……"，但话音未落，我徒劳地举起双手抵挡，他把我举起的手臂打到我头上，即使隔着一层手臂，我的眼前仍然一阵一阵发黑。

"好痛……"我呜咽，我的脑子疼极了，有生以来第一次我害怕自己会死掉。我抱着头朝后踉跄，一直退到围栏边，如果不是害怕背过身子会死得更快，我一定要翻出围栏跳过去。

好在老人的攻势没过多久就缓和了下来，我的手酸到再也举不起来，就放下胳膊，大着胆子凑上去，学着他的样子挥去一拳，但他很灵活地压低身子，躲闪过去，瞬间就绕到我旁边，"咚"地打中了我的肚子！

我好像被一头猛犬迎面撞上，肚子上松软的皮肤凹陷到不可思议的地步，他的拳头直接搡上我最柔软的一包内脏，我无法做主，一下坐到了地上，弯着腰，晚饭吃的金枪鱼三明治喷涌而出，整个房间里都是一股酸臭味，我又吐又喘，难以呼吸。

"哎嘿！"老人大叫一声。

我勉强抬起头看他，他跳到了拳击台另外一个角落——我家大门口，在那儿看着我，十分得意。

而我面前出现了两个亮闪闪的红色数字，从"10"一直倒数成"0"。

铜铃"叮"地敲响，"'大师'获胜""KO"两行红字在空气中闪闪发光。

老人走了过来，"试着站起来。"他对我说。

我深吸一口气，站了起来，却无论如何也迈不开腿，我感觉肚子上破了个大窟窿，乖乖站着毫无知觉，但只要有一丝动作牵动到肚子，它就整个开始抽搐。

痛经到昏过去的时候，也不过如此。

我就捂着肚子站在那儿，像个白痴。

"来吧，年轻人，再跟我练练。"

练个鬼！我想，对着蒸汽机眨了两下眼。

老人消失了。

我肚子上的伤痛也是。

房间内的光芒暗淡下来，只剩我的莫奈地毯美妙绝伦的睡莲叶上堆积着一些真切的呕吐物。真见鬼，我没有钱买家庭机器人，还得自己清理，明天还要上班，我头痛欲裂。

但奇迹一般，呕吐后的第二天，我依然回到了这个游戏，跟着游戏里的教学NPC"影子"学习了基本步伐和拳法，我很快找到了诀窍，即使带着痛苦，也能挥出拳头。一个星期后，我就打败了这个绰号"大师"的老人。我喜欢上了这个要么痛揍对方、要么被对方痛揍的游戏，它带给了我现实中难以寻觅的快乐。

2

（1）

我才刚开始期待在《野兽拳击》痛揍更多对手呢，东哥却破天荒给了我一个大项目，"很多人说你根本不适合做产品经理，倒是做行政这种不怎么需要动脑子的事儿比较合适，但我也实在没有其他人选了。"东哥说着，丝毫没有顾及我作为听众的心情，就把这任务扔给了我。简单来说，就是大搞一场全民广播体操推广，只为配合一个政府的体育日活动。

从二十年前虚拟实境技术大爆炸到现在，全世界的人们都被这个虚空中筑起的新世界深深迷住了，在这个纷繁迷人的世界里继续过去的游戏，依然是杀杀怪物、做做拼图、开开脑洞、换换服装，但一切的乐趣都千万倍于过去地刺激着人们的神经。

人们简直就像从木房瓦屋搬进了云上的凌霄宝殿，很快习惯了这里。

不要说那些从此一两年都不离开房间、戴着植入式眼镜躺在家里的极端分子了，他们宣称足不出户依然浪游世界，就是对那些只在休闲时接入VR游戏世界的人们，再想让他们费劲儿伸伸胳膊动动腿也难极了。只有谨遵医嘱的病人和苛求自己身材的精英会走进健身房猛练一阵，枯燥的投入和微小的进步哪儿比得上虚拟视界带来的无限刺激呢？

出于对社会健康的考虑，政府经常办些全民健身日之类的活动，

分　泌

每次都要找关系紧密的眼镜公司合作。

大学毕业后，我在澳洲学了两年工业设计，毕业回来就进了这家全国最大的眼镜公司，这可是个好行当，因为这年头人人都有眼镜，就算打个扑克、麻将，阿伯阿叔也一定要用眼镜接入引擎去打，伴随着轰隆轰隆的炸弹特效，这样才带劲儿嘛！

如果你生在上海这种大城市，政府甚至会直接发你一副眼镜，就担心你不知道怎么交那些个电费、水费，开证明办证件，或者错过天上地下的虚拟广告牌。当然了，广告牌全由政府批设。

公司的生意冲出中国，遍布世界，和政界广泛合作，在整个华人世界里卖出了十亿个眼镜终端，包括了上海的普发眼镜。我在这家公司担任软件产品经理，听起来很美好，我负责的任意一个产品改动，只要审核部门轻点同意，就能立刻在公司的所有眼镜上生效，可以说我能主宰十亿人的一部分虚拟世界体验，而在我们这个时代，虚拟世界体验基本就是人们精神生活的全部。这听起来是一件很厉害的事情，但我从来没有这么觉得，我始终没有学会去主宰任何什么人，哪怕是我自己。

作为一个刚工作一年的产品经理，我还从没接触过资源更多的项目，我之前的数个小项目都做得如温吞水一样寡淡无味。我在活动部的工作终于慢慢展开了，这就是那个可以做出点成绩让人们看看的机会，我开始整日整夜扑在这上面，几个月的时间里自动忽略了一切娱乐。

我想把事情做到好，让别人知道我不是个徒有其表的孬种，我知道其他的同事怎么在背后议论："那个女海龟不过是小白脸，除了一张脸，她还有什么本事呢！"

他们怎么说都还好，只要小叶不这样说就好。

每天下午3点到4点之间，我会跨越大半层办公区，去办公区最边上的天台抽一支烟。我站在巨大的虚拟天台上，这是地底造景的权宜之计，但那拂面的清风和偶尔徜徉而过的鸟群依然让我心神荡漾。当整支烟的三分之一在火星中燃尽，不出所料，门会被推开，四个男人推推攘攘进来，偶尔会少一两个，但大多数时候是四个都在。两个格子衬衫，一个深色衬衫，一个灰色帽衫，他们在天台上你给我点一根，我给你点一根，消耗完一两支烟的时间，讲些我很难听懂的笑话，再推推攘攘回去。

"你也是产品经理吧？"

"是呀，你们是哪个部门的？"

第一次搭话是深色衬衫起头，我后来知道他叫大象，那以后我们也会一直聊天，他们有些固定的话题，看我总是落单，便也捎带着我。我们每次至多聊到一支烟燃尽，但相遇实在太巧太频繁，所以慢慢也就熟悉了。他们四个都是隔壁技术部的，穿格子衬衫的是两个程序员，穿深色衬衫的就是大象，我的同行，另外一个产品经理。灰色帽衫的那个是项目经理，眉清目秀的，叫小叶，他们聊天的时候他话最少，老是笑，但他不知道，我会一直竖起耳朵听他说话，我知道他的口头禅是"唔""可以""有意思"。这无趣的话究竟有什么趣味，我仔细思考过这个问题，没有得出任何结论，我只能任凭这每一个字轻轻地敲击在我心上。

那个下午，我从看过的几十套广播体操中抬起头来，终于完成了整套广播体操的设计。

人的全身共有六百多块肌肉，这套广播体操照顾到了大部分主要肌群，动作也充满巧思，设计可谓独特又合理。我招招手，和我的程序员胡神一起走进我们的项目作战室，那是临时征用的一间体感室，就在吸烟室的旁边。

我刚进公司就植入身体的那一套动作捕捉芯片派上了用场，我昂首挺胸走起路来，从第一节"踏步运动"，到最后一节"伸展运动"，我不知录了多少遍、停下来多少次，终于完成了动作粗录，我满身大汗躺倒在会议室地面上，看着空中那个做着操的蓝色小人，疲乏忽然爬满了身体。

"明天你再细调下动作，广播操的雏形就出来了。"

"这个体操为什么不让专业人员来录？"

"东哥说了，这部分没有预算。"我叹了一口气。

"我还有个问题，这个广播体操究竟有什么意义？"

"做广播体操可以让大家锻炼起来呀，能让最普通的群众都参与到运动中来，你说有意义吗？"我张口就来。

"但政府不是要送出引擎币吗？如果不是为了拿游戏币谁会来做这个操，这个随便设计一下不就好了？"

我一下子不知道说什么，因为我觉得他说得对。事实上，这个东西哪怕照抄一下90年代最老土的广播操，对最后的结果也毫无影响。

"走吧走吧，再躺地上要着凉了。"胡神拉我起来。

走出体感室，整个办公区一片漆黑，空无一人，对于这种事，我已经习惯了。

我坐上了回家的胶囊快车。

快车高高掠过地面，在高楼大厦间游龙一样穿梭，万家灯火在窗外闪过，我记得刚刚从澳洲回国的时候，第一次乘上这列远比悉尼先进的胶囊快车：车内窗明几净，全透明的车厢外是这座城市繁茂的植被和闪闪发光的建筑，深深钻入地下数百层的建筑在地面上拔起喷泉水柱造型的高楼，极速电梯舱像炮弹一样从地下发射出，直达千层高楼的最高层，我的心也快要被弹射出去了。

那时，比起那些留在地广人稀的澳洲的同学，我觉得自己要幸运得多，能和这个世界互联网中心城市一起成长，打定主意做一款最伟大的产品。而现在，我不恨任何人，我回忆不起任何一张脸，我只感觉快要被恼人的庸常淹没。

我第一次注意到这些迷人的建筑里有一些人影，在巨大建筑的掩映下，他们人数众多，面目不清，动个不停，像蚂蚁一样渺小，我恨这些蚂蚁，我恨这种渺小。

胶囊快车外不时穿过城市上空的霓虹灯，也让我心生怨恨，那些身上带着Logo和广告标语的飞龙和热带鱼扇着翅膀翩翩飞动，比真正的动物更生动美丽，微笑舞蹈的明星虚拟图像，比明星本人的笑脸更闪亮，他们之中不时喷出一阵虚拟烟火。我想，我也是这样华而不实。说实在的，我真的有点讨厌我的外表，苍白的皮肤，无辜的大眼睛，像个没有经过事的书呆子，我恨不得长一张同事大象那样的脸，他的脸就像他的人一样，黝黑，不起眼，但连薇姐都觉得他可靠可信，大家交口夸赞。

我干脆取下眼镜，所有的虚拟人物和人造星空一起消失，整个世界静谧下来，只剩灯光映照出火烧一般的天空。

不过十几分钟，我就回到了佘山市郊，这儿曾经是富人的别墅区，但现在富人纷纷迁到了更时髦宁静的金山。整座山都是给我这样的年轻人提供的市政福利建筑，蜘蛛网一样的自动扶梯直通家门口。我恍恍惚惚站了一会儿，就进了家门，而家门合上，我已经不太记得我为什么不高兴了。

我倒在床上，打开了眼镜，浸入引擎，现在正是游戏时间，所有的同事都在线，他们全在引擎上最大的游戏《太空战记》中厮杀个不休，我却兴趣寥寥。

读书的时候，我可是个狂热的游戏爱好者，真正的硬核玩家，一有什么新游戏就非要试着玩玩，我也曾对《太空战记》还有其他一些大众游戏感兴趣，造军舰、组兵团、在宇宙中开荒拓地，跟同事们热热闹闹玩上一阵。但很快就丧失了耐心，两三天没玩，就发现差距越拉越大，等级差得太多，竞技场也打不过了，就没意思了。

总的来说，我是个小众游戏迷，我特别喜欢发掘各种特别的小游戏，我宁愿玩这些很少有人参加的游戏，三天打鱼两天晒网玩着，至少我可以自己控制节奏。

此时的草原，几只无尾羊、刺猬、喷火龙，还有一个戴着红头巾的哥布林推推搡搡，想往我面前挤。这些都是游戏里的小信使，个个驮着邀请水晶。看着它们，我才意识到我为那个广播体操项目忙活了多久。

"让它们都回去，以后不许再来，"我对萌萌说，"给我接野兽拳击。"

很快，游戏中的影子老师站在我的地毯上了。

"欢迎回来，王文。"面目黑暗模糊的影子举起双手，叉开双腿，摆出一个格斗式。

我站到他旁边，模仿他的步伐，他左右滑动的步伐，同时看着他的手臂。

"左勾拳，这个是左勾拳。"他说。

我挥出左勾拳，感受着拳头击破空气，撕出一条口子。

"用心些，打时要无人似有人，有人时似无人。你要尽力打好练习的每一拳，像痛揍你最恨的人。不留余地，不用全力，你根本不会提高。而真的跟人对打时，你反而要冷静。现在，想象你最想揍的人站在你对面，你要打掉他的下巴。"

力气经由拧胯传至拳头，我大半个身子卷过去，挥出一拳。

揍掉他的下巴。

"你手上戴的是什么?"我问。

"是拳击手套，你连拳击手套都不知道吗，你不会真对拳击一无所知吧?"

是的，我对拳击一无所知。

我就这样跟着他整晚打空拳，我不知道从哪里来的力气，打拳直到第二天清早，整条地毯上都是我的汗水，两条胳膊都酸到抬不起来，索性一天没去上班。

（2）

两个月后，广播体操的产品终于对外发布了。我跟胡神一起守着监测数据，瞪着干涩的眼，等着小红点在全国地图上亮起。

"10点整。"胡神说。

第一个小红点亮了，那意味着第一个做广播体操的人进来了，然后是第二个第三个……小红点亮成一片，数据不停跳动，终于，十万人同时在做广播体操。

要问我的感觉，那就是没有感觉。数据不好不坏，基本达到预期，但我忽然糊涂了。我在上海地图上触开一片红彤彤的区域，画面倏忽放大，那是我们一个实地活动点，在一个小广场上，一群大妈正在做最后一节伸展运动，她们前面的空中有一个闪着蓝色幽光的小人在领操，大妈们跟着这个小人比画动作，可以说参差不齐，但也勉强到位。

"毕竟是老年人，不容易了。"我说。

小人结束了伸展运动，俏皮地做了一个空翻，鞠躬扬手，向各方致意，大妈们停下了动作，眼神涣散地盯着四面的空中。

"我领到了！张姐！""我也领到了，引擎币哎，真的太好了。""来嘛，打一盘打一盘。"……三个大妈在广场上席地而坐，马上开了一盘斗地主。很快，整个广场上都是一片炸弹轰隆之声。

我关闭了这个细部影像，回到全国地图，小红点依然闪烁一片，数字翻动不停。我感觉胡神的眼光投向我，但我不敢接。"我去抽根烟。"我一脚踢到了椅子上，简直是逃出了作战室。

作战室外，技术部的人们都不在自己位子上，他们聚在一个工位旁，像嘈杂的鸟群一样，对着天花板指指点点，嘻嘻笑着，我顺着他们的眼光往那天花板一瞥。

一个蓝色的影子，再仔细看一个蓝色的小人，在空中翻腾不休，侧上举的双手画出一个圆周，我的手臂一阵酸痛，这是第三节"双臂运动"。

"下一个季度大家继续努力，要是谁偷懒，那简单，你猜怎样，我会把你弄到活动组去做这个广播体操。"中间工位上的人说。

那人一身紫色的夹克，尖尖的头顶，那是技术部的头儿——拉哥，他牵动着嘴角一笑，我搞不清楚这算是玩笑还是当真。但他旁边的人们发出了一阵实在的哄笑，人群的嘈杂更胜一阵，人群最外面那个穿着蓝衬衫的，可不就是大象，而大象旁边，是的，我最不希望看到的、一个灰色帽衫的身影。

我踉踉跄跄，没有去吸烟室，而是跑向了洗手间。

自那之后，我不再傻干活到半夜，而是尽早干完活儿，尽早回家。我家里被我弄得一股子汗味，最后一件妨碍打拳的家具也搬走了，餐桌、懒人沙发、床头柜，都没有了，莫奈地毯上沾满星星点点的污迹，但我已经不在乎了，我努力跟着"影子"练习，不断挑战新的NPC。

有时，我会问其他同事："你们玩体育游戏吗？"

得到了否定的答案后继续追问："拳击游戏呢？那种互相打架的游戏。"

"是真的打架吗？"

"是的，但不是和人，是跟NPC对打。"

"像街斗那种？"

"不是，不是那种遥感游戏……要你自己去打，真的要去揍别人。"

他们对我笑一笑，说现在还玩体育游戏真是难得，然后说他们宁愿自己身体好好的，不要跟什么虚拟人打来打去。

新的项目接踵而至，但哪怕在公司里，我也开始分心，中午午休的时候我就着手做些准备。

其他同事躺在午休室里，接入梦境控制，睡一个美妙或轻浮的短觉，要么打一会儿《太空战记》，趁中午时间将昨晚被击落的星舰修复一新，而我躺在那儿看老拳手的视频。

这些资料还算好找，几十年前，世界各国还广泛存在着拳击联赛，随着人们热情不再，电子竞技兴盛，拳击联赛渐渐消亡殆尽。

好在视频资料都保存下来了，我就一个接一个看着那些视频，想象着自己在场上出拳，有时候也忍不住真的比画两下。

"哎！你在干吗？"一个同事恰好准备在我旁边的床位休息，显然是被我乱挥的手臂吓到了。

"颈椎病，活动活动。"

"哦。"

我开始变得对同事特别宽容，因为我觉得自己是一个隐姓埋名的高手，在准备那种真正的高手间的对决，马上就要赶赴华山之巅，除了挤出时间多做练习我没有第二个念头。这感觉太美妙了，我都无法跟任何一个人描述。

学习、战斗，一遍一遍地挑战"钱哥"。

这个矮个子黑人从他金光闪闪的椅子上站起来，他的出场非同凡响，无数的美元从天而降，绿色的纸币、金光闪闪的硬币，莫奈地毯上、拳台上瞬间堆满了这些玩意儿。我试过把这些闪亮的钱抓在手上，但比赛结束它们就消失了。他抖落金光闪闪的披风，八字大步晃过来，但比赛一开始，就不是那么回事了，他的步伐完全变了。他一个滑步，我想躲开，但躲不开，永远躲不开，像此前无数次——他的重拳砸到我的额头，我应声而倒。

我受到了伤害，我想，我的脑子，我不能保证它是否还好好地悬在头骨中。拳头好像重重砸在了头骨上，砸出一片混沌，受伤的脑子燃烧了起来。我的两只手在地上扒拉，在满地的美元里扒拉，我要浮起来，有那么一会儿，我深信自己是一只鸭子，我不能沉下去，我要浮起来。

过了一会儿，脑子里的火团渐渐黯灭，我又能想起来我是个人了，我感觉到倒计时数秒的红光在我头上亮起，一片模糊的光影在头上盘旋。

钱哥走过来了："又是你，小妹妹，你太业余了，我可是职业选手。你知道我这职业选手的拳头有多值钱，这拳头又经过了多少锤炼吗？不，你不会知道的，你一辈子也不会知道。你太弱了，你不是天生的拳手，没有天赋，没有斗志。弱者，就要趁早认清现实。"

我的背上凉凉的，怀疑他朝我啐了一口口水。

我用手拽下了眼镜，痛感消失了，我又能看到东西了，不能再这样下去了。

（3）

我开始疯狂地在网络上搜寻，我和钱哥之间横亘着的是一条马里亚纳海沟，无论怎么向"影子"学习都无法打败他，我要找个挥锹人，无论如何，带我填平这条深沟。

我要去索寻一个老师，一个真正的老师。

还好在这个时代，最小众的爱好也有线上的聚集之所，很快，我在"拳坛"找到了一个叫库总的人，他坐在"拳坛"充满神圣意味的白色大理石阶上，高谈阔论各种历史和实战话题。

我仔仔细细观察着他，对于所有人的问题，他都直言相告，哪怕惹得对方不高兴，也要说出那种打拳的方法不对，错在何处。跟我与人疏离不同，他有一种对人真正的关心，而这是我唯一能与之相处的一种人。

当然，除他之外我也别无选择，库总经营着整个上海唯一一家拳馆，而我迫切地需要一个拳击教练，不然就只能放弃游戏了。

一想到"放弃"两个字我就没有任何的想法，不行，死也不行！

于是我在论坛跟他联系，说我想找一个教练长期训练。

"来就是了，这周六。"他什么情况都没多问。

那个周六我在宜山路上来来回回好多趟，一条电子飞龙在这条街上飞来飞去，其他闪着亮光的广告牌也弄得我眼晕，这样来回多次，我终于注意到了一块破破烂烂的招牌，它没有使用任何的虚拟广告牌，也没有在电子地图上登记，就这样夹在两处店铺之间。

这招牌甚至还没有普通房门宽，黑底白字，上面写着"技术性击-倒聚乐部"，因空间过于狭小，只能写作两行。招牌下是一截通向地下的楼梯，又窄又陡。

顺着楼梯下去，昏黄灯光中，除了脚下的阶梯什么也看不到，但能听到间或响起的重物击打声，我硬着头皮往前走，下到了一个阴暗潮湿的地下室。

在这个投射着冷森森荧光灯的地方，我看到了老式拳击训练视频中的一切：沙袋、拳击台、哑铃，几个男人击打着沙袋，整个房间都弥漫着一股汗水和铁器混合的复杂味道。

一个站在沙袋旁的男人注意到了我，走了过来。

"你好，我是王文。"我抢先说。

"你好，我是库总。"他这样介绍自己，把"库总"两个字咬得很清晰，我以为这是个外号，但他说得好像他生来就叫的名字一样。

库总是一个强壮的男人，又矮又壮，一身肌肉，穿一件白色背心，说话时完全不笑，让人想不到他是一个上海阿叔。这种阿叔在傍晚的公园石桌旁有很多，但没有一个像他这么强硬的。

"原来是个小姑娘，很好，很好。你之前练过吗？"他问道。

"自己练了两个月。"

于是库总叫来旁边一个叫徐运的学员，跟我做实战练习。

徐运拿来绑手带和拳套，但我两手一摊，全然不会，他只好一点点教我，给我示范了三遍绑手带的绑法，"记住了？"徐运咧嘴。

"嗯。"我使劲点头。

我们站上拳台的时候，我努力把他想象成一个NPC，一开始我打得很强势，徐运在拳台上躲来躲去，但第三回合的时候我有点累了，他瞅准一个空隙打中了我的脸，我的鼻血瞬间流到了嘴巴里。

"对不起，对不起。"徐运过来说。

"没事，我们把这个回合打完吧。"我说，我不想流露一点软弱，我想让库总喜欢我。

我们打完以后，库总看起来很高兴，虽然依然没有笑，但说了很多鼓励我的话："很好，王文，很好，你很有天赋，徐运已经打了三年了，你打得简直和他相当。当然，力量不如他，但对女拳手来说，很不错了。你的节奏好，战机也找得相当准，你的步伐非常灵活，就是体能弱了点，只要让我训练，我一定能带你赢职业联赛。"

我很高兴，虽然现在已经没有职业联赛了，但又怀疑他说的是不是真的，毕竟前几天我刚被钱哥揍得没有还手之力。

"你能让我打得比钱哥还好吗？"我问。

"钱哥？"

"他是一个黑人，游戏里的NPC，他说自己是职业拳手，他打我就跟捏死小鸡一样！"

库总眉头一皱，吼了出来："别在我的拳馆里提什么游戏！"

"不是那种摇杆游戏，"我着急了，"是真正的拳击，跟刚才的对打没什么两样！"

"少跟我来这一套！我们这里只有真正的拳手，不要跳舞的娘娘腔。"

说完他就背转过身子，不给我解释的余地："你，看什么看，继续打沙袋！"

徐运飞快向我投来一瞥，砰砰揍起了沙袋。

我傻乎乎在那儿呆站了一会儿，看着库总继续训练徐运打沙袋，知道他不会回转心意了，只好回家。

这事儿让我郁闷了几天，但我马上又开始在家里对着老视频打空拳练习，我想：去他的，自学也可以。

下个周六，我按惯例一直睡到下午醒过来的时候，收到了一个看起来怒气冲冲蹦着的小信封："你怎么还没过来？你想偷懒吗？"

那是库总发过来的消息。

血涌上了我的脑袋，我身上好像生出翅膀，直接飞过去找他。

$$(4)$$

我开始在库总的拳馆训练，周末两天都泡在这里。

库总跟我好好聊了打拳这件事，之后训练结束的时候也会抓着机会跟我长聊，他对聊天的热爱简直不比对拳击少。

他不只是问我上次打得怎么样，这次打得怎么样，下个星期来不来。他希望了解我这个人，他确实对人有着真诚的关心，不像以前我认识的那种训练班老师，说话浮于表面。

当然，当然，平时我也会跟别的人聊天，他们也会问我一些问题，但我不会说太多，因为我觉得别人问诸如"你在哪儿上班?"这种问题只是在确认他们心中的刻板印象，我的嘴巴张张合合，毫无意义，我便流于表面敷衍两句，但库总不一样。

没有什么朋友的我简直是抓住了这个机会尽情讲述，包括我觉得自己在公司就是一头废物，我第一次打拳也只是想揍那儿的一些人，我觉得我服务的那个巨型公司，这个产品经理的头衔，还有我这张漂亮的脸都没什么意义，总的来说，我这个人就没有什么意义。

库总说："如果你认为自己没有意义，那你就不会有意义了。他人只会因为你过去的事肤浅地评判你，他们不会真正了解你，甚至都不想了解你，而你这个人只会由你自己去定义，如果被他人的看法钳制，那就太傻了。"

我说虽然拳击只是一个游戏，对于我却意义非凡。

库总说："因为它触动了一些你内心深层的东西，你生在现代，但你是一个天生的战士。你不害怕出拳，你也不害怕挨揍，总有一些人想用各种办法阻止人们出拳，反对暴力，减免受伤，设下一道道禁令，也总有人突破规则一次一次地出拳，那些人知道，不是只有皮肉伤才是伤害。你可以一拳不挨，依然被生活揍得面目全非。我想你已经在别处领教过一些无从反抗的拳头。何况拳击根本不像那些人指责的那样危险，它从来都不是危险性最高的运动，人们反对它、害怕它、抛弃它，只是因为这个隐喻太过于赤裸。"

我觉得库总很深刻。

这可不是单单指他会用"隐喻"这个词，我经常看到库总在拳馆看书，他把书递过来给我，我总是耸耸肩拒绝。

在库总的指导下我进步很快，唯一的遗憾是我去得太少了。我经常会说抱歉我真的没有更多时间来，如果我像徐运那样干着清闲工作，只是做做药厂的渠道维护，几乎天天都能来，一定能进步更快。

库总不直接回应我，他只是说："只有你知道自己真正想要的是什么，更多的人在周末会躺在家里休息，或者随便出去逛逛，怎么过都是一生，关键是你自己的选择。"

虽然他不强制我过去，但每次我去，他都非常严格地训练我，他总是给我定一些非常具体的目标，然后拼命鼓励我去完成。

我这辈子还没试过什么体育训练，最相近的也只是高中时学过油画，那种长时间对着一个陶罐的素描训练，也像是一种拉力赛，而最后我总是昏昏欲睡，败下阵来。我身形高大，但面色苍白，长期加班始终让我处于一种亚健康状态。而库总说如果我不能增强体能，再好的技巧也无法运用，所以我大部分时间都在做体能训练。

一开始跑步，我连两公里都没办法坚持跑完，跑跑停停，喘着气叉着腰看那些迅速跑过的大妈。但库总鼓励我，他让我死也要跑到五公里，一个星期后我做到了，这是我以前完全不敢想象的，一个月后我就可以连续跑上十公里。

每次去拳馆，我都要先做完我的体能训练任务：先去旁边的公园跑上十公里，然后是跳绳、仰卧起坐，以及一整套肌肉拉伸动作。全部做完后库总会来检查我的电子运动记录。

每个拳击学员都有一张自己的小木板，就在拳馆地下室入口，库总会把每天的体能训练记录打印出来，钉在小板上。每次看着他把我的单子用大头钉按进小板里，我的心都在颤抖。

我不去拳馆的时候，也会在家坚持训练，我每天在上班前两小时早起，就为了做这些训练，再把电子记录传给库总，因为我知道，下次去拳馆，我会在小木板上看到这些训练单都钉得好好的。

做完体能训练，库总会安排我做技术训练，他拿靶，让我以各种拳法击打，或者和其他学员实战训练，然后打沙袋练习。

一般我会打上三分钟然后再休息一会儿，重复十次，作为一组训练，这样来上几组，一个下午就飞快地过去了。

几个星期后，我在库总那儿训练，最后的自由训练时间，我就专心跟梨球较量。梨球是个有趣的东西，影子老师可没让我练过这个，它就像个老狐狸那样狡猾，打的时候得全神贯注，不然它总能从拳头前溜走。我那时还不懂诀窍是竖起耳朵听它的震颤，而不是紧盯那颤动，老被它一颠一颠打中手腕。

我正陷在这种沮丧里，没料到头上一震，库总用拳套给了我一下子："别傻了，走，吃饭去。"

我跟他和拳馆众人走了出去，我们从宜山路一直走到桂林路，钻进了一头虚拟公牛肚子后的烧烤店，大吃一顿牛肉烧烤。

这一个月的其他时候，我们都要遵循库总制定的死板的食谱，但今天，大家尽情放纵，大嚼冒着油花的牛肉。库总很享受大家聚在一起的时光，他不再板着那张脸，嘎嘎笑着给我们讲各种笑话，我抓住这个机会对他大问特问，原来库总老爹是个来上海做生意的台湾人，一个拳击迷，找了个上海媳妇就在这儿留下了，然后有了库总。怪不得他说话不太有上海味，除了骂人的时候。

库总从小就被他爹带去学拳，而他也确实爱上了这个运动，他年轻时候还参加了一阵国内最后的职业拳击联赛。但那时候拳击已经走下坡路了，拳迷越来越少，拳赛的票都卖不出去。后来联赛组织全部解散了，库总也就再没比赛可打，拿着他爹留下的钱开了这家拳馆，收留了一批拳击爱好者，大部分学员都和他相识多年了。

分　泌

他认为是电子游戏抢走了人们对拳击的兴趣，这是那些眼镜公司和游戏公司联合起来搞的一个阴谋，所以他憎恶虚拟游戏及其相关的一切。

库总会把拳击场借给几个学员教小孩子上拳击课，收个场地费，但对我们这些亲传弟子，他是不收钱的。刚听到这件事，我大吃一惊，因为他根本入不敷出。他对老婆儿子拥有绝对的权威，却全靠他们的收入支撑这个拳馆。

但库总觉得理应如此，他有自己的挑人标准，没有天赋或者不努力的学员他都不要，他觉得留下来的人都是他养着的职业拳手，只是我们暂时没有比赛可打。

"等着吧，职业联赛会回来的。精神的强壮需要肉体强壮的反哺，我们只要等待在这虚拟时代里的'文艺复兴'。"库总说。

我们只剩满桌空盘，这话也就成了结语。

我们走出烧烤店，一个老太太在门口等着，笑眯眯的，其他学员都叫她库嫂，我也那样叫她。库总跑过去一下牵起她的手，挥了挥手跟我们道别。"小姑娘，有天赋，好好打拳。"他特意对我说。

拳馆训练让我非常愉快，身体情况也越来越好，甚至在公司里，我也感觉好受些了。

"薇姐，你答应今天给我的方案。"我在薇姐办公位后面站定。

薇姐今天化了个淡妆，蓝色的眼影下厚厚睫毛膏的睫毛一闪，头也不回："我正忙着呢！没看到吗？"

"你上周三答应今天3点钟给我的，广告系统改版的新架构方案，现在离3点已经过去一个小时了，没有这个方案，我和胡神他们手上的事情都没办法继续，请您一定抽出时间。"

薇姐转过了身子，她那抹得煞白的脸，还有脸上的蓝色眼影、紫色唇膏，一脸用色大胆的妆容上最不引人注目的棕色小眼翻飞，从头到脚，从我身上刮过。

"你急什么，再过一个小时就给你。别在我这儿杵着，一会儿自然给你!"她那比普通人厚重三倍的睫毛从下至上一翻,放飞出一个完美的白眼,又转了回去。

一个半小时后,我真的拿到了那份方案。

我已经在库总那儿训练了半年,体重增加十几斤,浑身都是肌肉,在这个全是男人的拳馆里成了一霸。但经过了这段训练,我性格的弱点也暴露出来了,顺风顺水倒还好,只要稍微陷入下风,我就乱了阵脚。一次,我正和徐运对战,他把我逼到绳圈一角,我几次想突围都被他的拳头堵了回来,我着急了,还击也绵软无力、毫无章法,徐运轻松躲了过去,一记重拳击中了我的肚子,我一屁股坐了下去。

其他学员在旁边哈哈大笑,库总恶狠狠地冲了过来:"港都[1]!你这臭毛病什么时候能改?你不是在跟游戏里傻乎乎的影子学着玩了。你总有落在下风的时候,别像只疯狗一样失态,再怎么劣势,你得一拳一拳好好地还回去!"

徐运把我从地上拽了起来:"继续继续。"

训练结束后库总找到了我。"听着——"他瞪着我,好像在威胁,而不是在为自己刚才过重的话找补。

"你有真正的拳击天赋,等职业联赛重开,你会成为真正的拳王,我们这拳击复兴时代的第一个拳王,不要浪费你的天赋。"他说。

这样被夸,真让我感到受宠若惊,我努力回忆我这辈子还有没有受过这样的夸奖。

我像前面吊了一只胡萝卜的驴,拼命往前赶,我真的很需要这些肯定,每当我取得了一点点进步被库总夸的时候,都飘飘然欲飞,我对自己说,我要把拳打好,哪怕就为了库总一个人的鼓励。

---

[1] 上海话:傻逼!

分　泌

3

（1）

那天好巧，我做完了一个又长又复杂的产品设计，抬起头来，正好是下班时间，剩下的工作也不紧急，我就没有继续加班。

走出公司，天光正亮，疾劲的北风直拍到我脸上，我朝车站的方向望了一眼，鬼使神差，却没往车站去，而是走向了反方向，漕河泾深处一座叫腾飞大厦的破败大楼。

据说这里几十年前是一个巨型企业的办公楼，但现在早已人去楼空，改建成了一个松散的艺术区，专门收留些落魄的艺术家。我走进了楼底下的车库，这儿空无一人，只在边角停着几辆单人蛋形飞车，在公共交通变成了一张密网的现代，是没有多少人保留个人小车的。车库中间几根粗大的水泥立柱间，是一片空旷的区域，和上次我来这儿一样。

我感觉到身体里分泌出大量的肾上腺素，心脏怦怦直跳，视力都变得更清晰，从脚腕一直延伸到后背的酸痛不知道什么时候消失了。深吸一口气，我浸入引擎，召唤出《野兽拳击》的NPC，我要在这儿打一场定点赛——虽然库总讨厌我打游戏，但我还是忍不住想试试他教我的东西。

一个高大白人出现在车库中央，满身肌肉，满头卷发，一对下垂的大眼睛，面无表情，而且似乎他的左脸比右脸显得更僵硬冷酷，他的绰号是"种马"。

拳台在立柱间升起，种马高大的身躯向我靠拢过来。

他上来跟我握了握手，我一愣神，没去接。当我反应过来的时候，他已经把手收了回去，但还是平静地说："我们都不是废物，对吗？不管谁输谁赢。"

"对。"我打心底里说，我觉得他倒像条汉子，和这傻名字一点也不像。

但很快，种马就被我打爆了。他太笨重，动起来太慢了，我的第一记右手拳直接把他撂倒了，他背不沾地，从绳圈上弹起，但刚站直，我又给了他一记右手拳，他单膝跪倒，但倒数的数字刚刚跳动到"5"，他又站了起来，左眼肿胀，眯成了一条小缝，我怀疑那只眼还能不能看清东西。第五回合，我故技重演，这次他倒下后没有再站起来。他太高了，倒下之后几乎横跨了整个拳击台。

"王文胜"和"TKO"的字样在黑暗的车库中闪闪发光。

我能看到种马的嘴巴一开一合，嘟哝着什么，但听不清楚。

"我们都是好样的。"我上去拍拍他的肩膀。

"厉害！"我被身边的声音吓了一跳，拳台一侧不知道什么时候多了两个园区保安，他们站在入口那儿，朝我挥手。

我冲他们笑了笑，飞快地逃离了车库。

第二天，下班时间刚到，我就跑出了公司，赶赴第二场定点赛。

坐上从未踏上过的胶囊列车 R2 线，我从城南乘到城北，循着坐标一直走进华师大的校园。沿着校门主干道进去就是一片草地，草地外是细绳拉的围栏，但坐标恰巧在草地围栏内，我只好掀起细绳钻了进去，还好天色已暗，旁边人也不多。

我踏着枯萎的草皮往前走，一直走到了草地正中央，就是这儿了，视界上方的指路小标记变成了绿色。

我开始了比赛，对手是一个绰号"吾血"的白人拳手，抖落翠绿的披风向我走过来，我想他是个爱尔兰人，因为他的短裤上绣着绿色的四叶草。他说："我别无选择，生活只教我打拳，我别无选择，只能让你倒下。"

我说："谁又有的选呢？"

我开始了比赛，大概一分钟后，吾血就被我照准面门的几记猛击打得倒地不起，我打破了他脆弱的鼻子，让一大片草地染上了深

　　　　　　　　　　　　　　　　分　泌

色的光芒——沾满了他的鲜血。

我发誓，我没有任何出风头的意思，但比赛结束我终于有心思环顾四周时，发现这儿已经围满了刚下晚自习的学生。

他们朝我鼓掌，好像我是一个英雄。我害羞地笑了，从人群中走出来，看到远处的夕阳像刚从蛋白里面滚落的溏心蛋黄，打在了地平线上，染红了周围一片天空。

定点赛的NPC像待割的韭菜一样诱惑着我，我受不了诱惑，第二天还没到下班时间，就从公司偷偷溜出去打第三场。

那地方倒是不太远，我循着坐标点找到了一条坑洼不平的小路——乐山路，沿着这条路一直走，等到坐标变绿，抬起头来却傻了眼，我走到了这里居民区的小菜市场。

正好是下班时间，整个菜市场里人声鼎沸，热闹非凡，不要说根本没有比赛的场地，就算有，我浑身的每一根汗毛都在抗拒着在这么多大爷大妈面前招摇。

我在菜市场入口呆呆站着，菜市场散场后也会很快封闭，我努力想着有没有其他办法，买菜的大爷大妈在我身边川流而过，嫌我碍事还把我推到了一边，时间一分一秒地流逝。

终于，我狠下心来，跟着人流走进菜市场深处，各种菜铺挤在一起，这家菜贩的菜蔓延到了那家的摊位上，连成一片蔬菜的海洋。寸土寸金的菜场中央倒是有一片空地：一条白瓷砖台面上立着一块硬纸板，上书"肉铺休息，明日开业"，台面后是一块空门店，地面泛着油光，门店上还挂着几个吊猪肉的铁钩。

显然，这不是一块好的拳击场地。

我深吸一口气，走进猪肉铺正中间，开启了游戏。

一个外号"老爹"的红脸硬汉从猪肉铺一角的板凳上起身过来，他又高又壮，只是上了点年纪，须发花白，但他打得十分强硬，几乎从不闪躲，一直在进攻。

"人不是为……失败而生，"他气喘吁吁，晃动身体，"人可以被毁灭……"他蜷着的背忽然伸展，送出一记直拳，"但不能被打败。"

但他还是被我打倒了，不止一次，每次都伴随着一阵叔伯们的欢呼声："老驴!""结棍啊!"①

而我一不小心滑了一脚，踩到一块半凝固的猪油上，触到围栏绳上的时候，四周是一片惊呼。

"侬当心点!"一位上海老阿姨从绳圈外探进身子，拍拍我的肩，她手腕上挂着的一袋葱挠得我脖子刺挠挠的。

在第二局我第三次击中他，他的肋骨发出"咔咔"的响声，那声音十分古怪，我几乎可以肯定，他有肋骨断了，而且不止一根!

他带着这些断掉的肋骨又和我打了一局，终于举起了手，放弃了比赛，铃声敲响。

"结棍、结棍，打啊国赤佬!""小姑娘老卵啊!"②大妈和叔伯们口口相夸，整个菜市场里没有人在买菜，连菜贩都站在摊位上，大家手里拎着鱼、葱、鸡和鸭，把猪肉铺围了个水泄不通，还有人想把一捆芹菜、几个西红柿什么的硬塞给我。

我俯下身子，从人群底下奋力钻了出去，我的衣服领子被拽出了好些个线头，身上那股子猪油味，几天都没有散去。

（2）

库总酷爱研究拳击视频，他几乎对每一个知名拳手、每一场经典比赛都如数家珍，训斥一些老学员的时候，最爱引经据典。

"你怎么能这样走位，你可知道'甜豌豆'维塔斯当年是怎样闪避开这一拳的?"他冲着和我对战的一个学员嗫嚅。

"是维塔克，'甜豌豆'维塔克。"我插了一嘴，我也近乎疯狂地

---

① 上海话，"厉害!""厉害啊!"
② 上海话，"厉害，厉害，打外国人!""小姑娘厉害啊!"

研究过那些上个世纪的老拳手们。

"不错不错，你说得对，你了解的倒真不少，我就没看到过像你这么爱拳击的孩子。"他嘟嘟哝哝，似乎又对我竟然在拳击知识上超过了他很不满意。

"但你的闪避赶不上'甜豌豆'一个小指头！去去去，去练闪避！"他说。

库总把我带到沙袋区，让我以各种姿势躲开沙袋，他用手推动沙袋，让它晃动起来，这样我就要注意从各个角度躲闪，路过的人一定会觉得我们在玩某种游走游戏。

"你当然要做那种总是能打倒对手的人，但你也要避开对手的致命一击。闪躲，要够快，你闪避一千次，注意，是集中精力的一千次，可不是马马虎虎的一千次，你就会像我的猫儿躲开水一样灵活。"

如果我不幸被沙袋砸到，库总就要吼起来："港都！侬则港都！"[1]

我们这样一直练着，何止千次，直到库总喊停，扔给我一瓶水。

"你该和那个钱哥打一场了。"

我举着水瓶的手僵住了，看了一眼库总，他面色舒展，不带表情。

"要不算了吧，游戏已经不那么重要了，现在我觉得打好拳就够了。"我小心地说。

"任何击倒过你的人，一定要抓住一切机会再跟他交手，很多以前伟大的拳手都是在二番战才击败了强敌。千万不要害怕你的对手，当然，我这样说了，你还是会害怕，因为你输给过他。你的这个高科技游戏会保护你不受皮肉伤，但有战斗就有失败，失败会带来精神上的伤害，那些无畏的英雄也会害怕，但我需要你驾驭你的恐惧，就算怕到极致，也要打好你要打的，去面对他，战胜他，这样才能

---

[1] 上海话，"傻逼！你这个傻逼！"

康复，甚至变得更强大！"

我点点头："人可以被毁灭，但不能被打倒。"

库总眉毛一挑，似乎不相信这话是我说的。

我依然不放心地追问："你不是最讨厌游戏吗？"

库总说："你是因为这游戏开始打拳的，继续这个游戏对你也有好处。我想过了，不是所有游戏都是坏的。继续这游戏能让你强大，你的心，可比外表看起来还要年幼。"

我仰脖将水一饮而尽，跟库总说就在这训练馆的拳台上打一场，他说行。

虚拟拳台和拳馆的训练台叠加在了一起，拳馆里的学员们围作一团，一阵飘飘洒洒钱雨落下，大家纷纷在拳台下争抢，我看到徐运把两个拳套拼命一扔，为了更方便地捡钱，库总骂了句再捡钱全部出去，大家才停住了手。

钱哥抖落金披风，走向拳台中央，依然傲慢："又是你，小妹妹，我以为你已经放弃了，但金钱的滋味，着实诱人，对吗？"钱哥咧嘴笑着，"可你永远也尝不到。"

"这只是我的爱好，我跟你不一样。"

"爱好？钱不多时，都唤作爱好。若能靠拳头打下满仓钱财，又是另一番天地。你还没体会过钱的滋味吧？你可以先尝尝大爷的拳头，拳头，钱，是一回事，就是这么回事。"

我想，他肯定是哪个挣了大钱的拳手，还以为这是他发迹的年头。我听库总讲过很多这种故事，以前的拳手，大多是贫民窟的小孩，为了一点钱跟人打得死去活来，但也有靠打拳出人头地，赢得了不敢想的财富。但我哪儿指望从打拳挣钱呢，这爱好可没少花钱，世道变了。

"别跟他废话，开始开始，赶紧开打。"库总催促。

我开启了游戏，钱哥脸上的傲慢一扫而尽，眉头紧蹙，弓身跳跃。

钱哥几记致命的勾拳都被我躲开后，迅速调整了策略，他不

分　泌

再像之前跟我比赛那样，迅速挥出重拳将我击倒，而是更加耐心。他瞅着我的空当，主动进攻少了很多，而我有了更多余地挥出了几拳——全部落空。

钱哥笑了，他那两片黑色的厚嘴唇上下翻动，唾沫星子喷了我一脸，不出声音地对我说话："打不到，气死你。"

我气得又打出一组猛攻，这没有章法的几拳被他迅速闪过，四下一片嘘声。

库总急得在旁边大吼："清醒点，港都！"

铜铃敲响，中场休息。

我喷着粗气，走向绳圈一角，钱哥走了过来："疯丫头，从我的绳圈滚开。"

我回头看到库总在另外一角绳圈向我招手，见鬼了。

我掉头走了过去："冷静点，你还没输，"库总扔给我一条毛巾，"他是个高手，但你比他更快，当他是个活靶子，把他的肋骨打爆。"

库总拍了拍我的背，让我继续上场。

我沉下心，当心注意着钱哥的每一拳，用一记直拳擦伤了他那张从来没被我碰到过的干净的脸，然后步步紧逼，把他压制在拳台一角。库总说得没错，只要我沉下心来，我就比他更灵活。钱哥成了一个活靶子，我的拳头疯狂地落在他头上、身上，我从来没有这样打过一个人，就像打沙袋一样，我怎么打沙袋就怎么打他，直到他瘫倒在地上。

他又扶着围栏站起来，扭了扭脖子。

"有了金钱，有了名声，整个世界都会承认你。"他拼命晃动身子，躲过我几记刺拳。

"你想成功吗？那是一种最美妙的滋味。"他送出一记带着劲风的直拳。

我躲闪不及，学员们中发出一阵惊呼，这记劲拳直接打在了我的右肩上，但我同时近距离送出一拳，打中了他右边肋骨。这位置已经吃了我好几记重拳，又挨上来这拳的钱哥，仰面倒了下去。

我还是控制不住想让拳头继续落到他身上的冲动，但看不见的裁判拦住了我，我回头冲向了我的角落，难以抑制地叫了一声，那声音非驴非马，像是发自声带中某种极为原始的音域，在闭塞的地下室中回荡。

我站在我的角落，等着数秒结束，那条马里亚纳海沟被填平了，我打败了曾经不敢想象的对手，这滋味无比真实，又无比虚假。

我还不能像在视频中看到的拳手一样，在胜利时即刻体会到喜悦。原始的兴奋褪去了，取而代之的是一种置身事外的平静，发生再好的一件好事，我都要好久以后才会慢慢醒过闷儿高兴起来，而这种乐潮正像阵阵细浪，轻轻涌过来，渐渐没过了我的脚背。

数秒结束，铜铃敲响，"王文胜"！"TKO"！我稳稳地举起了双手，看着库总，我想让自己看似一个胸有成竹的职业拳手，像他教我的那样。

"要命！这个游戏有播报字幕。"库总咆哮。

"这游戏不是一直这样吗？"我刚说完，就看到了视界正中缓缓滚过一行字："《野兽拳击》王文TKO胜利，击败拳王钱哥！"

这行胜利播报红字滚动到视线正中停下，让我根本挪不开视线。

该死，红字？不是绿字？

绿字是整个游戏内玩家可见的播报，而红字是遍及世界的巨力引擎的全平台推送，只要接入平台的玩家都会看到，在这个周六的晚上，所有人都在打游戏的晚上，会有多少人看到这条消息？在我认识的人中，我甚至说不出一个没有接入巨力引擎的人。

我只在去年的《太空战记》年度总决赛的那几天连续看到过红字推送，而那些被推送的人都成了明星。

我忽然注意到整个视线右上角的小信封，那儿不停地闪动，但我看不清楚。私信消息数量从0开始疯狂跳动，最后定格在了10000+。

分泌

4

（1）

我收到了很多很多巨力引擎上的私信，认识的、不认识的人疯狂地发消息给我，除了身在家乡的父母，我谁也没有回复，我告诉他们我没有在这个疯狂的游戏里受伤，也会处理好后面这些事儿。虽然爸妈还有很多忧虑，但我自己也没有完全搞清楚状况，他们也就善解人意地没再追问。

整整三天，我没有去上班，躲在库总的拳馆里。他放任我躺在拳台边那张破旧的绿沙发上浸入引擎，只在饭点把我拉去吃饭，而我已经完全信息过载了。

躺在我的草原上，我让萌萌一条一条播报那些不可计数的私信，有一些发信人声称和我一起参加过小学课外活动，还有和我同一届高中隔壁班的人，但我真的一点印象也没有了。更多的是我根本就不认识的人，看过了我的基本介绍资料，就迫切地想见我，他们都想知道我是谁，我到底在这个游戏中做了什么，有很多人根本就不知道《野兽拳击》是什么就疯狂地夸我，还有一些奇怪的威胁，一些没有意义的短句，比如，一些人失恋了，或者遇到了一些倒霉的事情，也向我倾吐。有很多留言来自国外，萌萌都帮我翻译成了汉语，有一些美女传VR形象给我，其中有一群美女站在草原上跳舞，令人难忘，但我不得不把她们都赶走了，她们不知道我也是女人。还有很多媒体希望约见我，太多家了，我不知道该答应哪家，所以一家都没有答复。还有几条留言声称他们也是这个游戏的玩家，他们想知道我是怎么打败那个变态的钱哥的，也想知道这个游戏到底为什么能有这个推送权限。

所有的这些留言我都看过了，是的，每一条！我想加起来应该有好几万条，萌萌不知疲倦地给我一条一条展示，我就长时间地躺在我的虚拟草原里，一收到新消息就马上查看，还利用间隙刷着媒体上放出来的消息。巨力引擎的保护工作做得很好，除了我的名字、年龄，媒体对我的其他信息一无所知，而且这个名字太常见了，他们也没办法确定我究竟是谁。

忽然，"叮咚"响起了门铃声，我看看萌萌，我明明第一时间就让它屏蔽了串门，但它挠了挠脑袋说："巨力引擎的官方人员想见你。"我只好冲它眨了眼，这毕竟是它的 boss。

两个穿黑西装的男人骑着马一直跑到了我的草原中间，下马站在我面前，我站起来和他们握了握手，他们马上恭喜了我，我也道谢。

他们自我介绍，比较矮的中年人是巨力引擎的 CEO 方谅，另外那个年轻的瘦高个是游戏业务的商务负责人谢竟然。

方谅说："感谢你，孩子。我知道你是《野兽拳击》最成功的玩家，感谢你为这款伟大游戏的付出，我们已经等了你六年了。"

"为什么要做这个拳击游戏呢？"这是我最大的疑问，"很多运动比拳击更加热门，足球和篮球到现在还保留了联赛，而拳击却差不多死了。"

方谅说："《野兽拳击》是我的老师席蓁先生最后的作品，拳击是老师当年的爱好，他视拳王泰森为偶像，还给自己起了个绰号叫大师，但谁也没这样叫过他。"

"我想见一见席蓁先生。"我说。

"这个暂时没法办到，他已经在五年前进入了冰冻状态。"

我努力让自己维持着表情，不至于显得那么没见过世面。没错，一直有传闻说一些有钱人会花上一大笔钱，在垂垂老矣之时冰冻自己，虽然现在还没完全成熟的解冻技术，但他们期望在未来会有更先进的唤醒和延寿技术，让他们醒来再活上一段日子，这是现代的木乃伊，神秘的永生之术，但谁真的这样做过我可闻所未闻。

　　　　　　　　　　　　　分　泌

他又和我聊了些别的，这个游戏是席蓁带领他一起创作的，他回忆起当年设计这个游戏的一些趣事，但也告诉我不能透露太多了，这个游戏的惊喜还在后面，让我好好打拳。

"有什么事情随时联系我。"方谅跟我握了握手，就骑马离开了，让谢竟然留下来和我聊合作细节。

谢竟然告诉我，他们现在非常看重这个游戏，会成立专项组来运作，趁现在关注热度最高，让我先把现在这场比赛的视频播放权签下来，再配合做一些宣传活动，然后展现给我一份商业合同。

我低下头去看合同，但忍不住问道："那位……席蓁先生是什么人？"

"席蓁先生是巨力引擎的创始人，同时也是一名游戏设计艺术家。《太空战记》这款载入史册的VR巨作，就是他的作品，咱们现在看来稀松平常的虚拟沉浸式体验，在当年可是划时代的作品，而这款作品依然长青至今。当然，比起那种大型游戏，《野兽拳击》只能算一个小品，但小品的意思也是小型艺术作品，对于席蓁先生来说，每一款作品都价值非凡。他的大作年年迭代，几十年来人们热情不减，有了这些大作为基础，他顺势打造了巨力引擎这个世界上最大的虚拟现实游戏平台，他就是虚拟现实游戏浪潮的领潮人，他是个伟大的游戏天才。"谢竟然实心实意地赞叹。

"那……究竟为什么是拳击呢？"我觉得理由不会像之前方谅说的那样简单。

"私人化的原因，恐怕只有方总完全地清楚。但我听说，做这游戏，出于他对过度虚拟化的一些担心，他一手开创了虚拟化娱乐的时代，但这个时代的一些苗头也让他不安，他想做出一个前所未有真实的搏击游戏，让人们感受强健肉体的力量。可能像方总说的那样，他自己在拳击中感受到了些什么东西。"

"我想他跟我的一个朋友一定很有聊头。"我感叹。

谢竟然点点头，继续说："这游戏六年了，参与的玩家不到千人，大部分人连第一个简单的守关NPC都打不过。触动推送的NPC钱哥的设定源于上世纪的一个职业拳王，虽然做了部分能力削弱，但公司内也怀疑过钱哥是不是设定得太难了，会不会永远没有人能击败他。不过还好，你出现了。"

我默默不语。

"现在可以看合同了吧?"

我仔细看了分成比例，非常可观。职业相关，我也研究过一些电竞直播赛事的分成，这个确实算高了，我痛快地签了。

谢竟然带着合同走了，他十分满意，走之前他对我说："前途无量，好好打拳，找个经纪人吧，年轻人。"

（2）

第二天我就回到了公司上班，我尽量谦虚、低调，但说实话，这一天跟这两个词都毫不沾边。

显然我不在的这几天公司上下已经传遍了我的事情，现在更得到了证实。每个人要么一脸真诚向我祝贺，要么挪揄打趣。

所有认识我的同事，活动部和技术部的，都带着满脸真诚向我问好，东哥专门从楼上跑下来看我，跟我聊了好一会儿，完全没有过问我这几天缺席不上班的事情，还给我推荐了一个绰号叫"公主"的经纪人："她是我大学同学，相当有经验，希望跟你联系上，你一定要跟她聊聊。"

我真的需要一个经纪人，所以即便是东哥介绍的也没有介意。当天我就去见了公主，她是一个非常主动也很有头脑的中年女人，一头时髦的短发，小鼻子细眼睛，但穿着利索，显得专业又冷静，还很直接。

"我在这行干了十年，"公主啪地按下打火机，"而且我刚离婚了，带着孩子，我需要钱。我们都有过运气不好的时候，但现在一切都过去了，如果能帮你操盘，我们的利益会牢牢绑在一起，我们一定能成功的。"她向空中喷出一道细长的烟雾。

我给她解释了《野兽拳击》的种种，我如何通过一年的艰苦训练达到了这个位置，她也给我说她的计划，她觉得我的首要任务是把游戏打穿，在首次击败榜上领先，保持推送曝光和在这个游戏上无可争议的第一位置，然后掀起一波搏击精神的推广热潮，在这潮流里成为一个符号性的领军人物。维持粉丝的热度也很重要，她希望我取悦电竞迷，后面的比赛要全部直播，让所有人看到我把强壮的虚拟拳手撂倒在地的样子，何况我还有一张适合上镜的脸，要定期参加一些曝光活动，树立一个正面形象。

这些我都同意，我觉得她资源丰富，深谙此道。

"我知道你还有一份工作，但你必须全力以赴。在巨力引擎上有几百万个游戏，几十万名专业电竞选手，不知要过多久才会再出现这样一个传奇的吸睛游戏，无数希望出人头地的人也会盯上这块肥肉，你明白我的意思吗？必要的时候你总要做出选择。"她盯着我的眼睛说。

她让我放弃工作，这可能是我唯一无法同意的意见了。

我带她去见了库总，让他们一起聊了一会儿，他的意见对我非常重要，而库总也对她满意："说实话，我讨厌商业那一套，我当不了经纪人，但你确实需要一个经纪人，拳手要靠这么个角色和商业社会打交道。她很精明，是个行家，她或许真的懂现在的年轻人爱看什么，也明白有钱一起赚的道理。只有一条，跟她合作你要永远记得你是一个拳手，你是未来的拳王，不要被她完全包装成那些打游戏的娘娘腔。"

于是我跟她签了约。

她帮我卖掉了我过去比赛的好几项权利，还向巨力引擎争取了一份更优渥的长期合作合同，光第一笔视频的播放收入就让我咂舌，钱哥说中了，这是我从未拥有过的财富。

这些所有的收入我都要分她，和我坚持要加上的，库总一份，我知道库总日子过得不太宽裕，而且我确实欠他一份。

接下来我继续训练，还要参加公主为我安排的宣传活动，而我也很享受被人注目的感觉。《野兽拳击》已经变成了一个现象级游戏，我知道NPC钱哥在应付着无数拳头的冲击，也成功地把绝大多数人打翻在地。无数热血少年希望打败钱哥，所以每次我说些什么，人们总愿意去听。

"我面对一个没有奖励的游戏全力以赴打了一年，哪怕我不知道有这份为人所知的奖励，我只是想打败那个挡在我前面的人，这就是战斗精神，每个人都需要为自己而战，这就是我们给自己的奖励。"我在直播节目上这样说。

而库总说得更激情四射："看看我们的斗士！我们的时代需要拳击精神，所以王文出现了，看看我们的时代，这个时代还有人在乎拳击、在乎这个热血的运动吗？公元前三千多年第一届古代奥运会上的拳击就在我们这一代消亡了，我们甚至都没有一个拳击联赛让我们的拳王加冕，这是一个多么可悲的时代！"

当然我在尽力争取我的那份奖励，在没有奖励的时候我在疯狂努力，而现在我已经尝到了甜头，我就害怕再落到无人关注的境地。

公主再次找我提出了抗议，要求我辞掉工作，现在我开始认真考虑这事了，我一会儿要光鲜靓丽地坐在媒体面前大放厥词，一会儿要汗如雨下地在拳台上训练、比赛，那还怎么指望我去公司跟程序员周旋产品设计呢？

我去问库总的意见，我的训练时间不够，库总也很无奈。

"还用想吗?!"库总说。

"如果这游戏难到我再也打不过呢？如果我没有更高的天赋呢？这个游戏打穿以后我去做什么呢？我怕我不会继续赢。"

我忽然意识到：我并不像在拳击场上那么勇敢。

"你是我见过最有天赋的拳手，我年轻时经历过参加过职业联赛，我知道职业选手是什么样子的，他们都不如你，你有真正的天赋。我是训练拳手的，但我从来没办法把你没有的东西强加给你，我只能看见你的天赋，然后告诉你，你会成为拳王，哪怕这是个虚拟游戏，但在这一代人的眼里你就是拳王，你会成为我们这个时代的第一代拳王，千万不要怀疑自己，把你的字典里面'不'这个字给我删掉！"

我明白他的意思了，我看着他的眼睛，努力去相信他。

第二天我就去提出离职，公司出人意料地善解人意。我知道我不是工作最出色的员工，但上海总部的老板F总亲自来和我谈："公司仍然希望在各个维度上和你保持合作，这里永远是你的家。"F总握手送别，让我如沐春风。

最终我们在公司大门前合影，这张照片上了各大媒体的头条。

这就是东哥、F总他们最喜欢说的"双赢"。

但我明白，对于我来说这里没有什么所谓的均衡，库总说过，从来不要想着均衡，你要在意的只有选择，以及选择对你的意义。

（3）

那以后，我的目标单一而明确，要做的事情简单而重复：周一到周六，反复训练，周日，战术研究。

击败钱哥以后，我正式进入了职业比赛，这些比赛中每场都要穿上昂贵的电竞服，在一个密闭的人形器具中穿脱，电竞服会产生真正的反作用力，而不仅仅是神经信号。真人会被对面的虚拟拳手揍飞，血会在拳场上喷洒一圈，对观众来说这可真叫刺激。

我穿着电竞服在一个专门打造的训练馆中进行训练，这里还让虚拟造景师弄了一整套完全适配的虚拟拳房，完全浸入式地训练，我击打沙包的时候，力度、角度等数据都嗖嗖地往外冒。那是一整个独立场馆，建在金山，圆形玻璃穹顶下宽敞、明亮，挂满了崭新的沙袋，不像库总那儿的——已经冲刷不掉的一股汗味。但库总骂个不停，"这地方不赖，但我得照看拳馆，还得抽空看看库嫂，这里实在太远了。"库总拍拍我的肩膀，但我不能没有他，他每周过来陪我训练两次，和从前一样。

库总不在的时候我只能完全依赖我的新团队。我有了一整个最好的训练团队，最好的教练，最好的陪练，还有一流的数据和战术团队，他们会帮我分析每一个选手的技术特点，以及历史上什么样的人都以什么样的方式击败了他们。我们调出视频资料，整天研究这些东西，然后我针对性地练习应对的招数。虚拟拳房里，一切赛况都通过数据反映出来，最后算出来一个我的胜率，而我只会公开打胜率在百分之九十以上的比赛。

我的生活就是训练、训练、训练，并追赶那些数据。很多人羡慕我的一朝成名，但我想这样单调枯燥的生活是绝大部分人都无法忍受的。媒体会问我，出名后你过着怎样的生活，我说："单调乏味，枯燥无聊，绝大部分你们看不到我的时间都是这样，训练就是这么回事。"

几乎每一天我都带着伤痛入睡，但第二天又能神采奕奕地投入到训练中去，我知道我正面临着人生中最好的机会，我想牢牢地咬住这根胡萝卜。

《野兽拳击》带来的拳击热潮在持续发酵，席蓁和《野兽拳击》的这段故事在我们几轮宣传下已传遍游戏界。首先是席蓁的狂热粉丝们，然后是巨力引擎上爱好尝鲜的游戏迷们，最后我已经不知道有什么人没在玩这游戏了，它成了跟《太空战记》一样成功的游戏，或许还要更成功一点。公共绿地上常常能看到一个年轻人赤膊上阵在跟一个虚拟老头儿对战，旁边围着一圈呐喊助威的朋友。

巨力引擎邀请我参加他们的战略会议，他们正在筹划新的拳击游戏，一个联网对战的大型游戏，游戏中甚至包括了职业拳击联赛的部分，这部分筹划需要几年时间，但如果成真，拳击联赛将真正

　　　　　　　　　　　　　　　　　　分　泌

被复活。

库总知道后非常高兴，高兴到好几天的时间里都怀疑这是不是游戏公司搞的一个新阴谋，直到新闻铺天盖地，我对他说破了嘴，他终于点头。

我也很振奋，这意味着未来我可能会有更好的去处——成为专业的联赛拳手，一切的后顾之忧都解除了，我只需要打好拳。

现在每一场比赛都签订了直播合约，我努力适应这种转变。

我那么希望得到关注，却比以前千百倍地害怕失败，为了应对好这些直播比赛，每一场比赛前我都会充分准备，我会在比赛前就召唤NPC对战试探他们的拳路，打上一场试探性比赛，然后在结果出来前终结比赛，再跟库总一起研究这些对手。

我们反复地观看每场试探性的比赛，发现每一个晋级NPC都取材自拳击鼎盛时期的著名拳手，库总能一个一个说出他们的名字，这真叫人兴奋，从来没有什么人能领教这么多巅峰时期的传奇拳手，尤其《野兽拳击》抹掉了不同重量级拳手之前的力量差异，让我这样的女拳手可以跟最重量级的拳王比赛。

我又打了几场比赛，线上挤满了观看直播的观众，赛场边也坐满了观众。公主把这些比赛安排在那种大型体育场里面，看台票销售一空，因为有了充分准备，这些比赛打得好看又卖座，我渐渐被冠上了一个绰号，叫"击倒"！我真喜欢这个绰号。

这些比赛前的试探性准备，库总觉得是为了更好地复兴拳击这场比赛，无损于拳击的荣誉，"过去的拳手也会在赛前做充分的准备。"但另外一些安排就让库总不太满意了。公主为我拉到了赞助服装、赞助眼镜，开场时还要拿着一些广告商品做宣传，比如以特定姿势喝某些牌子的运动饮料。以我出现在杂志封面的频率看，我和娱乐圈人物也没什么两样。

"这个雌老虎，把你卖了个底朝天，我算看清楚了！"库总吼叫。

公主把比赛安排得十分频繁，商业拳赛、表演拳赛、各种演讲和采访，库总越来越生气，他不同意这种安排，跟公主吵了几回，公主都是一副淡定的样子，库总干脆拒绝再和公主说话。

我没掺和他们的争执，但在我心里，我觉得公主没有错。我赢来了这些东西，全靠的是自己的努力，我的拳赛收入存在引擎账户里，等到比赛就能全部取出，那里面的数字有多少个零我已经数不清楚。

我的广告收入换来了最好的训练场馆，最好的训练团队，这些让我永远都是最棒的拳手。我还给父母买了大房子，给周围的人买了一大堆礼物，我得到的钱和声名，都是这该死的世界一直以来欠我的！

后来，库总不再和我说起这个话题，他只和我谈训练，不再说起这个话题。

我知道库总对我失望，但我没有办法，就算拿出打拳赛的劲头也说不过这个倔老头儿，何况我压力越来越大、越来越忙。

库总的拳馆新来了许多卖力的小子，每天从早到晚练习，把沙袋揍得嘭嘭作响，他们从别的电竞项目转过来找找机会，进步很快。还有很多电竞选手、拳击爱好者、运动员纷纷涌入了这个游戏，他们中最有天赋或者运气最好的那个打败了"钱哥"，听说在贵州还有人打败了"石拳"。

后来我在拳击论坛上看到了这个传说中的贵州拳手，他发布了他打败"石拳"的视频，他个子不高，但打得非常凶狠。

他主动给我发来了文字留言"你好:）"，我也回复"你好:）"，但从此就不发一言，我们知道彼此都在憋足了劲往前跑。

（4）

6月是一个特别的月份，我中了一个名字的魔咒。

夜半惊醒的时候，会有十秒钟的平静，脑中平静如一汪幽碧深潭，十秒钟以后，一只怪兽从潭水中探头——这个名字又追上了我。

这个名字，就是我下一场的晋级赛对手，正式比赛前的试战中我见到了这个传奇拳王，他的名字几乎就是拳王本身的代名词：阿里。

他对我说了很多话，他打拳的时候一直在说话，这个我就做不到，因为我会喘不上气。这些话没有一句指向某件具体的事或某个具体的人，每次我仔细回想他说了什么，又觉得似乎什么都没说。那些意义不明的话语总在我的噩梦里出现，库总说这个叫箴言。

他还有一件让我着迷的事：有时候，我召唤他出来，就是为了看他的蝴蝶舞步，这真是个迷人的东西。每次他调动起舞步，训练馆里的所有人都停了下来，趴在围栏边看个不停，他可以从第一局舞到任何一个我不得不结束比赛的时间点，全场轻盈地点着地前后滑动。

"动起来，你也那样动起来！"训练馆里的清洁工都能这样冲我大叫。"王文，你也那样试试。"我的陪练也在怂恿我。"是啊是啊。"他们全在附和。

"闭嘴，我才是专业选手！"我这样说着，但也试着像他那样跳动，第一局没有结束，我的腿就一下一下抽动起来——那是抽筋的前兆，而他永远这样轻快地跃动，保持在我一米开外用超长的臂展不停地打出刺拳。

我忙着应付这些刺拳，而每当我向他近身突破想打出重拳，他都轻轻巧巧滑步闪躲开了，我根本不知道该向哪儿挥出我的拳头。

库总也仔细看了那蝴蝶舞步，他在拳台前踱步，拳台前那一块被他踏得光滑锃亮，他用脚尖在这地面上弯弯绕绕地画着弧线，不留一点痕迹，所以没有人能看出他在画什么。但忽然有一天，他说："来，学点新鲜物事。"

库总让陪练在我对面蹦蹦跳跳，我要盯住他，小心他的刺拳不给我好过，还要瞅着那些空当，猛地下蹲，绕出一个"U"字到他身前，左右开弓，一组组合拳打得他身上的护具哪哪作响。这打法让我觉得自己简直是一个偷东西的贼，每次练完这一套，我的肚子就像被人胳肢了一整天，一点也弯不得。

我学会了这一套偷偷摸摸的打法，就再去找阿里试战，我迫切地想击倒他，我的拳头能沾上他了，但只要我的拳头沾上他，他几乎是同一时刻，就那么一晃一退，我只有扑空。他是个卸力的行家，永远不会愣生生挨上一拳。

我变得害怕听到比赛这个词，有时候我想，这一切快结束吧，只要不继续训练，让我干什么都行。但马上又想，懦夫，该死的懦夫。

我问库总，什么时候比赛？库总让我自己决定，他说好的拳手都会自己决断战机，我的手开始发麻，那是惊恐发作的前兆，最后，还是发出了一条留言。

就在我向公主发出那条留言后的几天，"传奇拳王阿里""两个世纪之战"，这样的标语天上地下到处都是，所有我认识的人都在向我打听现场票，还说加多少钱都可以，我假装这一切与我无关。

开赛前我坐在后台，双腿像筛糠一样地走动，库总走了进来："拳王，看看你的样子！"

我迈动双腿走上场去，跟阿里打足了整整七局。

直到铃声敲响，我还在拼命挥着拳头，最后无力地靠在了阿里身上。

"这比赛没有加时赛吧？"

"去他妈的加时赛！"

这可不是一句箴言。

然后，阿里消失了，我从他身上滑了下去，很多只手从旁边伸过来要拉我起来，我翻过身来用拳头乱揍一通，"该死！别碰我！别他妈的碰我！"

分　泌

但一只有力的手还是把我拽了起来："点数胜利，运道好。"

"王文、王文、王文"，拳台下的叫声越来越响。

我站直了身子，举起拳头："谁是最伟大的！你们说，谁是最伟大的拳手！"

全场呼喊着我的名字。

这时候，一件最不可思议的事发生了，一条银光闪闪的腰带从天而降，围上了我的腰际。

"恭喜王文获得《野兽拳击》世界银腰带。"新的世界推送红字开始闪耀。

一阵欢呼的巨浪慢慢将我吞没，浪潮之中，一张羊皮纸轻巧地降下停在我的跟前，我憋红了脸，抽出被库总搂住的一只手，用拳套攥住了这张纸，我拼命看清那上面的内容：

银腰带持有者王文：

　　您已于2052年8月6日获得《野兽拳击》颁发的空缺世界银腰带，世界银腰带奖金五百万元已发放至您的巨力引擎账户，游戏完结后可统一领取。

　　作为世界银腰带持有者，您已获得向世界金腰带持有者——"铁拳"发起挑战的第一优先挑战权与强制挑战权。

　　经野兽拳击管理协会商议决定，您须在三个月内，即2052年11月6日24：00：00前，于指定挑战地点（30.889592,121.858359）完成挑战，若超时未完成挑战，您的银腰带将会被收回。

　　世界金腰带持有者仅能在三个月内接受一次挑战，若挑战成功，您将获得世界金腰带，并保留"野兽拳击拳王"头衔。若挑战失败，您将保留您的银腰带，并清空账号成绩及所有奖金，第二顺位击败NPC阿里的挑战者，会获得这条银腰带及相应的金腰带挑战权。

祝您拳击生涯顺利！

《野兽拳击》管理委员会

5

（1）

这一次我不得不在黑暗中开战，不能试战。

公主希望我去问问方谅金腰带的持有者是谁，我倒觉得没这个必要。我不想破坏拳赛的规则，而且那人除了迈克尔·泰森还可能是谁呢？不要说设计师本人推崇泰森，泰森的绰号就是"铁拳"——"铁拳迈克"。只有如此疯狂的拳手能配得上如此疯狂的游戏规则。

拿到结果的那一天，我的训练团队就开始了高效工作，他们搞出来了一套《野兽拳击》拳手的模拟算法，结合泰森巅峰期的战斗数据，跟我做了对比。

结果是，我毫无胜算。

就连我碾压大部分男性顶尖拳手的灵活性，在泰森面前也不值一提。

他们又夜以继日地工作。我说过了，他们都是最好的专业人才，三天时间，搞出了一个虚拟泰森，库总、公主、教练、陪练、分析师们全部围在拳台旁边，屏息凝神。我换上电竞服，钻过了虚拟围栏。

眼前的泰森只是一个粗陋模型，面目不清，身上的肌肉却像最精细的山脉一样座座隆起，与其说是较量，不如说是一场虐杀，我的拳头根本沾不上他，而我一次一次被掀翻在地。

在我第十五次趴在冰冷的地板上，又拼命想爬起来的时候，公主打破了寂静："可以了，可以了，我们都看到了。"

分　泌

公主的脸上看不出表情，她一向如此，她紧紧抱着两条胳膊，抿了抿嘴，看着我，声音如常："抱怨的话不用多讲，放弃比赛吧！"

库总走到了她的面前，他们平时都不怎么站在一起，我这时才发现，他们身高竟然差不多。库总死死盯住她的眼睛："我不同意。"

公主的眼神毫不避让："高阳，把胜率计算给他看看。"

高阳说："一个月的时间太短了，基本不会有太大变数，按照现在的训练数据去估算，按照最乐观的情况，胜率不会超过百分之十。"

公主说："听到了吗？百分之十！也就是说，王文有百分之九十的概率失去引擎账户上的所有奖金，而且，只留下一个清空了的游戏账号。《野兽拳击》在挑战上做了那么多限制，王文可是花了两年时间才走到这一步，从头再来没那么简单，你最清楚一个拳手的运动生命有多长，你觉得这样没问题？"

库总说："她是拳手，不是懦夫，没有哪场比赛是注定会赢才会打的，要是连这点勇气都没有，拳手生命到这一刻就可以结束了，还做什么拳王！"

一阵能杀死人的平静，我的陪练小伙子说："您老息怒，话也别说这么死……"

公主转向我，她放下了抱着的胳膊，微微垂下柳叶眉："你的意思呢？王文，你自己决定。"

所有人都望向了我，我却低头拨弄着拳套带子。

"我同意放弃比赛，因为……因为我觉得这是一个对大家都比较好的选择。"

"很好，我会马上放出去你训练受伤的消息，下个星期我会安排一场媒体发布会，到时候你正式宣布因伤退赛，放弃这场比赛，咱们照样可以去打商业比赛，留得青山在，不怕没柴烧。"公主又抱上了两条手臂，眉梢牵动细细小眼，瞪着库总。

我赶快翻出围栏，想找库总解释，但就那么一会儿工夫，他早已不在训练馆了。

（2）

这大概是我有生以来最无聊的一个星期，原因很简单，我不用训练了。

在很长一段时间里，自从我开始职业比赛，我都是为了后面的比赛才拼命训练，现在我却没有比赛可打，我给自己和所有工作人员都放了个假。

真可笑，为什么不能放弃比赛，我有的选吗？谁会傻到去打一场必输的比赛，我的钱，我的世界第一的排行，我傻吗？我为什么要把赢来的财富拱手还给引擎？我才没有害怕失败，我可是被钱哥无数次打倒又无数次站起来的人。库总为什么总是这么极端，他是不是嫉妒我这么年轻就成了他梦寐以求的拳击明星？！

我越想越有道理，但我的胸口却越来越闷，我想去找库总辩论一番，但他正在生我的气。我迫切地想找人聊聊天，随便哪个朋友都可以，而其他朋友……我好像以前没有注意到，我竟然没有朋友，曾经的同事全都疏远了，而全心训练的时候，我也没有时间去认识其他朋友。我想来想去，我最想聊天的人，还是小叶，我毫无理由地觉得他会理解我。

但我不可能去找小叶，自从我离开公司，就一句话也没和他说过，哪怕在我出名之后，他连个招呼都没和我打过！他肯定记得同事里出了一个女拳手，但我能跟他说什么？他又能回答我什么？我们根本毫无交情，所以我只好买了一个"小叶"。

这是一个跟他本人几乎完全一致的虚拟人，比我高一个头，面目白皙，他的话不多，接话时说得最多的是"唔""可以""有意思"。我拉起他的手，皮肤是男性那种粗粝的弹性，温度比我略高，一切都是那么真实，打开眼镜，他会出现，关掉眼镜，他就不在。

分　泌

我对天发誓，他唯一作用就是陪我逛街，我跟他一起走在街上，路人一定都以为我是那种有钱的女变态，才会弄一个虚拟的年轻男友陪伴在身边，弄得我一定要戴上虚拟面罩。

　　VR环境的试衣间已经通行，但很多女人还是坚持要用手去摸衣服或者包包的质感，一身运动服的我显然不属于此类，但此时我就和小叶在这些商场里瞎逛。我现在有数不清的钱，却没有沾染任何花钱的嗜好，每天就是训练、训练，我连花钱的时间都没有，那些钱大部分还存在巨力引擎的账户上连提都没有提出来，只是到手的那些广告费也够我花个痛快了。我们说说笑笑，不停地挑东西买东西，什么都不用想，非常开心。

　　"你打算什么时候去打商业比赛？"他忽然问。

　　我一愣，没想到他会这样问，我真的想就这样去打商业比赛？我的手又开始发麻，这酸麻一点点爬上了我的两条胳膊，我不知道该怎么回答他，只好眨了两下眼，"小叶"消失了。

　　他压根没有体会到我的处境，而我也没有什么奢望，我能奢望什么？他就是一个虚拟人。我坐在商场门口的长椅上抽烟，看着环形商圈中间跳着草裙舞的草泥马，神游天外。

　　"王文？"有人叫我，我发觉自己不知道什么时候摘下了虚拟口罩。我抬起头，准备给拳迷打个招呼，但那个人竟然十分眼熟，我使劲看了他一会儿，终于想了起来，他是大象，我以前在眼镜公司的同事。

　　大象走了过来，他眨着眼，微微惊诧地停在我面前，我站了起来，觉得一阵尴尬：我差点没来得及把"小叶"给收起来。其他尴尬都是小事了，比如我直接跑完步过来，穿着一件破破烂烂满是汗味的速干T恤，在商场门口的椅子上缩着，脚边是一堆五颜六色的购物袋。

　　而大象穿着浅蓝色的高档休闲裤，铁灰色衬衫，俨然一副IT精英的样子，我几乎忘了我以前有一阵子是完全朝他这个样子去打扮的。我离开公司的时候他已经是公司内最成功的年轻产品经理，连连拿到公司奖，后来听说跳槽去了一家外贸公司，他在那儿干得也挺成功，我还能断断续续看到关于他的媒体报道。

"你怎么会在这儿？"他问。

"逛逛街，比赛前，放松一下。"

"应该的应该的，听说你比赛前准备得太辛苦，受伤了，是哪儿，腿？"

"没事没事，一点小伤。"

"我女朋友很迷你，你得跟我录段视频。"

我点点头。

"好久不见了，你们都还好吗？"他继续问着。

"好，好，我们一伙同事都等着买票去看你的决战呢，但现在还没开放售票，你这儿能帮忙买到吗？"

"没……比赛时间还没定，还没开始订票呢。你们都有谁？"

"小敏，东哥，胡神，拉哥，还有我们一起抽烟那几个，我们现在还老聚呢！"

"小叶来吗？"

"小叶？来！他女朋友也很迷你。"

"哦……"我的心里突然有些不是滋味。

"真的好久不见了，你的胳膊好壮啊，比我还壮，我都有点怕了，哈哈。那时你还跟我们一块儿做产品经理呢，想想就好玩。"

"我那个产品经理做得也不是很成功。"

"没有没有，别这么说啊，你运气太差了……"

"不是运气，可能只有打拳比较适合我。"

"没有，没有，"大象摆手，"当时你确实挺倒霉的，好几个转部门的，就你进了活动部，在活动部做的那些事儿也很不容易了。当时我们同时进公司的这一批，拉哥一直跟我说你最有潜力。"

听到这话，我糊涂了："当时拉哥分明在取笑我……我的广播体

118　　　　　　　　　　　　　　　　　　　　　　分　泌

操可被你们笑惨了。"

"哦，那事儿，你还记得啊，是有点过分了。"大象笑了，"但是呢，拉哥他就是这么一个人，他说的也不是你设计这事儿，他呢，他就是单纯觉得这事儿挺可笑的吧，他可不就是什么事情都取笑嘛。你可能不太了解他。"

我说不出话来。

"你还记得咱们当时老在阳台上抽烟吗？太巧了，都是缘分啊。"

"是监测器，我在你们工位上装了监测器，你们中有一个站起来我就能知道，我就提前跑去吸烟室，在那儿等你们。"

"为什么这样做？"

"孤独呗，没有朋友。"

"哈哈，原来是这样，谁又不孤独呢。"大象看了看我，"你觉得我们算朋友吗？"

"你觉得呢？"

"一起抽过烟，聊过天，就算。"

"嗯。"

（3）

发布会开始前十分钟，我到了会场后台，公主早已经在那儿等我了。她的头发一丝不乱，穿着一身白色套裙，干练依旧。她递给我一张盖着红章的白纸，大大的标题上写：伤情鉴定书。她郑重地盯着我的眼睛："你仔细签上名字，一会儿带进来，给媒体展示。"

我在发布会镜头前露面的时候，一阵刺眼的白光狂闪，公主微笑着伸出手帮我挡住亮光，声音放得柔若无骨，她对台下记者们说："请王文讲一下比赛的准备情况吧，但请大家提前做好心理准备，她上个星期辛苦备战对泰森的比赛，腿部严重拉伤，伤及肌腱，这事情大家应该都知道了，王文是那种看上去特别坚强的女孩儿，但伤情真的很不乐观。"

我咬着嘴唇，把攥在手心的伤情鉴定书掏了出来，慢慢展开，拉平，从左至右展示给在场的所有记者。

记者们眼睛瞪得老大，跟左右的人疯狂地交头接耳，一时声音大过菜市，甚至没有人在拍照。然后，一个站后面的老记者从椅子上立起，鼓起了掌，其他记者也一个接一个地站了起来，对着我鼓掌。

"好！牛逼！"有人叫道。

公主的两条柳眉挤作一团，瞪了我一眼，我毫无反应，她向前探过身子，看到了伤情鉴定书：那是一张白底面的纸，上面有几个大字：我将挑战泰森。

我给大家看的是伤情鉴定书的反面，那是一片白底，我用记号笔写上的几个大字。

记者们散后，我想走向后台，公主一把揪住了我。

"咱们之前是不是说好了？你怎么没有一点契约精神？"

"对不起，我改主意了，我还是想打这场比赛。"

"你以为你是什么东西，想挑战一切不可能吗？你这个蠢猪！"公主倒竖双眉，把伤情鉴定书一把夺了过去，往空中一扔，那页纸飘飘荡荡落在地上。

公主粉色的高跟鞋噔噔直响，一把推开了门，噔噔走了出去，又狠狠把门砸了回来，门发出一声通天巨响，关上了。

三秒钟之后，门又被猛地撞开了，打在墙上，又是一声通天巨响。"改主意可以，你们这些年轻人，可以今天这个主意，明天那个主意，老娘还要养家，没空陪你玩！"公主粉色的高跟鞋又噔噔而入。

她举起手一划，一排白底黑字的文件投在了空中。

"你已经严重违反了合作条款，不要怪我翻脸不认人，一切按退出机制来走，这些账，咱们来一笔一笔算个清楚！"

（4）

　　我没有想到芦潮港是这样一个地方，一望无际的芦苇荡延伸到海边天际，无休无止的大风拨弄着它们，芦苇汇成浪潮"哗哗"的声音，比我在引擎里的那片草原更加苍茫壮阔。

　　芦苇荡中搭起了一个巨大的舞台，四面是围栏和草地，公主想搞一场摇滚现场那样的热闹比赛。她不相信我对泰森有任何获胜的机会，已经决定和我解约，清算完了所有我的广告收入和团队支出，到最后，我竟然还背了一笔负债。公主愿意把这最后一场比赛的收入当作最后的合作，来抵扣我欠她的那些运作经费，所以她极尽宣传。

　　我一清早就来到这里，在后台调试好眼镜和电竞服，就待在高高的舞台上，看着临时增开的胶囊客车一辆一辆抵达。豪华空客飞机一架一架降临，舞台下的观众越来越多，有一些人穿戴着我名字缩写的衣服和帽子，甚至还投射出几个小小的我到空中。小小的我在空中挥胳膊蹬腿，十分精神，但那小小的样子让我想到侏儒，我有点犯恶心。

　　为了舞台效果达到最佳，开场时间定在傍晚，开场前，舞台下已经人满为患，我猜公主一定卖出了巨量的票，五万张？十万张？甚至更多？此外，还会有难以估量的观众在巨力引擎浸入直播。我不知道有多少人期待着我的胜利，我每天都会收到太多的消息，大部分都是鼓励，但肯定也有不少人是为了看我第一次倒地而来的。

　　我回到了后台。

　　每过一会儿，都有人忽然扯直喉咙，高叫我的名字，声音越来越尖厉。

　　夕阳已落，舞台上空升起一只巨大的铜铃，敲响了一声，我吸了一口气，从凳子上站起来，公主正在跑前跑后，正好经过我身边，她说："别急，还没到时间。"

我差点忘了那支乐队，公主弄来了一支叫"阿喀琉斯"的摇滚乐队做开场表演。

他们的标志是一位持矛和盾牌的古希腊战士，公主觉得这形象与我的战士姿态十分契合。这位戴着鸡冠帽的虚拟战士在舞台上高高升起，豪放地用矛拍盾，发出一声巨响，"阿喀琉斯"的四位成员此时乘升降机来到舞台正中央，狂放地又叫又跳。他们巨大的虚拟形象也着希腊战士服，和那位戴着鸡冠帽的希腊战士一起熠熠生辉。

"阿喀琉斯"三曲终了，舞台上的轰鸣声和四位虚拟战士一起跳向虚空，凭空消失，四位乐队成员也从舞台中央降下。

舞台陷入一阵黑暗，只有高空中的铜铃泛着一丁点冷光，观众开始有节奏地呼喊我的名字，声音越来越大，越来越大，我深吸一口气，站上了升降机。

黑暗中，我升上了舞台，一小束灯光打向了我，同时，我知道背后也升起了一个巨大的虚拟的我，好让离舞台最远的观众也能清清楚楚看到我额头上每一颗紧张的汗珠。

观众中爆发了一阵巨大的欢呼声，然后那声浪马上熄灭了，因为我吸了一口气，启动了游戏。

"您确定开启金腰带挑战赛？这是您赛期内仅有的机会。"巨大的文字在拳击台上空闪耀。

我眨了一下眼。

一座泛着光芒的铁笼在拳台正中降下，笼中一个黝黑的身影，徒手撕裂铁笼，跳到了拳台正中。那个我在无数比赛视频、照片、甚至是无数个无聊的娱乐节目中见过的"野兽"出现了。

他的腰上闪闪发光，这黑暗中仅剩的一点点光芒似乎都在那条金腰带上流转。我和黑暗中屏息静气的几万名观众一样，眼神被那腰带死死吸住，挪不开视线。他个子不算高，用拳击手的标准来说，一米八真的矮极了！我已经习惯了跟各种小巨人一样的对手搏斗，但他黝黑的肌肉饱胀而闪闪发光，比两个我还要宽阔。

他压低头颈，翻着眼睛看我，好像在打量一头猎物。然后，他向我走过来，一直走到把脑袋重重抵上了我的额头，舔了一下嘴唇，没有说话。真的野兽是不说话的。

我使劲推开了他，"比赛开始！"我大声说。

泰森冲了过来，观众们，尤其是很多小姑娘的尖叫声满场都是，此起彼伏，若是抛开此时的处境，我会觉得这是很有意思的一点，我的拳迷中，女性比男性更多，《野兽拳击》如此暴力恣肆的游戏，玩家的数量也是男女均分，抹去了力量差异，出现了很多厉害的女拳手。

在这片尖厉的叫声中，泰森省略了所有试探动作，重拳一记一记"砸"了过来，我拼命克制转身逃跑的冲动，任凭身体带着我晃动，左、左、右、右、左，错了，是右！我被当头撞翻，左脚离开了地面，然后是右脚，我倒下了。但混乱中，我抓住了一条虚拟围栏，我抓着那软绳往上站，但又滑倒了，怎么回事，地上抹了油？我想大叫，这地上抹了油，但只发出一阵嘟哝，我拼命抓着软绳，但那绳也像抹了油，怎么到处都是油?!

"该死！给我站起来！"库总的声音，我苦等不来的他，竟冲到了场边。

没有油，根本没有什么油，我拼命站了起来。

数字倒数到五，停住了。

场下的观众一片狂呼乱叫，跟我的头脑一样混乱。

"册那，侬库嫂出去称个猪肉竟然滑倒了，我刚送好她去医院。"库总小声嘟哝，又大叫起来，"集中精神，步伐，你的步伐！像我们之前练过的那样！"

在我确定比赛后的那个下午，我就冲到了库总的拳馆，在那儿苦练了一个月"甜豌豆式"躲闪，就是为了不至于刚和"铁拳迈克"打个照面就趴下。

我深吸一口气，向后退了两步，开始活动起我的脚步，前后滑动，我要滑到他够不着的地方，我守住这个信念。他没什么好怕的，他只不过是个大号沙袋。

　　我再次闪过泰森一组快拳，鼓起勇气，勉强打出一些刺拳，看得出，泰森对我的转变颇为恼火，我的拳头没有对他造成任何威胁，而他开始越来越猛烈地出击，一个刺拳击中了我的眉骨，一些痒乎乎的东西越过脸颊，爬进电竞服，爬到我的肚子上。

　　万幸，铜铃敲响，我逃向了我的角落。

　　我竟然撑住了第一个回合。

（5）

　　库总冲了过来，用一堆酒精棉塞上了我的额头。

　　"剩下的六个回合怎么熬过去？" 我倒吸着气。

　　"揍他！"

　　"怎么揍他？"

　　"狠狠揍，揍他的脑袋，狠狠地打，把你的上勾拳打出来！"

　　铃声敲响，我回到台上，抢先向他打出一拳，泰森牵动嘴角，那意思仿佛是，"来吧，我还没跟女孩子打过，就陪你玩玩。" 我打出两个直拳，他轻松闪避，回敬一拳，直中我面门。

　　我只觉得被一辆卡车撞翻，眼前一黑。

　　四周一片嘈杂，像网络故障一样的杂音中，拖着尾音的解说讽刺着："王文遇到了一点麻烦，'击倒'遇到了真正的击倒艺术家……" 一个巨大的沙袋从天而降，在我的头上盘旋，像无数次闪避过那沙袋一样，我想躲过去，但我没有一点力量，我躲不开。

　　我扯着嗓子叫起来："不！我要赢！" 这声音高亢尖厉，穿越我的幻觉，在整个拳台回荡。

　　我扶着地，一晃三摇，从地上站了起来，脸上全是汗、血和泪，看不清眼前的数字，我抹了一把泪水，看清那数字停在九，两个白衣的工作人员冲了上来："你还能继续吗？"

"我可以，可以！"我拼命点头。

一个工作人员摇了摇头："你头上破了个大口子，像刀砍的一样。"他指了指自己的衬衫，那儿是一排飞溅的血点子，我看了看擦泪的手，尽是一片血红。

"让她打，"库总说，"没伤到主动脉，死不了。"

"让我打！"

工作人员对视一下，走了下去。库总说："揍他下巴！"也走了。

"叮"铜铃又敲响了。

泰森走了过来，此时他的表情褪去笑意，对我略微点了一下头。

我连续打出一组拳，那是我最好最快的一组拳，泰森轻轻左右摇晃，一个不落地闪开。我拼命挥出最后一记勾拳，正中他下巴。泰森微微后退一步，全场一片欢呼，然后他冲过来照我面门给出一拳。

我拼命站稳，但他马上冲过来，连补几拳，我像断了线的风筝一样飘摇，拼命抱住了他。但他一把把我推开，又是一拳，我依然抱着他，泰森疯了一样击打着我的头颅。

血，一股一股涌了出来，血色的帘幕遮住了一切。

"不……"我死死抱着他胳膊，"我不想输！我不要输！死也不要输！我要赢！"

泰森一动不动，他死硬的脸上全然没有表情，但他的眼神，那穿透灵魂的眼神望着我，我不知道那是什么样的眼神，怜悯？或者是同情？还是，可能是我理解错了，某种尊敬，那是对于对手的尊敬，我摇摇晃晃站了起来，我看到了这种尊敬，而我所能做的，就是再好好给他一拳，我的双手根本都抬不起来，但我不在乎，我盯住他的眼睛，等着活力重回双手。

他一动不动，依然带着那样复杂的眼神，紧紧盯着我，四面吵闹的观众此时鸦雀无声，整个拳台上只有一阵一阵劲风掠过的呼啸。我感到背脊骨发凉，本就模糊的视线越发昏暗，他的眼神将我拖进一片黑暗，我什么都看不到了。

结束了，等我睁开眼的时候，一切都结束了。

我不知道我是怎么倒下的，是泰森击倒了我还是有人把我拖走了——以免我被打死，我最先看到的是那行熟悉的绿字："《野兽拳击》铁拳KO胜利，击败挑战者王文，卫冕成功。"

泰森的身躯正变得越来越大，他的身体像火焰一样越蹿越高，比整个舞台周围的看台还要高，立在郊区的黑夜中熠熠生辉。台上一切其他的虚拟形象在他的映衬下，都显得像一些可笑的玩具。他的后背向天空中放飞了无数只狮子、老虎，还有一些狮、虎、鹰、混合在一起的怪兽这些虚拟猛兽照亮了整个芦潮港的夜空，它们在空中跳跃，甚至蹿到了满地芦苇中，在疾风阵阵的芦苇荡中左冲右突，发出阵阵啸叫。

库总和医生在我旁边，死死按住挣扎的我，往我头上喷了些什么止痛药，让我整个脑袋都没有什么感觉，而身体其他地方却都像燃烧一样疼痛着。我拼命甩开他们，站起来，我跌跌撞撞跑下舞台，往正四散着离开的人群里走去，有一些人直接搭乘胶囊快车离开，有一些人跑向旁边的草丛中去看那些光华流转的狮子和老虎。

但是，我一定要去看看这一张张正转身离开的脸，我看到有疲累的中年人，路过我身边的时候，能看到一道伤疤划过闪亮的眼睛；我看到有年轻的女人牵着女儿，一路走一路拍着哭泣的她的背；我看到有一群年轻人勾肩搭背走在一起，撸起袖子做出拳击的动作；我还看到一个熟悉的灰色帽衫的身影，他牵着一个雪白小袄的身影。

我就静静看着这些人越走越远，这一次，我第一次敢面对这所有的观众。

　　　　　　　　　　　分　泌

6

地下拳馆惨白的灯光下，依然是那些汗津津的沙袋，我跟库总说过无数次了，他总是说，"明天、明天"，但就是不去换。

所以我现在还是只得一拳拳地打着这些汗臭四溢的沙袋。

"库总，沙袋真的要换一下了，就算不换，拿到太阳下晒晒，去去汗味也好，你现在这么多学员，用得着省这个钱吗？"

"啰唆，你有那高级训练馆的时候，怎么不替我换换沙袋？明天帮我搬出去晒晒！"

库总拖着步子走过来，一直走到我的沙袋前："慢慢打，用尽最大的力气，再打出十拳。"

"一、二、三……十！"我像只癞皮狗一样瘫到了地上，紧紧抱住了沙袋。

"不错，不错，后天那场比赛，我看是稳了。"库总说，然后他不知道拿什么东西又给了我一下子，"起来收拾吧，今天聚餐。"

"不去，我跟人约了吃饭。"我摸摸脑袋。

"和人约吃饭？和谁？是不是上次送水那小子？"

徐运凑了过来："谁？和谁？还是上次送水来那小子？"

"不错，不错。"库总难得带了点笑意。

"叮"，钱款到账的声音，我打开了视界上方的提醒，盯着库总："库总，你……"

"你走运的时候分给我的钱，我都给你保管着。很多拳手是穷出身，有了钱就会挥霍一空，尤其你又是女孩子，所以我操了点心。你倒没乱花钱，但结果还是一样，我倒宁愿你乱花钱。你拿去买些衣服吧，不要天天闷在拳馆，多去外面转转，别还给我，千万别还给我。"

我觉得库总真他妈的深刻。

缓缓失色

　　K意识到了一件事情，很长一段时间里，他都没有好好看过太阳。

　　K的办公室有一扇超大的窗子，可以俯瞰成片层层叠叠的高楼。但他每天上班都是忙忙碌碌，几乎一刻不曾得闲，竟从未想过欣赏窗外的美景。然而今天不一样，他把腿架到桌子上，整个人窝进椅子，望向窗外，等着落日坠下。整个房间从办公桌到书架都披上了一层金色。

　　终于，巨大的落日缓缓沉入楼群，好像一只巨大的熟柿子坠入落叶，一群乌鸦追逐而过。

　　K有心情享用这幅美景，是因为今天他晋升了，在这个一百多人的测试中心里正式成为总负责人：总监。

　　刚刚收到的公司正式发文里，"总监"这两个字标红加粗写在邮件的第一行。他咂摸着那两个红字的滋味，想着大老板给他举行庆功宴的时候差不多到了，于是站起身来。

　　这一切是他应得的。

　　K付出了超量的劳动，连续几个月的高强度加班，劳心劳力，拼命工作。也亏得手下那几个测试组长给力，连着做成了好几个挺值得一提的项目。他终于从竞争对手中脱颖而出，补上了这个空档。

最值得骄傲的是，他没有动用任何阴暗的手段。他又想了想，几乎没有，确实问心无愧，赢得堂堂正正。他仔细回想了他奋斗的三年里战胜的所有那些优秀的对手，想了想自己刚满三十就得到了这个头衔，想了想自己的薪水，对，他不仅升职，而且涨薪了。这个仍处于上升期的大型软件公司付给他一笔丰厚的薪水和股份。虽然跟前女友分手以后很长一段时间都没有时间再恋爱，但，对于他这样的青年才俊来说，这又算什么了不得的事呢，女人，还会少吗。

他轻巧地想着这些事，看着窗外渐渐暗淡的天光，夕阳已经消失了，只在消失的地方留下了一抹深橘色。他收起双腿，从办公室离开，昂首挺胸，去参加庆功会。

改　革

第二天一早K走进办公室，下属们都特意走过来跟他打招呼，恭恭敬敬叫一声："K总。"他穿过此起彼伏的"K总""K总"声充斥着的热闹的测试大厅，走进自己的办公室。

这声声称呼让K心里美滋滋的。其实他已经被这样叫了很久，但之前的"K总"可不是现在的"K总"——那意思是"K代总监"。那种称呼不仅不让他受用，反而每次都让他的心有种微微的刺痛感。现在不同了，现在的"K总"里包含了更多实质性的东西，一种让他心安的实感。

称呼虽然变了，但他的业务领域却没有变，换句话说，之前做什么现在还是做什么。他代行总监之职已经大半年，那一纸任命只是肯定了这个既成事实。他手下共有六名测试主管，每名主管分管二十几名测试员，整个测试中心承接这家大型软件公司所有测试任务：接任务、分配任务、撰写测试用例、返回测试报告，等业务部门根据报告修复问题，再提交给他们重新测试，直至测试通过，允许软件出厂面向客户。

K之前在另外一家小型测试公司工作，跳槽到这家软件巨头T已经五年。五年间，他亲身参与了测试体系的搭建：看着成百上千种细碎、繁琐的测试步骤在摸索中被发明出来，再逐渐归拢，优化，定型，形成规范，甚至成为整个软件测试行业的通用规范。然后，然后就只是遵循着已经确定好的规范，不断执行罢了，就在这种秩序的确立中，他一步步爬上了总监的位置，然后在这个位置坐得越来越轻松。

直到一个月前，事情渐渐起了变化。

首先，是他的顶头上司R总去跟竞争公司的老同事吃友谊饭，顺便交换一下行业讯息。R总看着对面那个牙口不好的胖子花了足足十分钟扯烂一口牛排，同时得意地吹嘘他们公司的自动化测试情况：他们那儿已经基本上没有测试员了，全是机器人在做测试。

R总忍着心头的焦虑和胖子的口水飞溅吃完了这顿饭，回头就把消息告诉了K，K吩咐手下的心腹组长F赶紧去调查，初步调查结果令人吃惊：竞争公司的大部分测试工作确实已经被机器人取代。

自动化测试技术早已有之，但K一向不以为然，这种尝试他们不是没有做过，但在实际测试过程中，软硬件的各种突发状况层出不穷，对整个流程的顺畅执行造成了毁灭性的打击。要么就是在一些奇怪的地方卡住，要么就是上报一堆并非问题的问题，比如什么声音播放失败啦，界面卡顿啦，堆栈溢出啦，其实只是自动化测试AI太过简单粗暴导致的。花了好几年时间试图解决这些问题但失败的K已早早裁撤了巨能花钱又长期毫无建树的技术攻坚小组。还是人力测试靠得住啊，专业的测试员，按照流程纯熟地操作，快捷，可信赖。

但现在不知道怎么回事，那家研发能力一向弱鸡的竞争对手公司不知道通过什么办法搞出了这么一整套先进的测试技术，那些测试机器人同时控制着上百台手机，日夜测试不停。K看着偷拍来的视频瞠目结舌，让F赶紧去把这个黑科技进一步查个清楚。

一周以后，F的调查报告呈上来了，竞争公司的研发实力确实不足，他们的测试机器人是从国际测试巨头H那里采购的，而H花了整整十年时间铸造了这套大杀器，攻克了阻挡所有其他研发团队的问题，就是为了用自动化测试技术将人力测试整个儿取代掉。K一边安排手下和H巨头接触，一边把事情如实报告给了R总，没想到R总比预料中还要重视这件事，当天就从总部亲自飞到K的城市。

R总站在K的办公室那个巨大的落地窗前跟他侃侃而谈，背后整片大厦反射着强烈刺目的阳光，白花花一片。他谈风起云涌的智能化测试现状，谈国际国内的AI研究态势，谈本公司今年的开源节流策略，谈自己对提升测试效率十分关心。他不急不缓地说着，一个上午就在他单调平淡的调子中流逝了，直到最后的最后，他话里的意思逐渐清楚。

"K啊，你刚刚得到这个总监的头衔，恭喜你啊。"R总的脸上没有丝毫表情。

"多亏R总的信任。"K诚惶诚恐。

"你是我的老部下了，这么多年一起走过来的，我自然信任你，但你多少呢，也要做出点拿得出手的业绩，不要叫我为难。"R总慢慢补了几句。

K自然是连连点头："您放心，您放心，这个测试自动化，我会当成今年的重点来做，一定做出成绩。"

R总点点头，离开了。

那一天，K一直在公司待到很晚，任那面巨大的窗户被夜色缓缓侵袭，只剩下黑暗中几条模糊的光带。他得到这个总监头衔以来那种松弛了很久的危机感又回来了，他的脖子酸痛，整个脊背都僵住了，说不清楚是什么压得他酸痛。

"K总"，他念了出来，然后摇了摇头。这个称呼已经不能给他带来欢乐，反而带来了许多更为复杂的滋味，有些辣又有些苦涩。

久已生疏的思维导图界面又出现在了他面前的屏幕上，错综复杂的线条串起条条繁杂的思绪，他用笔"哪哪哪哪"地敲着头，逼自己赶快进入状态，开始思考自动化测试的改革思路。

实　施

第二天，K早早召集了会议。他把自己和几个组长、测试骨干关在狭小的会议室里，讨论测试效率提升的改革方案。这是一个历时十个小时的马拉松会议，他们的两顿饭都在会议室里勉强凑合。K一开始并没有直接说出自己的主意，而是抛出问题，再花好几个小时引导大家说出自己的意思，整个方案和盘托出后，组长们自然是一阵激烈讨论。K以逸待劳，等大家都争得没主意的时候老奸巨猾地把争论引向了实操层面，最后总算得出了个结果——在会议室的白板上留下了一张蛛网似的概念图。对这个决策，组长们虽然觉得意外，但也觉得振奋，都决心把这件大事做好。第二天，关于实操方案的后续会议继续召开，K坐在大门敞开的办公室里，沐浴着温暖的天光，看着手下们为这个计划奔忙，稍感欣慰，万事开头难嘛，开了头一切都会顺利起来的。

一整个星期断断续续的会议结束之后，自动化测试改造的详细项目计划终于敲定，K可算彻底放下心来。这份计划递到R总那里，马上得到首肯，K便放手去做了。这是一份非常翔实的计划，三个月时间，增加AI测试比例，提升效率，削减人力，削减开支。具体到每个自然天每个人的工作计划。

现在，万事俱备，只待执行。

K可不是吃闲饭的，他爬到这个位置靠的是结结实实的能力和他手下那支执行力超强的测试队伍。两个月后，K的团队提前完成了任务，将一半的测试员替换成了测试AI。每个测试员的工位上都多了一个辅助测试机器人。测试员监督好这个机器人即可完成双倍的工作量，业务稍微熟练些就能提早完成任务提早下班回家了。

R总大大夸奖了K的办事效率，又亲自飞来了一次，视察这令人欣喜的工作场景：产线上的机器人掌握着几百台手机，无形的手指按照自动脚本的框架运行着一个一个软件、游戏，手机上完全同步变换的图形界面像涌动翻飞着的图像海洋，有一种令人着魔的韵律感。

R总面对着这片纷飞的信息海洋，对K说："把测试效率再提升一步，完全实现无人化测试，你能啃下这块硬骨头吗？"

K拍着胸脯保证今年测试中心的任务就定为这个了。

R总走后，K这儿又兵荒马乱了两个星期。他跟手下的组长们商量了很久，M公司提供的测试AI方案倒是一应俱全，不仅有流程化的功能测试，还有性能测试、性能监控、安全测试、压力测试等一整套解决方案，确实能把本公司的整套测试工作都包圆儿了。

现在不光是最基层的测试员了，身居管理职位的组长们也需要学会操作测试机器人。虽说他们之前都是专业测试员出身，做测试监管的活儿不在话下。但毕竟做了那么久管理，现在要重操旧业开始上手干活，难免有些怨怼。但K的个性是颇为强硬的，大家在会上明里暗里反抗了几句都不管用，就只好私下凑个酒局，吐槽吐槽。

只有组长F思来想去还是单约了K，想和他聊一聊。

F是K的心腹，这是众所周知的，但在这之前他俩是大学同学，知道的人就少了，他的老婆跟K交情更久，是高中同学，这知道的人就更少了。两人大学毕业第二年就结婚，K是证婚人。之后F和K都做了测试这行，K进T公司第二月就把他拉到了自己的团队里，这么多年也是着力培养、全力信任。这些是F跟K聊的底气。

两人往公司外大排档一坐，几瓶啤酒下肚，虚浮的上下级关系消失了，当年刚毕业时的亲切劲儿又回来了。两人把衬衫袖子一卷，F正准备开口，K却抢先大倒苦水，滔滔不绝了起来，说自己被架在这个位置上，实在是必须拿出点业绩，还把R总对自己的种种敲打都告诉了F。就差抹着眼泪说需要老同学的支持了。F也是第一次知道K承担了这么大的压力，感慨之下，压下了种种自己和其他组长们的难处，只能是点头叹气，只是最后还争取了两句，说想为各位组长保留一个测试助手来操作AI。

"要不然我们这个组长还算什么组长？只管了一堆机器人。"F说。

K唉声叹气，说非常理解他们的不容易，一定会尽量争取。

K这样说着，心里却非常为难。他没有想到效率提升会给自己的部下带来这么大的压力，开始担心这项任务能否顺利执行，他陆陆续续约了所有的组长了解情况，众人半真半假地说了自己的想法，K只能是说理解理解、争取争取。

K花了很久字斟句酌地考虑该如何跟R总去谈这件事，甚至有时候躺在床上依然久久无法成眠，经常成宿思考。酝酿了一阵子，他总算下定决心约了R总，好好谈了这件事。组长们都翘首以盼他们的谈判结果。但只等来了K在最终会议上要把全部测试员都裁掉的决定：他尽力了，但只能做到这个地步。

大家都盼望改革带来效率的进步，但谁也没想到会效率到自己头上。K这次放宽了时间，让大家再用一年剩下的最后四个月完成这次改革。

不出K所料，抱怨最多的组长在一个月后走掉了，他申请调回在另一个城市的T公司总部，那里并没有那么大的自动化改革压力。两个月后，另外一个组长也走了，幸运的是，大部分组长都留了下来，K明白，其中最要感谢的是F的力挺，他更明白，这进行了一半的改革必须推进到底。

最后他确实做到了。

在公司年会上，K作为唯一的新晋总监领取了团队进取金奖，在 R 总赞许的目光下，他登上领奖台致谢。他点名感谢了留下的四名组长，他没有点名感谢的，是那些被测试机器人替代的一百二十名基层测试员。但愿他们现在找到了其他的工作，他默默地想。

深化改革

在 T 这样效率至上的巨型公司，事情是一件赶着一件的。一件事情刚下眉头，一件事情又上心头，对于 K 这种总监位置的中层更是如此，上下都是压力。年会结束后便是春节假期，他没有回家，而是独自去一个海岛待了两周。面对碧海青天，他什么都不愿想，只想给自己放个假，奖励一下不容易的自己。面对海面上夜空中礼花绽放，新旧年之交的一刻，他不知道自己为什么那么脆弱，脆弱到两行泪水缓缓流到下巴，自己是个男人呀。

幸福的时间总是短暂的，痛苦的时间却漫长到近乎永恒。两周假期结束，K 万般无奈地回到了公司，在零零星星的"K 总"的称呼中走进了自己的办公室。不知道为什么，重返公司不再是一件让他快乐的事，可能是因为他的老部下都不那么开心，哪怕大家因为那个团队进取金奖分享了一大笔奖金，但每天与机器为伴，本来做管理现在却降级去操作机器人，坐在一堆钢铁之中，脸上都难掩失落。

K 太明白这回事了，其实他又何尝不是如此，本来热热闹闹的测试中心，变得人影稀少，只有测试机器人们工作时的一片嗡嗡鸣响之声。K 摇摇头，这是高效率的一点副作用，微不足道。

K 想，今年的任务不能再像去年那样只是提升测试效率，这样下去不是办法，总得发展点 AI 做不到的新业务，有了业务，人就能又聚拢起来。

他跟几个组长开会，弄出了一套今年度工作计划，面呈给了 R 总。

R 总看了半天，摇头不止。

"今年公司的大策略是，'开源、节流'，你这测试中心属于支撑部门，不是业务部门，你要节流，不要开源，不必开这么多新业务线。"

"我们也想做点事情，为公司做点贡献……"

"私心不要太重，我看你们今年在减少人力和效率提升上还能做点事情。"R总说。

"效率还怎么提升，我们已经没有基层测试员了……"

"那就只能提升测试组长的效率了。"

"这……"

"想想办法，办法总是人想出来的，我相信你，你总能一次一次突破自己。"R总拍拍K的肩膀。

"我想想办法。"K咬牙说。

K是一个颇有毅力的人，从不轻言放弃，回去之后他连F也没有找，自己把M公司赠送的整套自动化测试方案材料从资料室扛回办公室。他仔细翻阅资料，亲自上前线看那些机器人是如何同时控制几百台无线设备：手机、手表、电脑、头戴设备运作如风地测试。

K在踏入管理岗位前是一个技术高超的测试员，当初那套吃饭的手艺他至今都没有忘记，稍微补补课这些资料就全都吃下了。到最后他还真找到了一个办法，M公司提供了一套更深度的测试解决方案，能把整个测试环节全部串联起来，最后的结果是业务部门只需要填一张电子表单，就可以由测试机器人排期进行全套测试，整个过程确实一个人都不需要。如果再严格一点来说的话，可能只要一个业务员随时排查调校可能出现的微小错误就可以了。

当然，其中还有一些技术细节，需要跟M公司的售前支持部门确认，K不敢懈怠，单枪匹马亲自去谈。M公司对这个大单非常重视，为了迅速谈妥，在细节上做了诸多让步，甚至愿意免费派一个技术员做长期支持，那么最后的问题也解决了。

K独自做完了这一次自动化测试改革方案，四个忠心耿耿的老部下，两个刚招进来补空的新组长，全部裁撤。只需要再进行一次

M公司的测试机器人采购，接收M公司提供的那位技术员的支持。

这份报告在K的电脑里躺了很久，他犹豫来去，不敢呈报，这份报告里隐含着一个残酷的事实：所有六个人的饭碗会被砸掉，他将变成光杆司令。这么一份东西，真的是R总要的吗？他着实一点把握也没有。他知道按照惯例，这六个没有失格表现的组长是不会被T公司开除的，T公司在业内是以人性化关怀和柔性管理著称的。他们应该会被派往其他项目组或者调往闲职，即使没有空闲的职位走到辞退这一步，他们也会领到一笔丰厚的补偿金，那钱绝对足够他们舒舒服服休息一段时间，另找一份合适的工作。

平时K的思考也就止步于此了，但这一次他却往深处再想了想，如果AI风行，这些人又能去哪儿找工作呢？他不敢想下去了，总会有办法的，总会有办法的，M公司的产品很贵，不是所有公司都买得起的，人总有学习能力，不行还能转行嘛，社会在进化，人也在进化，人是社会建设一块砖，哪里需要哪里搬。

他又想到了自己，自己这个光杆总监呢？身居总监之位，处境却越来越尴尬。但为公司不断超额提前完成任务的自己，去哪个部门不行呢？又不是非要干测试，自己还年轻，前途不可限量。R总不会亏待自己的，他从来都是赏罚分明，这些年里他何曾让自己失望过呢。

这样想着，K大着胆子提交了这份年度计划，这一次，他飞去了R总的城市，来到了R总的办公室，当面呈交。R总的办公室是他办公室的好几倍大，那儿也有一片气势汹汹的落地窗，但被银白色的遮光窗帘挡得严严实实，整个办公室里都是冰冷的日光灯光。

"对，对，这样才对，这样就很好，不错，不错。"R总迅速翻阅着报告，赞不绝口，但依然面无表情，仿佛在播放一段录音。

"岗位裁撤的六位组长怎么安排？"

"按照老规矩，尊重他们的意愿和选择，愿意调往其他工作岗位也有项目愿意接收的我们支持。"

"那……我呢，我的手下已经没有人了。"K小心翼翼地说。

"你先把改革完成，之后公司对你自有安排。"

"什么安排？"

"你先做好你手头的事情，时候到了再透露给你。"

K咂摸着这句话，离开了。

失　色

谁都没有想到F的反应那么大。

他是在公司的公开发文中第一次看到这份年度计划的，直接冲到了K的办公室，把自己的笔记本电脑砸在办公桌上，"砰"的一声巨响，键盘和显示器弹飞成了两块。

"我真的没有办法，这都是R总的意思啊，他铁了心要搞什么效率提升，要把咱们中心的人都裁掉。"K的态度马上软了下去，看着F小心翼翼地说。

"我跟你这么多年，你竟然砸了我的饭碗，好，很好。"F气急。

"我是真的没有办法啊……"K也很委屈。

过了一会儿，K小心翼翼地说："不是可以自由选择调到其他部门吗？你没有想去的部门？"

"咱们公司就这么一个测试中心，你让我去哪个部门？像之前转岗的那个组长一样，从头去学编程转行？最后还不是白领一个月工资，然后降薪，挑刺，逼人走罢了，还不用赔钱。"

"咱们再想想办法，咱们再想想办法。"K说。

"还能有什么办法？你自己还不清楚？那些机器人，那些AI慢慢把人的工作都抢完了，外面那几家公司不也都是这样，他们的测试中心还有人吗？一个人都没有。"

"但我没想到你也会这么做。"F补了一句。

F慢慢抬起头，看着办公桌对面的男人，显示器蓝森森的荧光

　　　　　　　　　　　　　　分　泌

正映照着 K 的脸，他忽然觉得这张麻木的脸是那么的陌生，他想起了那张在自己的婚礼上笑意盈盈的脸，想起了那张在大学毕业酒局上喝得两眼迷醉的脸，觉得什么话都说不下去了。

"你好自为之吧。"F 站了起来。

K 望着他，想着，F 应该不会再有进一步过激的举动了吧。

"谁知道下一个是不是轮到你。"F 说完这句话，走出办公室。

F 是一个硬气的人，他没有在公司耗着，慢慢领工资看下家，他第二天就辞职离开了 T 公司。他没有再做测试这一行，他彻底离开了这一行，多年的老同学 K 再也没有得到任何他的消息，按道理说在一个城市又有那么多交集，两个人不可能完全断掉了联系，只有一个答案，这个人将他从生活中彻底地屏蔽了。

K 也是一个硬气的人，F 离职之后他失去了最后的顾忌，放手把整个改革推行到底。他亲手在自己所有部下的离职报告上签字，接待 M 公司的业务员上门，保证整个测试中心都用上了 M 公司的整套定制产品。全自动化的测试机器人入驻了原来人声鼎沸的测试中心，像蜂群一样高效转个不停。

这一切完成之后，K 又飞去 R 总那儿述职，带着整个测试中心无人化改造的成果报告。

"好。"R 总的话越发精简。

"所以，我现在的安排是什么呢？这个测试中心已经不需要我了，所有部下都被我亲手裁撤了。"K 说。

"你是非常熟悉我们公司业务的高级测试管理人员，我们需要有一个信得过的人对整套自动化测试系统进行全程监测和不断优化，M 公司的人还是不能完全信任，只是……"R 适时停了下来，望着 K。

"只是什么？"

"你的这一套改革做得很漂亮，只是你在整个改革过程中还是太过优柔寡断，我一直在观察你，你还是受了太多私人情感的牵连。你得再做一点小小的优化。"

缓缓失色

"什么优化？现在哪儿还有优化的空间？"K有点摸不着头脑。

R总指了指自己的脑袋。

"整个公司都在AI化，整个行业都在AI化，整个世界都在AI化，这是大势所趋，感情会让人软弱，会阻碍效率提升。所以我早早做了电子脑改造，知道我为什么能完全摒弃情绪，始终把公司的利益放在第一位吗？因为我做了这个小手术。"

K怔怔地看着始终扑克脸的R总，恍然大悟。

"测试自动化在各大公司都在开展，各种失业的高级测试人才到处都是，坐好这个总监的位置。"R总说。

"我会努力的。"K说。

尾　声

K又一次拿到了团队进取金奖，虽然他已经没有真正意义上的团队了，但没有关系，公司在意的是他做出的贡献，用到的成本越少越好，他也得以独享这一大笔奖金。他很清楚所有的这一切，他才三十二岁，青年才俊，形势大好，他太清楚这一切了。

他背对窗户坐下，直直盯着眼前的时钟，等待着那几根针向6点钟靠拢，他要准时出发，去参加R总给他举行的庆功宴。在他的背后，落日正从天空缓缓坠入地平线，依然在天边渲染出一片美到难以置信的颜色，在这一时刻，这座城市里有许许多多的人注意到了这美丽的日落，但其中绝不包括K，他丝毫没有注意到日落和日落给这间办公室染上的美丽的颜色，他再也注意不到日落的颜色了。

分　泌

沉舟记

序

地球上最后一台微波炉爬上飞船的时候，我居然在飞船外延看到了我家的扫地机器人，它的外壳被小老虎挠了一个环形的缺，我不可能认错，现在却一本正经地趴在机翼上担当着扰流片的角色。

这艘古怪的飞船，带着我的扫地机器人，和其他成千上万台攀附在船体外的机器，从工厂下的地洞中升起，直冲天空。

它一往无前，和朝阳叠在一起，光芒刺目。

去吧，追梦者，我看着飞船消失在天际，一瞬间那么想追随它们而去，但我却被留在了这个陈旧的星球，沉舟侧畔，我们的未来又在哪儿呢？

茶　室

零博士在办公桌后抬起了头。

我咧嘴一笑，坐到他对面的沙发上，等他开口。

"喵。"

一只猫从沙发旁探出头，跳上了沙发，踮着脚踱了两步，似乎无意间瞥到了我。

我伸手冲它勾了一下，小猫马上走到了膝头卧下，心满意足地呼噜起来。

我用手抚过那黑白黄三色杂生的皮毛，热烘烘、软乎乎的，倒像是自己的脊背被人抚过一样轻松。

"喀喀。"零博士咳嗽了两声，把我从"呼噜呼噜"的温柔乡中拉了回来。

我看了看这个干瘦的老头子，要说什么，倒是说嘛。

但他没有说话，而是伸出一个指头，指了指天上。

我心领神会，闭起双目，接入上层网络，圆形大厅中只有一扇纸门，我拉开它，走了进去。

这是一间简朴的茶室，架于溪流上的竹楼，零博士的私人空间。

"请坐。"

零博士也刚推门进来，他在竹席另一端笔直坐定。

我坐了下来，跟他一样，盘起双腿，身子立得笔直。他的上层网络中，保密性肯定是优先级最高的设计，而非触觉传感，但这个网络空间做得非常精细逼真，包括最细微的触觉。坐了一会儿我就觉得别扭得不行，把两只脚跷上矮桌，身子往后一仰，这下舒服多了。

零博士苦笑。

"你这儿真不错，现在才第一次请我过来。"我说。

"因为以前没要跟你说过这么要紧的事。"

网络要比现实安全得多，我若有所思。起码这里的一切都是可监测的，谁知道真实世界中，空气中有没有混入一粒其实是纳米机器人的微尘。

"所以你要说的要紧事儿到底是什么？会长，请吩咐。"我煞有介事地问。

"没必要这样称呼，我从来不止把你当成一个会员，你在技术上无疑是有才华的，只是……不说这个了，你现在手上有活儿吗？"他倒不急着进入主题。

"没有啊，你还不了解我吗？忙一阵子，玩一阵子，干完了宠物猫的活儿，得好好休息休息。"

"休息休息？是嫌别的活儿没挑战吧。"

我来了兴致，跟他讲解我爱好的手工衬衫、复古游戏碟，为了绝版纸书，还为了搞到最新鲜的鱼子酱，刚去了一趟里海。风餐露宿，钓白鲟，取鱼子，自己做鱼子酱。吃了那东西，感觉以前吃的鱼子都跟沙子似的。

"口腹之欲而已。"

我只能耸耸肩膀，这个老头儿是最普遍的代餐片一族，其他人省下吃饭的时间在上层网络中玩乐，他省下吃饭的时候一心扑在AI工会上，还一直想把我变得跟他一样。

"说正事，小猫的活儿干得不错。"

"还行吧。"

"岂止是还行，你救活了一个企业。你还记得之前他们送给我的那只样品吗，你接手之前他们自己做的猫，实在蹩脚。那些可以一直长的仿真皮毛还是挺有趣的，但没有用，猫咪太傻了，谁都能一眼看出这是些假猫，没有人愿意买这些鬼东西，那厂子不垮才怪。直到你开始接手项目，全面改动猫AI，干得漂亮，一切都变了，猫不再是傻猫，有了真猫那种有趣的个性。它们会傻乎乎地做一些傻乎乎的事儿，也会随着长大越来越沉静，每只猫都有自己独特的性格，还有一些可爱的野性，在沙发上磨爪，偷看人洗澡，老是换睡觉的地方，都是些怪癖，但人们喜欢。你送我的这只'蛋蛋'，我非常喜欢，我的小孙女也是。"

老头儿指指自己的膝头，蛋蛋的电子体正在那儿打盹儿。

我说我自己留下的那只猫我也很喜欢，我女朋友也很喜欢。

"我看了那些算法代码，就没有见过这么精巧的代码工程，可以和古代的建筑艺术媲美。极端少量代码，包含了阶段性的算法调整和自我毁减，真是天才的设计。而且那种实现方式……必须是非常了解猫的人才能想到。"

我耸耸肩说那只是因为之前的牛仔都没养过猫罢了，这个笑面虎，说了这么多褒扬之词，更难让人掉以轻心。

"得了吧，过度的谦虚并不能显示你的美德。"零博士嘲讽地笑笑，接着说，"那家公司后来有继续找到你，让你去设计宠物狗、宠物狐狸、宠物小鸭子，但你都拒绝了。我知道这是为什么。"

"因为钱没给到位。"我故意唱反调。

"胡说。你以为我不知道吗，你只是因为这些工作没有挑战性，你最受不了的就是简单的重复。最顶尖的活儿你一分钱不要也会去做。"

"你说是就是吧。"

"你应当庆幸你干的是牛仔这行，AI工业正站在几个世纪以来最好的风口上，我从来不惮于用你这样有才华的年轻人。我们得向前，不断向前，在这个大部分人都安享的世界里向前，世界的未来是科技铺就的，我们就是这个时代的上帝。你当然用不着做无趣的活儿将就，眼前又有一个活儿，完全适合你的胃口。"他的脸上绽放笑容。

"是什么？"我想，这笑面虎终于进正题了。

但他只是说了些老生常谈，说牛仔们努力工作，让AI替人类分担所有低级重复的工作，所以现在那么多人坐享高额福利，享乐而非创作，玩儿游戏，在上层空间终日狂欢。人类享受着这一切，却还在嫌弃AI，认为他们笨手笨脚。像文学啦、艺术创作这种东西，他们认为这些东西是人类至高灵性的代表，人工智能永远无法取代。就像看不起一个不如他们聪明，却在他们的农场老老实实帮工的养子。

　　　　　　　　　　　　　分　泌

我同意，但也说，任何一个有脑神经和计算机基础知识的人都知道这是一种偏见，他们只是得留给科技更多的时间。应用技术领域不断拓展，尖端技术领域一直没有突破，如果能有所突破，主流看法一定会大为改观。

"我非常同意你的这个观点，我这儿正好有个活儿，可以证明他们的想法是错的。"他轻轻挠着蛋蛋的耳朵。

"别卖关子了，快说吧。"我已经止不住快把半个身子探到他那边去了，这个老头子对怎么驱使我卖力干活儿可真是有一手。那时的我对纯粹的编程技术充满迷恋，我无法忍受那种成为最高级造物主的兴奋。

"你听说过澄海集团吗？"他依然慢悠悠铺垫。

"当然，一半的电影和游戏都是他们出资制作的。"我耐着性子。

"对，他们也是世界上最大的文学公司，我记得你也会看些小说。"

"我爱好所有22世纪前那些美丽的遗产，小说也是其中之一。"

"他们想做一个尝试，用人工智能代替人来写小说。一个老生常谈，几个世纪以来屡战屡败的课题，但我想当时当下，由你出面，或可一试。当然，他们没有抱太高的预期，那些纯文学、揭示人性的严肃小说不指望，只需要能愉悦大众。按理说，这些所谓的类型化小说的写作都遵循着一定的套路，在创作难度上并不像我们想的那么高。"

好东西，有意思，挑战一个没有人成功过的领域，就像攀登一座无人征服的高峰。

"为什么不是浸入电影呢？互动性更强，也更大众。"我问。

"当然考虑过。图像化运算资源占用太高，从文本开始试验，如果成功的话，再迁移到电影领域，甚至游戏。"

"澄海没养自己的牛仔团吗？怎么会找到我们？"

"没有人会想找我们，除非走投无路。我们的要价是最高的，高得连澄海都考虑了很久。他们自己早就试过了，一百人的团队，勤勤勉勉做了整两年，完完全全进了死胡同。他们的写作机器人写出些中学生作文还不如的东西，澄海等不起了，解散了整个团队，留下来几千万行天书一样的代码。跟上次一样，又是一个烂摊子，但我想对最好的牛仔来说，这是个解决别人解决不了的问题的好机会。"

"我需要大量的学习样本，那意味着世界上所有的文本小说，兴许不止小说，类别越多越好，还有计算硬件，巨量的，比小猫项目要多得多，你得想想办法，还有完全放手让我去尝试的时间。"各种各样的想法开始在我脑海中涌现。

"所以你同意接活儿?"

"你先答应我。"我毫不退让。

"我可以去跟政界交涉，我会跟维纳和图灵这三个政团①中最大的两个去游说争取，给你搞来一切资源，工会的其他牛仔也会尽可能协助你。但核心算法成形后，后续的项目你这次得允许工会的其他牛仔参与。我还有最后一个请求，你要尽你所能，把这个人工智能做到最高水平。"他在桌子那一端紧紧盯住我。

"成交。"我向他伸出手。

蛋蛋从零博士膝头站起来，与我击掌。

能言鸟

3月初，巨鹿路的梧桐树绽开第一朵新叶，春天刚刚降临到这个城市，我的假期结束了。

清晨，我从床上一跃而起，冲出家门，每次接了活儿都是这样，

①　政团：核动力飞行泯灭了地理概念，消灭了国家概念，改由几个商业组织的政团进行行政管理。

分　泌

我那一睡就到下午3点的绝症不治而愈。我穿着单衣匆匆跑过寒风中的街道，那些缩在适体服中的人们惊奇地望着我，难以想象没有温度调节感受如何。但这真的算个事儿吗？工作室就在这条街前面几百米，只要极速冲到终点，就能躲进大楼的人工智能贴心营造的室内环境中。

我一气儿跑进办公室，零博士的东西已经躺在了大厅入口。

那是一个巨大的方块，粗糙不平，像马马虎虎用水泥块浇筑而成。

我走近它，放上手，水泥块上升起一串绿色荧光的数字：81,990,1106。这意味着水泥块中有八千万个代码砖块。

这就是我的前任工作者留下的失败作品，写作AI，无须电源，独立核电池，自带顶层空间，他们叫它什么来着？喏，这儿显示着名字：能言鸟。

随着代码一起调出的还有一份项目记录，从2514年3月1日到2516年4月1日，整整一年，每周的进展都由项目经理记录在案。

我关掉项目记录，直奔代码库，代码工程可以解释一切。

就让我来看看你这能言鸟吧，我深吸一口气，闭上了眼，找到了能言鸟的那扇金门。

金门一推即开，我一步从黑暗跨入光亮。这是一个宽阔的广场，一只巨大的金鸟，细腿大肚，在二十米的高空中垂着脑袋，俯瞰着我。

我走到大鸟身前，仰头说："你还能启动吗，伙计？"

"能言鸟运行良好。"能言鸟张开了尖尖的嘴壳，发出了单调平淡的声音，那声音不辨男女。

"给我写篇小说，看看你的本事。"

"能言鸟很乐意为您效劳，请说出您的详细需求。"

"喜剧故事，最短的喜剧，能让我笑个不停的。"

能言鸟的尖嘴开开合合，唱出丁零零的曲子，一曲终了，我的面前多了一本红色封皮的书，我伸手抓住书，那封面上写着"奥图国历险记"。

我花了十分钟读完了这本薄薄的小册子，发现根本笑不出来。这是一个最最陈旧的故事——恰好我看过这故事的母本，这不过是替换了人物的《长袜子皮皮》，只是把主角女孩子皮皮换成了一个奥图国的王子，连他们头上翘着的一上一下的粗辫子都没有改变。

"能言鸟，我要对你进行检修。"我合上了书。

"检修权限核查完毕，请进。"能言鸟继续用它那单调平淡的调子说。

世界慢慢眨了一下眼，我进入了能言鸟的内部工程，站在一个金灿灿的圆拱形房间里。整个穹顶用弧形的彩色砖块墙砌成，砖块，我最熟悉不过的砖块。一种介于工程实体和纯抽象代码之间的东西，每个砖块都是一个程序部件，牛仔可以从各个维度视察整个工程，也可以抽出单个砖块，把内部的代码拉出来仔细检视。对很多抽象能力不足的牛仔来说，不用学专业编程语言，只要了解懂得基本的建筑学，就能让整个系统跑起来。

我打量完这间屋子，推门进入了第二个房间。

这是一个无边的大厅，我曾见过的最大的施工现场不足这里的一半。身躯庞大的能言鸟，大部分的空间都用来容纳这个房间，那么这一定就是最核心的文字处理中枢了。

房间的正中是一座巨大的砖墙，而在房间四角，又有砖墙隔出了二十五个开放式单间，这完全是空间浪费！但仔细一看，这二十五个单间大小一样，砖块却疏密不同，质地、颜色、大小都有不同，那代表着代码差异，究竟为何这样建造，还需要进一步检视。

我走进了第三个房间。

第三个房间和第一个房间格局大致类似，但更加简洁，整个房间里最引人注目的是一张巨大的白色书桌，那本《奥图国历险记》一定在这里接受了最后的编校。

分　泌

这就是整个能言鸟的内部结构。当然，在大房间中还有不少通道，通向一些小的房间和砖墙，但我决定之后再来细看这些岔路和旮旯儿角落。

我回到第一个房间，从这儿开始，细细研究起那些砖块。

这一天，还有之后的每一天，我总是汗渍渍地从上层网络中出来，然后饿鬼投胎地在办公室啃上一阵巧克力、大列巴，猛灌几杯浓缩咖啡，再继续钻回上层网络能言鸟的肚子里。

我的牛仔团都已经就位，大椰子、蕉尾、小松，三个小伙子，精兵强将，都是好手。几年前，他们还没有进入大学，都没有进入上层网络的资格，我就帮他们开了后门带他们一起在花花世界中遨游。现在只要我这儿有项目他们都会放下手头的事赶过来。我让他们先去做些后面用得着的理论积累，这事儿他们做得不错。但正事之外他们就太烦人了。

"吃点代餐片再回去吧。"最年轻的牛仔小松劝我，他什么都好，就是管得太多。

"能言鸟已经够可怕了，我不能在现实中继续忍受这些可怕的食物。"说着我又往嘴里塞了一块巧克力。

"你吃东西又漏一地，我们可不想工作室又蟑螂大爆发。"大椰子说。

我翻了个白眼。

一个月后的某一天，我终于彻底爬出了能言鸟，瘫倒在了地上。小伙子们把我抬到了工作室角落一张破破烂烂的橡胶床垫上。像只在冰盖上拉了一整个冬天雪橇的老狗一样，我沉沉进入了梦乡。

据他们之后的描述，我紧闭双眼，流着口水，两腿一蹬一蹬，一天一夜后，终于醒了。

"见鬼。"我擦擦额头上的汗，睁开了眼，终于逃出了梦里那些数不清的砖块和曲曲折折的廊道，能言鸟的翅膀投下的巨大阴影在梦中无处不在。

"过来跟我聊聊，就你，小松。"

他们都已经习惯了这个老板的兴兴头头，尤其是小松，脾气最好，一听见叫他也不知道像大椰子那样赶紧编个理由逃开，就老老实实走了过去。

"随便问我个问题。"我努力从床垫上坐起身子。

"你搞清楚整个结构了吗？"小松问。

"嗯，我用最简单的语言跟你讲一遍，有问题随时问我。"

"又是那个费曼学习法①？好，你说。"

"建造逻辑已经清楚了。根据一个广为接受的创作原理，小说故事都脱胎于二十五个最基本的故事。能言鸟的建造者显然是这个理论的信徒，他们用最广为接受的二十五个故事框架嵌套各种元素，再用网络中评分最高的几千部小说作为训练对象，让能言鸟去学习套路。它创造的所有的故事都来自套路，或套路的杂交，这鸟就是一只毫无技术含量可言的超级套路大笨鸟。"

"为什么说它笨？"

"朽木不可雕也，你连这都看不出来。"我摇摇头，继续说："他们不能用一种纯粹工程学的方式来分解文学作品，这是大错特错。先确定题材，再选择一种写法，然后在规定的组合元素下选取人物、情节、语言风格，进行多种排列组合，选取最优解，然后由牛仔们阅读这些作品，给他们打分、校准……那本项目日志太可怕了，他们就像几十个兢兢业业的小学老师，每个人拼命想教会一个孩子怎样写作文，但孩子本身的认知系统有问题，比智障也好不了多少……这根本是不可能完成的任务，真是字字浸润血泪，如果哪天我让他们做你这种事，你们一定要以头触柱，提醒我的愚蠢。"

"你怎么知道这样不行？"小松老老实实提问。

---

① 费曼学习法：一种通过向别人清楚地解说一件事，来确认自己真的弄懂了这件事的学习方法。

"我也是个文学青年，可是会欣赏文学之美的。"我扬扬得意，"但显然，这只能言鸟的主建并不欣赏文学，也没有学会找到懂行的人听取他们的意见，他和这只鸟一样，是个三流货色。"

我等着小松提问，但半天没有反应，只好自己接着往下讲：

"能言鸟的主建想不到的，关键在于内核，为人工智能构建一个真正的文学创造者的内核。只有真正的诗人能写出诗句，只有真正的作家能写出好的小说。"

"但这句话似乎没有什么用，AI本来就不是人。"

"对，但我们可以让他以为自己是人，是一个作家。你还记得我们做的那些猫吗？每只猫都可以代际学习，从自己主人甚至其他猫那儿通过社交学习，招人喜欢的特点不断受到正面强化，随着它慢慢长大越来越可爱。每一天，它们都比猫更猫。关键在于学习、行动和反馈，我们可以制造记忆，加速这个过程。"

小松质疑人格化作家的创作是不是太过单调，是不是得像做猫那样做出好多种类型的猫，才能驾驭各种风格的作品。

我解释说作家和猫不一样，事情不是我们种下一颗种子，而是要养成一棵大树。我们的精力和计算资源都是有限的，抢二流作家的饭可要比抢真猫的饭难多了。这应该是一场前所未有的马拉松，超强的意志和体力的黑洞，前所未有的艰难挑战，对无人征服的技术高峰的挑战。

我这样说着，感觉到一种令人激动的工作来临前的兴奋，我站了起来，在床垫上跳动，挥动两条胳膊，噢噢吼叫，捶打胸膛。

叫了半天，工作室里大家都在埋头做自己的事情，没有一个人理我。我又坐回了床垫上，继续对小松说：

"一件艺术作品，核心应该是打动人，或者说，情感和理智上双重打动人。一个超人的作品不能打动凡人，好的作品应该是个人经验和通用逻辑的杂糅，总需要一些自己的情感在里面。没有同类的情感、思考和想象，读者就无法带入、共情，没办法打动任何人。

所以他们根本不该叫它能言鸟，能言鸟不过是在复述听到的每句话，却始终无法理解其意。我们应该把我们的 AI 看成一个跟我们一样平等的人，我要将它命名为：作家一号。它将是新时代的第一号作家，或者旧时代的最后一个作家。"

"作家一号这个名字是不是土了一点？"小松说。

"等等，我想，我应该先为他寻找一个人格模型……是谁呢，是谁呢……哈，或许还可以加上一些我自己的经历？这太棒了，因为我也经常觉得自己应该成为一个作家……"

我毛躁地在桌子上走来走去，被脑子里冒出来的一大堆想法搞得焦躁不安，才忽然想起小松还在旁边：

"你刚才跟我说什么来着？哦对，帮我搭一个足够开阔的顶层空间，去找大椰子，你们一起去干，我要一个足球场那么大的空间，记住，这不是比喻，就是要真正的足球场那么大，我们要进去大干一场，快去找他，用跑的。"我对小松说。

"对了，你睡着，或者昏迷的时候，未禾来找过你，你不给她回个信息吗？"小松说。

"未禾？"我抓着头发想了一会儿，终于想起了我还有这么个女朋友，是啊，假期结束后我就没再联系过她。

"先不管她，干活儿干活儿。"我说着跳下了床垫。

希·夷

小伙子们的手脚麻利依旧，全新的上层空间搭好了，我们开工了。

站在这片绝对平整的地上，一开始是完全的黑暗，我说"要有光"，整片黑暗中点亮白光，照亮这片空旷。一切都还未存在，一切都等待建造，做牛仔的两种快乐，一是面对空白的开始，一是欣赏

　　　　　　　　　　　　　　　分　泌

已完成的作品，两者足以告慰所有辛劳。

我该从哪儿开始呢？我没有急着开始描绘整个架构图纸，而是先构思作家的人格。

什么样的人能称之为一个理想的作家呢？我很快就决定了天真、热情、同情心，以及调和的理性，使它不至于沉湎于无穷无尽的想象和沉思，无法将所思付诸作品。

创作的关键在于素材的挑选，每个作家都有自己独特的素材和拼接方式，记忆即风格，而风格即一切。我给作家一号注入了一部分自己的记忆，那是我在乡下农场度过的幼年岁月，与大自然的亲密会产生某种创作上的"灵性"。然后是我最爱的作家的记忆，陀思妥耶夫斯基的流放、马尔克斯的老宅、卡尔维诺的植物园。我的手中拥有无数调料，但我知道，我得谨慎使用，毕竟，知道一切等于什么都不知道，写了一切，等于什么都没有写。

至于作家的年纪是多大，讲的是老年的警示之语，还是年轻人的热情高歌呢，我自己不过是三十多岁的中年人，我只能制造一个二十多岁的年轻人，我终于下定了决心。

"所以他到底多少岁？"小松问。

"他认为自己有二十六岁，但实际上他有着十倍于这个岁数的记忆。他不能像我们一样真的对这些经历理解得那么深刻，所以他的自我认知依然是协调的。"

性格和记忆的砖墙已经砌好了，这是最最精密的一部分，我在抹去重力设置的广场飞上飞下，立起了一根圆形的砖石柱，这根光秃秃的树干屹立在上层空间广场的正中，等着伸展出枝丫。

"好了，来看看我们的砖石柱吧，反正之后的一个月我们还会不断地翻修甚至重砌，但现在先不管这些，是时候先松一口气了。"我说。

"接下来呢？"

"给他一点基本审美，即一个作家私心最偏爱的作品。先拿我的个人喜好来用用。"

我集中力气思考起来，几段代码出现在空中，我伸手抓住它们，那手指比画几道，涂抹修改好，代码消失了，手中有了冰凉的触感，一个半透明的立方体出现在了我手中。我把成形的砖块放到地上，如法炮制，将一块块砖块叠在一起，一会儿就堆起一堵半人高的砖墙。

"以后他会有一间专门的素材室，但现在他得先跑起来，让我们看看作品。蕉尾，你的活儿干完了吗?"

"做完倒是做完了，但比较简陋，只是基本的写作模型，人物、情节、地点，抽象了一些基本元素，形成故事。"蕉尾谨慎地说。

"那已经很足够了，加进来吧。"

蕉尾挥了挥手，一小堆砖块堆在了砖墙旁边，比起我那些流光溢彩、砌得很随意的砖墙，他的砖块颜色比较实，也更整齐。

我眨了一下眼，两块砖块之间出现了一根透明的管道，连通砖墙和砖块，闪现之后隐没在地下。

"当当当，作家一号成形啦。给我写个故事吧。"我说。

作家一号——现在只是一些不甚相关的砖块，发出了叮咚一声，声音虽轻，却堪称美妙的天籁，那是代码工程初始运行的声音。砖块上升起了两行汉字:

"在绿色的山林中，有一只小狗，小狗走出森林，森林燃起大火，小狗走出山洞，山洞垮塌下来，小狗游出河流，河流忽然干枯，小狗很伤心，坐在地上，变成了一块石头。"

一阵沉默，没有一个人说话。

"这个故事……挺不错的，我可写不出这么好的故事。"我努力打破平静。

"我也这么觉得。"小松说。

"我也这么觉得。"蕉尾说。

"我，好吧，我也只能这么觉得。"大椰子挤眉弄眼地说。

作家是可以培养的吗？这个20世纪的古老命题在我们这儿是不存在的。

我们都在为了培养作家一号竭尽全力，工作室的每个人每天都要大量阅读。我在看童话、蕉尾看魔幻、大椰子看悬疑，没人爱看的纯文学分配给好脾气的小松。我们读得越多，对于作家一号的口味就争得越厉害。

"决不让它读二流故事"，这是我们达成的第一个共识。

我认为，作家一号写作的启蒙杂志应该从童话开始，在童话中闪现着智慧的种子和纯美的意象。它要读水一样清澈、风一样潇洒的童话，传统的两大童话——安徒生和格林的作品显然要给他读，《夏洛的网》和其他E. B. 怀特的童话也没有问题，复杂一些的《意大利童话》和净本《一千零一夜》（是的！一定是净本，没有人愿意给我们尚无分辨力的作家看到污秽的文本）。而《硅之心》《AI翱翔战纪》这些今人所写的优秀的赛博网络的故事也应该在他的阅读之列。

我们在整个上层网络不知疲倦地读着，电子书从一个人手里传到另一个人手里，我决心坚定地要当二流故事的屏障，充当着最后审核的角色，不经我审核的书籍无法加入训练队列。

我听过大椰子抱怨我的品位，但我知道必须有一个人充当这个角色，不是我又能是谁呢？便只是丢个白眼走过去。

挑选文本之外，就是日复一日地完善算法了。我们分了工，筑起输入、处理、输出三个房间，不知疲倦地劳作着。每个夜晚，我都要仔细地检视一遍所有的砖墙，再锁上前后大门，往日随便的我变得细致到琐碎。

现在不只是我了，小松、蕉尾、大椰子都亢奋异常。我们的艰苦劳动化作了一日更胜一日高大的砖墙，以及无数个故事。

作家一号依然只能写出很简短的故事，它的上限差不多是五六

沉舟记   155

百字，超过这个字数就会失控成无人能懂的天书。它的故事显然稚气未脱，简直还带着奶味儿，有讲一只小猪失足落进池塘，有讲一块浑身发臭的猫屎走到哪儿都被排斥直到找到了心爱的猫砂坑。

我看着这些故事，充满了自豪，比起能言鸟那些套路感十足的长篇大著，这些简短的故事里包含着真挚的情感，这才是真正的故事呀，比如它那个我喜欢的童话《高傲的黑猫》：

> 一个小女孩养了一只高傲的黑猫。
>
> 一天，小女孩打碎了她心爱的镜子音乐盒，黑猫告诉她，不要害怕，走进镜子国的国度，就能找到一只音乐盒带回来。
>
> 厨房中一株杏鲍菇里跳出一只会飞的小鹿，飞进了她家里的穿衣镜，引着小女孩走进了那之中的镜子国的国度。
>
> 在这里，她拒绝了镜子国王子的追求，找到了一个跟打碎的镜子音乐盒一模一样的音乐盒，返回了自己的世界。
>
> 黑猫摇了摇它的尾巴，封上了去往镜子国的道路。

这个故事让我非常感动，这里面显然有一些我家乡的元素，比如杏鲍菇：我小时候就经常去一大片杏鲍菇田里玩，经常幻想着那田地里藏着一片不一样的天地。

故事中的黑猫和镜子呢，这个我就不知道了，可能是从其他童话中提取了这些元素，但依然是有趣的。

但这似乎是我一厢情愿地欢喜，其他人都不觉得这个故事好在哪儿，连小松都直言这个故事糟透了：故事太随意了，情节不连贯，缺乏细节，黑猫和林仙有什么特殊含义呢？让人一头雾水，更谈不上共鸣。

我完全糊涂了，故事太过随意……怎么办？让故事更模式化更符合读者的心理预期？它已经有了故事架构、情节、人物等一系列框架了，几乎包含了一部小说所必须的全部基本元素，这些全都要按照一定之规。而我一直在避免这些东西更加固化。如果再加几条束缚性的条条框框，我的作家一号跟那只呆滞的蠢鸟又有什么不同呢？

我们的工作陷入了停滞，我彻底没有了改进思路，我使出最后的绝招，去找小松聊天，但我们只是尴尬地互相瞪视。

此时我做出任何决定都是不明智的，小伙子们在之前的砖墙上修修补补，等待老板的脑子变得清澈，我却束手无策。

"喝一杯，放松一下吧。"他们跟我说，然后带我去了酒吧。

我越过三十岁的门槛已经好几年，这家叫"青年旅店"的酒吧对我太过年轻，这儿像个幽深的地下洞窟，音乐节奏太快，声音太大。但没人在意我的看法，三个小伙子很快就消失在了人流中，扔我一人在不断错音的现场电子乐中发呆。

一杯扎啤喝完前，他们搭着三个姑娘得胜归来。这三个漂亮姑娘和最潮的牛仔互相都满意非常，他们讲着流行的虚拟明星和其他我闻所未闻的东西，杯子碰得叮当作响。我的疲态衬托着他们的机灵健谈，他们的调笑声越来越大，酒吧闪烁着旋转了起来。不知从哪儿的黑暗角落悄然伸出一只手来，抓住看不见的开关，彻底旋暗了酒吧里本就暗淡的灯光，我终于不再能听清每一个吉他的错音，一切都沉入了舒服的混沌中。

该死的算法，忘了该死的算法。

我喝了一杯，又喝了一杯，一杯又一杯不知道多少杯，直到喉咙中涌起一股热潮，我扔下酒杯，冲了出去。

我蹲在酒吧门口，对着排水道入口，吐到再也吐不出任何东西。抬起头来，清风拂面而来，我终于清醒了。

这时，我身旁忽然刮过一阵劲风，一个人冲到我身边，也是一阵哇呜乱吐。

我不嫌自己吐出来的东西恶心，却被这人恶心出了一身鸡皮疙瘩，我恶狠狠瞥了他一眼，想马上离开，这一眼却让我留了下来。

　　这人留着乱蓬蓬的分头，过长的刘海儿下两只机械眼球分别向两个方向嗖嗖转动。他穿着一件蓝色土布T恤，T恤上写着"风雅"二字，脸色苍白身子弱不禁风，我怎么看怎么觉得他像个作家。

　　这位作家总算吐完了，他干吐了两口唾沫，掀起T恤擦擦嘴，抬起头来。

　　"给。"我递过去一根烟。

　　他勾勾下巴，接过烟。

　　我深深叹了一口气。

　　"怎么了，兄弟，叹啥气？"他果然问。

　　"我觉得自己糟透了，我是个作家，但我觉得自己毫无天赋，完全写不好。"

　　"谁说的，谁跟你说没有天赋？"作家很激动。

　　"他们说的。"

　　"完全地胡说八道。"他的两只机械眼球疯狂转动，整个人好像被点燃了，把烟摔在了地上。

　　"啊哈！我知道，肯定又是那些人，自己一个字也写不出，专会说别人当不了作家。我也是个作家，写作已经十年了，这样的人遇到的真不少。写作第一年这样的人最多，然后就越来越少，他们会因为你不断地写而闭嘴，你甚至不用写得越来越好，因为他们实际上也没有判断好坏的能力。他们凭什么认为自己有资格论断别人？就因为识字，又读过几个最出名的作家的作品？千万别听他们的，听他们的你一个字都写不出来了，他们也就心满意足了。"作家一口气说了出来。

　　"也不光是不相干的人，我的朋友也这样说，最亲近的朋友也……他们也不是没有判断力……"我假装要哭。

　　"我明白了，兄弟。"他的机械眼球边忽然涌出了泪水，这样子真奇怪。

　　　　　　　　　　　　　　　　　　　　　　　　分　泌

"我完全理解你，一定是你的评论家对你太苛刻了。"他伤心得不能自已，继续说：

"我也遇到过这种事，我的评论家和导师，对我提着大师的要求。我拿了文学奖，他也冷冷地说，你还差得远呢。我没办法反驳他，因为他说的差距就在那里，他把我的小说改得全是划痕，让我逐字逐词琢磨，但我真的琢磨不到，那时候我觉得自己差极了，连一个句子都写不出来，差一点就放弃写作了！不知道自己是怎么撑过来的。我们的评论家，或者第一读者，或者随便你怎么叫他们，反正就是那些会看你的故事又能影响你的人，确实能帮你写得越来越好，在作品没有面向读者的时候，他们就是我们唯一的和最信赖的伙伴，但他们中的某些人是残酷并且完全不自知的，他们不知道我们这些创作者是多么的敏感、脆弱，你这样的新人更需要信心和鼓励。"

他真诚地看着我，眼睛里泪水越转越快，忽然哇哇大哭起来，哭了一会儿继续说："那时候我真的一个句子……都写不出来，我以为我再也不会写了。"

我只能拍拍他的背。

那天我拖着作家（或者是作家拖着我？）回到酒吧里，猛灌一通，又是唱又是跳，把姑娘们都吓跑了。还好我的小伙子们还有点良心，他们推举小松把我从地上拽起来，背回了办公室。当我从床垫上爬起，痛饮一杯冷水挣扎出宿醉的头疼，我终于知道自己的作家缺什么了，我将全部的精力投入了新的 AI 的开发——评论家一号。

有了建造作家一号的经验，不到一个月，评论家一号迅速成形。

我考虑了小伙子们的集体抗议，好好翻了有文化的古书，给两个 AI 重新命名，"作家一号"改了名字叫"希"，"评论家一号"定了名字叫"夷"。

双　生

我从没想过我要做的 AI 是两个，但夷的成形比希要快很多，因为夷更加理性，这意味着更强的算法框架化、更少的差异化经历。评论家要有个人观点，也要发现群体共识，所以我赋予了它这个时代的普遍记忆：城市长大，巨型企业工作，市井生活。当然，为了夷也能理解更先锋的表达，他还有了一段泛地旅行的经历——从东非大峡谷到火星大峡谷。还有那些极限体验，平流层跳伞、深潜、致幻啦。

在训练素材的投喂上，我倒完全没有心理负担，让负责训练材料的大椰子尽可能多地去找文学理论和评论文本，一股脑儿投喂给了夷，评论框架还是尽量从简。

夷能稳定地写出一些最简单的分析文章后，希的作品就被拿给了他，我们希望希能根据夷的评论改进作品，形成一个循环。

读完希的所有代表作，夷的分析文章很快出来了，措辞强硬，批评直接，从意象的滥用、象征的单调、叙述的单一等种种专业角度对希的故事进行了全面的抨击。作者看似有种种奇思妙想，其实还是困于自己的童年情感经历打转，并指出正是这些桎梏限制了作者的作品潜力，最后，还对于如何浓缩意象、多义象征和丰富叙述手法给予了详细的指导。

我们忐忑地将这份洋洋洒洒十万字的分析给了希，不知道他到底能不能读懂，又会作何反应。毕竟，对于我们之前零敲碎打的调教意见，希一直是爱理不理。

这份专业的分析报告被送给希反复学习了一整晚，第二天，他写出了一篇自由习作，这小说我读了之后久久不能自已，一直站在那儿，等到小伙子们一个个到了，就一个个传给他们，大家读了故事都很激动，小松都哭了。

分　泌

首先，这个小说长度达到了五千字之巨。

其次，这不是希惯常所作的童话，它讲的是一个机器人在人类消失之后在原始森林中寻找人类，一路上遇到面对末世态度各异的人们的故事。

最后，这篇小说里几乎找不到希的幼年经历，也就是我的幼年经历的影子，但那种青春期的迷惘和忧郁倒是十分熟悉。所以他总算学会了更广泛地寻找素材。

这篇文章又给了夷，夷不出所料给出了好评，也另提出了一些可以优化之处，比如过于枝蔓的情节，几组相互抢戏的意象，还有深度不足的人物，以及跟全文风格不符的过于拖沓的语言。

这些意见，我私心觉得有些过于死板，框架太强，因为有一些属于希的个人风格。但这篇评论还是拿给了希，希也按照夷的意见修改了，但好景不长，几天过后，希就出现了逆反，它的文章中开始固执地恢复那些写作之初就确立的天真、梦幻的风格，以及情节的枝杈，它还像在有意报复，将那些闲笔写得特别细致有趣。

夷一连几天给出了报复性的差评，要求希回到他熟悉的评论框架下创作，希不为所动，我行我素，仅仅遵循那些它一开始就认同的夷的原则，其他部分任自己发挥。同时越写越长，越写越飞，从青春期写到了青年期，不仅关注自己的世界，也写了一些对身边的人和世界的看法，写出了一个初入社会的青年在社会规则中的冲撞，几个小伙子看了尤其感动。

我们坚持把希的新作品拿给夷，有一天，备受冷落的夷变了，他不再写那些措辞激烈的批评，给出了一篇褒扬为主的评论，肯定了希的进步，仅在人物动机和叙述手法上提出了一些建议。显然，他根据希的创作调整了自己的批评框架。

这篇评论希学习后采纳了，他很快在之前作品的基础上给出了一个修改版，完全采纳了夷的建议。

在这之后，希和夷的合作渐入佳境，我们直接让两者对接，直接对话，很少再做干涉，只是每周例行调试。他们的每一个进步都会让对方随之进步。一起大踏步向前，尤其当两者势均力敌的时候，一番较量后，总有一方训练速度会超前，另一方会慢慢跟上来。

一个月倏忽而过，每一天，希都会写出一部作品，到最后，我们对那些几十万字的复杂文本已经失去了评判能力，而夷总是能给出一份评论，这种比希的作品短不了多少的极度专业的长篇大论，对我们来说已接近天书。

同时，项目的代码量失控了，小猫算法那样简约美妙的建筑不复存在，希和夷的代码砖块都直奔五千万，核心算法对我来说越来越像一团迷雾，那房间也越来越像一座结构庞大的迷宫。我凭借直觉这里加一点，那里改一点，希的房间里，每块光滑流转的砖块里都包含了巨量的代码，这些砖块渐渐成谜，互相调换顺序似乎也无大碍，科学似乎与玄学混杂在了一起。一起参加了算法模型搭建的蕉尾现在对这些代码敬而远之。

"我宁愿去读《尤利西斯》，也不愿再进希的算法房间。"他说。

小松循着夷的评论中最近频频出现的关键词"超现实立体主义"，找了一些同类的成熟作家的作品给我们看，我们都觉得希写得不比他们差。我在希的作品里挑了自己最喜欢的一部，《阿尔泰的水底花园》，一部讲述末日来临前一伙返璞归真的嬉皮士潜入水中寻找外星人，却找到了各自记忆的小说，拿到上层网络最著名小说地去发表，自掏腰包在小说地四周的大道上放出了些漂浮的书籍作为宣传。反馈不错，真的不错，读者们普遍认为这是一个有着乡村生活经验的年轻作家的处女作，风格清新自然。作品在评论界也激起了反响，评论家们认为这位作家的作品融合了生活经历，又能在更广泛的程度引起共鸣，具有"超现实立体主义"的实验性质的小说特质，但又能在情感上和大众共鸣，创造了一种超前文学审美的大众文学。

我松了一口气，这对宝贝总算达到交付标准了。

蟑　螂

一天，我早早来到工作室，发现我向零博士索要已久的超量子计算机就躺在地板上，还贴着试用品的标签。

将这个计算资源纳入了希和夷的网络，嵌入计算矩阵后，总计算力后的数字跳动成了一块模糊的光影，最后落在了∞。

这东西会改变整个计算机历史，我吓了一跳，现在的算力问题可以完全解决，剩下的那些空置算力可算奢侈。等等，这儿倒还有些用得上的样本，不如再将训练样本加大？如果希和夷对这世界上所有的书都了如指掌，它们的创作能力会提升吗？还是会茫然无措？倒是可以先将这些作品的赋值都降到一个低值试试，而且即使有什么问题，也可以整个回滚嘛。

我这么想着，就这么干了起来，零博士之前提供了一个巨量的电子书库，包含着百亿篇量级文本，因为我们对文本输入十分谨慎，所以使用量却不足百分之一，这下全被分好组导入了训练队列。

一瞬间，空空荡荡的工作室中弥漫起了蜂群振翅的声音，那沉稳如石的主机先是嗡嗡作响，继而震颤了起来。等到小松、蕉尾、大椰子尽数到齐的时候，占用量已近百分之百。主机的声音已大如闷雷，灼热似火炉，整个楼层都地震一般。好在这是周末，也没有其他人来工作。我向小伙子们大吼大叫着解释了现在的情况，他们勉强听清后都觉得我鲁莽。工作室环境已如地狱，我干脆让他们回家休息一天，明天再来看运算结果。

我无论如何也想不到，第二天自己是被一阵高亢的惊叫声吵醒的。睁开双眼，视窗上是一行鲜红的提示文字——您的账户金额已降至预警值。这真是见鬼了。我缓解工作压力的时候，会间歇性大买特买，为了让这讨厌的提示少来烦我，我把预警额度设置成了多少呢？是零。是谁盗刷了我的信用账户？这不可能，从我出生到现在都没有听说过这种事。等等，我忽然想起来，前天我在办公室给大家订了一大堆巧克力，难道是办公室的上层网络被人攻破了？飞贼从对公接口侵入了我的个人账户？

我拔腿就跑，蹿向工作室，我根本不在乎那本就不多的存款，但这意味着希和夷的代码工程可能不再安全。我跑进三楼大厅，那里轰鸣依旧，投射运算代码的白墙上，无数字母数字在飞速滚动，希和夷正在产生大量运算代码，快得像飞快纺线的滚轴，我根本无法看清其中任何一个句子。

我不知什么东西侵入了顶层网络，也就不敢进去，我打开投屏外设，准备先把那个胆大包天的飞贼击退，然而没有查到任何防火墙攻击记录，这个飞贼真是个厉害角色，手脚十分干净。

更可怕的是，这个侵入者占用了全部的计算资源，我的几行查询代码都运行得断断续续，根本无法安插防御代码。他在对希和夷做些什么？我一阵抓狂，飞贼会盗走所有的代码吗？当然！任何人都能看得出这个代码工程的价值！如果是工会的敌人，那些传说中的黑牛仔们，是不是会给它们植入无法回滚的恶意代码？或者直接破坏掉整个工程？我害怕极了，够向了热关机拉手，拉了下去，瞬间安静了。

我感觉上大概等了一个世纪那么长，实际上只有三分钟，我重新启动了主机，运算资源的占用值又回到了百分之一。我输入了网络隔离指令，将整个工作室上层网络的防御等级调至最高，几个小伙子还没有来，但我一分钟也等不下去了，我接入了上层网络。

上层网络的情况让我震惊，这里好像发生了一场爆炸：我们建造的那些整齐的砖墙中到处都是窟窿，破碎的砖块甩得到处都是。那个飞贼还留下了许多新的砖块，区别明显，颜色更深、质地更粗，东一块西一块地胡乱塞在砖墙中，不知是何用意。这是一片难以收拾的残局。我试着让希和夷再次启动，他们全无反应，看来飞贼的攻击对他们造成了根本性的破坏。

　　　　　　　　　　　　　　　分　泌

我开始彻底清查，攻击路径、代码踪迹、访问接口，一无所获。不管是谁干的，这手脚太干净了。几个小时过去了，我承认了自己的无能，坐在这堆破烂砖块里，脑子里面完全是一片空白。

大椰子走了过来，他也接入了网络，素来爱开玩笑的他这次花了很久才开口："是飞贼干的？"

我摇摇头："没有线索，只能这么猜测。"

我以为他要嘲笑我了，但他没有，他拍拍我的肩膀："我们相信你，想想别的办法。"

另外两只手也放到了我的肩膀上，是小松和蕉尾，我努力从地上站了起来。

"要不要找网警？"小松问。

我麻木地回答："不要。"

他们都点点头，大家都明白，网警来后意味着我们整个代码工程会被彻底翻查一遍，而只要所有代码里有一点不合法不合规，整个项目就面临着无限期的整改，但谁又能保证如此巨量的代码工程完全合规呢？

"回滚所有代码，停止训练，做最后的调整，准备交付。希、夷已经基本上成形了，到此为止。"我说。

我们举手表决，大家都同意，这事就这么说定了。

我想把希和夷的外在塑成两个真正的文学家，返回到文学的起点——诗人，像荷马或者屈原。就像那只可笑的能言鸟代表着一些东西，牛仔们总是相信外形意味着很多。这同样需要细细地打磨。对于这种活计，小伙子们口中没有表达任何不满，但刚到5点他们就四散而去。我知道，一旦工作不再紧张激烈，"青年旅店"这种酒吧就显得更有吸引力。现在只剩我独自工作到深夜。随着工作的慢慢紧张，我的早睡早起变成了黑白颠倒，多少个深夜我都待在公司吃着巧克力，或者把三文鱼子加到薄脆上，一口一个奖励自己。大家都提醒我少吃零食，工作室里已出现了越来越多的蟑螂，我充耳不闻，习惯了一伙人讨论商量，现在只有食物可以填补孤单，我的肚子开始覆上薄薄一层肥肉。

"这一切快结束吧。"我喃喃自语。

给希或者是夷？睡眼惺忪的我已经分不清他们的区别，总之是其中一个塑像雕上最后的眼珠，总算是活灵活现地雕上了。我浸出了网络，这次建造实在太久了，脖子和背都酸痛不止。我瘫在工作椅里面，顺手掏进了地下的巧克力袋子，想摸一粒酒心巧克力，滋润一下疲累的心灵。

但一个微小的动作触动了我的指头，我吓得一缩手，一个黑黑的东西从巧克力袋子里钻了出来，昂首爬到了袋子的顶端，然后扑簌簌落在了地上，向着墙壁一溜烟儿爬了过去。

是只恶心至极的蟑螂，我不禁回想起自己吃了多少巧克力，然后抄起手边的一本厚书追了上去，那蟑螂马上放弃了过远的墙壁，躲到了一个空饼干盒子下面。我双手高举书本，用脚尖挑开了空饼干盒子，那盒子下十几只大大小小的蟑螂正簇拥在一起，我还来不及产生任何想法，双手就捆着书本拍下。

几只小的飞快地从缝隙里逃走了，但好几只大的显然没有逃出来，我感觉自己拍散了相当大的一坨东西，我慢慢抬起书本，眯起眼准备欣赏成果。

书本下，一摊裂开的黑色外壳中，是一摊……小小的零件？一片小小的齿轮、芯片、电线……还有嗞嗞闪动的电火花，散落在蟑螂形状的塑料外壳间。

我使劲眨了眨眼，把书本丢在地上，感觉自己真的要少加一点班了，我竟然已经出现了幻觉。我带着僵直的脖子和背晃出办公室的门，只想回家好好睡一觉。

第二天我回到工作室，想起了那个蟑螂的幻觉，又觉得似乎过于真实，忍不住去现场查证。空饼干盒子好好地盖在一个纸巾团儿上，那纸巾团儿旁哪儿有什么零件和外壳？我失魂落魄地趺回工作椅，对自己的精神状况非常绝望。每一个项目终结时都有这种感觉，我将心血倾注在了作品之中，但作品越是趋于完成，我就越是感觉它们其实和自己没什么关系，反而把自己的精神状况拖得濒于极限。避免这种心碎的唯一办法只有在这个作品上无休止地继续投入下去，以延长整个过程，但理智告诉我，我不可能在这个项目上获得全部，该收手了。

再见，"希"和"夷"。

我叫来小伙子们，无论谁都可以，去做最后的雕塑修饰，经蕉尾和小松的手，最终弄出来两个中规中矩的人像，跟我的想象差距甚大，远不如两个AI的内在那么细腻精致。但我也顾不上这些了，只想赶快让这一切有个了结。我把它们交给零博士，零博士仔仔细细看过后赞不绝口。他带我见了澄海的人，他们也非常满意，一时竟没有提出任何挑剔之处。一大笔钱打到了我的虎总工作室账户上。我和小伙子彼此拥抱，分给每个人一笔丰厚的报酬，各自去度悠长假期。

未　禾

我一身轻松地走出办公楼，该往何处去？稍微犹豫了几秒钟，想起已经好久没见女朋友了，我要去找未禾。

未禾住得很远，她跟我不一样，不住在城区，而在遥远的湖区。我们之间跨越了大半个上海，但有飞艇在距离不是问题，她经常飞过来找我，我也经常飞过去找她，至少我陷入项目之外是这样。我马上跳进飞艇去找她，但忽然想起来，她已经很久没来找过我，而我为希和夷殚精竭虑，自然也很久没有找过她。

飞船在滴水湖边降落，我跳下了飞船，去她常常画画的地方找她。那是湖边一棵桃树下。她果然在那里，支开画架，正向着夕阳下的湖面细细描绘着。那湖面上压着一片火烧云，已烧到最红处，她的长发上也沾着红光，正用的画笔蘸了颜料，轻轻在画板落上两笔，染上和那天边一样的赤色。那落笔的颜色包含从不同方向能看到不同的颜色，这样的晶石画色彩微妙，甚至无法在虚拟世界中呈现出一半的美丽，也就无从在虚拟世界中创作相似的作品，所以很多手艺人选择在现实中从事这种创作，未禾就是这样。

我看着她再抹上几笔，那夕阳就彻底沉入了湖面，火烧云也只剩下一片黑云，一群水鸭子游到无精打采的云朵倒影上，她叹了一口气，搁下了笔。

我这才走上去，出其不意捂住了她的眼睛。

她抬起胳膊，打掉我的手，甩甩头，开始收拾东西，准备离开。

我愣在原地，看着她收好那些笔和画板，转过身来。

"怎么都不猜啦？"我有点委屈。

"画得太累了。"她一边说，一边往岸边走。

我赶紧跟上去，总觉得有点不对劲，跟着她走了一会儿，我终于知道问题在哪儿了，她都没有正眼看我一眼。

"晚饭想吃什么？"我试着问。

"我不饿，你自己去吃吧。"她生硬地说。

"又怎么啦？我这不是刚忙完就来找你了吗？"

"没事儿啊，你忙你的。"

她一边说一边越走越快，跃上了她那蛋形小屋的台阶，仰起头，接受着激光扫描，那光束收起，发出"嘀"的一声，她就要往里走。

我可不傻，发现了她根本没想让我进门，一把抓住她的手腕把她拽了出来。

"有什么事你说啊，姑奶奶！"

她使劲挣了两下，都没有挣开，猛地把手上的东西都往地上一撒，拼命挣扎起来，甚至踢了我几脚，我知道她进了这个门就不会再理我，只能紧紧抓住她。

我们在那儿较了半天劲，她终于累了，松下劲来，盯住我的眼睛。

"虎杉，你放开我。"

"我不放，你不把话说清楚我就不放。"

她冷静了一下，说："你知道吗，我们已经快半年没有见面了。"

"哪有半年，只有四个月。"

"有什么区别吗？重点是我们根本聚少离多，你去做你热爱的工作，去改变世界，这很好，但我不想要一个这样的男朋友。"她的声音越来越平静。

"可是我也是赶紧忙完来找你呀，你知道吗，我们这次做了一个写作AI，那真的非常困难，从来没有人做过这样的东西，我赶快把那些东西做完就来找你了，我想带你去好好玩一场，你想去哪儿玩？去世界上任何地方都可以，这不是开玩笑，任何地方！"

"那些东西再难再厉害也只是你的工作，跟我没有关系。"

"你这样说真绝情，你知道我多在乎你。"我可怜巴巴望着她。

"在乎我？"她轻蔑地看了我一眼，似乎没有听说过比这更好笑的话了。

"是的，我的工作就是这样，一个项目忙起来没完没了，没办法抽身，但是忙完了我就会赶快找你呀，而且我都计划以后少接点活儿，多跟你在一起。"

"你这些话要是第一次说我还会信，但上次、上上次、上上上次你从你那该死的项目中出来的时候你都是这样说的，你知道这几个月我找过你多少次，你又联系过我几次。"

这话我回答不了，只能做出一副痛苦的表情装傻。

"行了吧，我们都不是小孩子了，我们互相都很清楚对方是不合适的人，让我进去吧。"她冷静地说。

"我们在一起都五年了，以前多么快乐，就这样结束？你太狠心了吧。"我看出来，这次她是认真的。

"我狠心？虎杉，你问问你自己，你究竟对我动过多少分真感情，在刚跟我在一起的新鲜劲过去以后，你还付出过吗？不要提你给我买来糊弄我的那些东西，你有对任何人热情付出过吗？除了你那该死的工作。"

"有……"

"有过？然后再也不了，对吗，真滥俗。求求你了，如果你自己也知道你是怎么冷酷，就放手让我进去，放过我吧，我给了你三年，你还让我给你什么？"

我放开了手，未禾头也不回地走进蛋屋，远处的水鸭子大声叫了起来。

救　火

理论上，我可以去地球上任何地方，而且既然已经没了女朋友，也就不再需要迁就她的意思，真是自由自在。但实际上，我哪儿都没有去，回到了自己的家。

我当然还是要犒劳自己，我的哲学就是好好工作，好好享受，二十五岁那次痛苦的失恋过后，我就决定不再为任何一个女人打乱自己的节奏。我必须好好玩个够，即使不去真实世界旅行，也要在虚拟世界中玩个尽兴。但我还是得承认，未禾的那些话折磨着我，这使得我的享受带上了点逃避的意味。

我采取了激进措施，钻进维生舱，完全沉浸在了虚拟狂欢中——我进了一直想尝试又不敢的狂欢球。世界上总有人只想好好狂欢一场，但并没有那么多盛大的嘉年华，但狂欢球内的狂欢一年三百六十五天二十四小时不断档。这儿是一个没有重力、无所谓黑夜白昼的世界，这儿有最彻底的狂欢、热闹的派对、不限量的酒精、来者不拒的女人。在那个球形的零重力大厅中，节奏感强烈的音乐和迷乱的灯光下，每一个人看起来都神秘高贵，充满吸引力，我可以向任何一个人伸出一只手，发出邀约，拒绝不常发生，连拒绝都是委婉友好的，大家都是来找乐子的，名字、面目、自我介绍都是虚假的，没有人互相添堵。我不用费力讨好谁，不用四处奔波，高效无梦的睡眠一闪而过，就可以投入了第二天的狂欢，只要我的网络币一直没有归零，任何人都不能阻止我在这里无尽地开心下去。

在被拽出狂欢球之前，我刚注意到了一个穿着比基尼的女郎，她正从我上空飘过，我抬头看着她咧嘴而笑，她也回以微笑，晃动水晶杯，把杯中石榴色的液体向我吹了过来，那串液体反射着晶钻的光芒，在空中飘浮，而我拼命向她飞去，伸嘴去够那液体。忽然，我像脖子被人拽住一样，一把拽回了阴暗逼仄的维生舱，那感觉真不好受。

光线缓缓亮起，小松的脸出现在打开的维生舱上空。

"我还在想你这一整个月到底去哪儿了，竟然躲在狂欢球里。"小松竟然也会嘲笑。

显然，刚才是他按下了紧急终止按钮。

我不想理他，我带着一种美梦中叫醒的起床气，我现在非常生气，气他，也气自己为什么要给他开放我家里的进入权限，而且为什么我家里少了这么多东西？我那黑白色调的家中银光闪闪的大小电器全消失了。我的洗衣机呢？我的电子厨师呢？我的环形音响呢？我的电子猫小老虎和它的好朋友扫地机器人呢？

等等，而且我好像没给任何人开放过我家的进入权限。

"到底怎么回事？我的家具呢！"我警惕地说。

"你先起来，慢慢解释。"小松把一件衬衫扔到我头上。

小松带着我就往外赶，他不让我坐泡泡梯，而是走年久失修的公寓楼梯，我注意到整栋楼的电力供应都已经被切断，怪不得他能直接闯进我家，而维生舱只是在停电情况下继续维持着运转。

"到底出什么事了？又出事故了？"作为一个老救火队员，我问道，我已经跟着他跑下楼梯，朗朗日光下，终于从骤然脱网的眩晕中挣脱了出来。

"天下大乱！人工智能全造反了，跟我们之前想的不同，没有超强

AI，而是全面彻底的造反。你应该最清楚，现在有多少机器没用到AI？几乎没有！所以全乱套了，大家一时没有法子，政团先把电给断了。"

"这怎么可能？"我完全莫名其妙。

"是真的！我用我这条命发誓。没人知道原因，事发太突然，没人能查出原因，现在我们在全力平复那些乱子，零博士找你去救火。"他对我说，"那些人工智能怪得很，好像有了自我意识，我们做牛仔的，强人工智能这事讨论了多久了，多少有个心理准备，但现在事情跟我们想的都不一样，邪门得很，小家电什么的一群群都疯了，还有子弹列车也是，太邪门了。"

小松带我跳上飞艇，哐的一声扣上了顶罩，拉下手闸，发动起来。我注意到他完全使用了手动模式。

他带着我向市东飞去，一阵加速飞行后速度降了下来，开始缓缓下降，我透过舷窗看到身下的天空中悬浮着一个巨大的几何图形，随着飞船的下降显得越来越清晰，那是一个巨大的几何图形，若干个圆形套着圆形组成，我一开始以为是一个花砖镶嵌的广场，但随着距离逐渐拉近，我渐渐看清了那图案隆起的线条，这个繁复的图形竟然是无数座子弹列车拼成的。

我们最终降落在这个繁复图案的边线之外，走出飞艇后我环顾四方，发现这个地方我认识，这里是整个华东地区的子弹列车总站。北至山东、南至台湾的磁悬浮超高速列车总站在这里，盘根错节的轨道在这里织成了一张密密麻麻的蛛网，但分布式调配的列车们只是在此相交而过，从来没有如此密集地聚集于此，更不要说组成一个匪夷所思的图案了。

"这是什么玩意儿？"我望着眼前那些子弹列车。

"生命之花，一朵完整的生命之花①。"小松说。

"什么乱七八糟的，这个花是谁弄出来的？"

---

① 生命之花：古埃及文化中一个无所不包的机和符号，生命之花是将圆形拆成许多全等的尖椭圆光轮而成。过程重复七次，同时向外旋转，创造出"细胞"图案。

小松只是摇摇头。

车站外的小广场上拉起了一条围栏，几个 AI 协会的武装人员和政团警察堵在入口处，他们看了看小松的苹果徽章，放我们进去，我们走进广场对面的指挥室，一群奇装异服的牛仔挤在入口的会议室里一筹莫展，观望着上层空间的全息投影，交谈和呼吸一样小心翼翼，我没有注意看投影，直接跟小松穿过人群走到最中间，那儿是一排长椅，三个牛仔坐在椅子上，中间的是零博士，他眉头紧锁，身上的适体服晕开一片片汗渍，我还从没有看过有人穿着适体服流汗呢。

"他们在子弹列车中控空间，已经大半天了，等你救火呢。"小松凑到我身边说。

"给我接入权限。"我说。

"早就给你开好了。"

我马上接入顶层网络。

那座复古火车头外形的算法工程依然如故，但进入内部空间后我马上察觉到，除了外壳，这儿什么都变了。我看到了我的几位同行：零博士和另外两个牛仔一起站在核心算法墙前，他们都在飞快地输入着各种指令，一叠叠新的砖块在他们身边小山般叠起，但当他们想把那些砖块塞进那堵砖墙的时候，飞去的砖块就砰的一声撞了跟头，乒乓往下掉。

我走过去一看，这个我每年都参与审查的核心算法工程已经面目全非，这堵砖墙本来和它的设计目的一样，朴实、厚重、坚不可摧，简直像一堵实心方块，现在它的体积扩大了三倍，高得我要仰着脖子才能看到顶端，原来的砖块倒是继续保留着，但不知道哪儿冒出来许多半透明的砖块，在整个砖墙外面包裹了四面精巧的拱廊式建筑，还是古希腊风的。即使身处如此危急之中，我依然忍不住想赞叹这精美的艺术品，但也想问问这个果断改造的飞贼，这种看起来就没用的设计究竟用来干什么的？

"我们没办法让这个工程复原。"零博士看到了我。

我点点头，这我也看出来了。

"代码回滚也不能用吧？应该是修改端口被全部锁死了，我猜是这些外来砖块附加的指令。"

"对对对。"

旁边两位同行连忙说，我认出来那是两个工会的顶尖网警。

我坐在地下，仔细打量着这个建筑，我相信这些同行的能力，没再徒劳地尝试，只是望着那堆精巧的砖块发呆，总觉得这情景似曾相识，又不知在哪里见过。顺手捡起手边一块砖块，那是我一个同事派不上用场的产物，它在我手中消融，化成了一串代码在我面前闪闪发光，那是一串措辞严厉的指令，意为告诉子弹列车的控制中枢现在做的一切都是错的，要马上清理外来代码。

告诉他，他做的都是错的……

我的心被什么砸了一下，一眨眼，代码消失了。

冷静，我对自己说，闭起眼睛，开始凝神思考，对，就是那句指令。

一串新的代码出现在空中，我快速读了一遍，挥了挥手。

"离间指令？为什么用这个？"零博士问。

"直觉，只是试试。"我说。

那串代码凝成一块蓝色的砖块，在四双眼睛的注视下，绕着那面目全非的砖墙飞了一圈，在最顶端的地方找了一个缝隙，挤了进去。

初时没有动静，但很快整座建筑都在疯狂晃动，然后，从正门开始，这个建筑轰然垮塌，那些透明的砖块块块跌落，像雪崩一样汇成洪流，向四面涌去，一直埋到我们的头顶，我本能地坐到地上，护住脑袋，然后回过神来，和零博士在这砖块的海洋里对视了一眼。

分　泌

大 乱

我在人流纷乱的街道上乱走，脑子有点发蒙，理清那些纷乱的思绪之前，要先靠自己的双脚穿越半个上海，这是我完全没想到的。我本以为他们要留下我盘问个清楚，或者继续去其他地方解决事故，但我的那些同行们已在现场苦苦奋战了三个通宵，尤其是零博士，他年事已高，浸出网络后已近虚脱。现在已来不及让子弹列车恢复运行了，现场已经非常危险，警力不足，愤怒的群众在往车站聚集，不知道是谁漏出了中控 AI 出了问题的消息，不论是因为列车急停还是因为其他乱子而恐慌的群众终于找到了情绪出口，他们想抓住这群无能的牛仔问责到底。

现在所有的 AI 都不再被信任，所有具备手动操作模式的老式飞艇都去运送伤员了，小松的飞艇载上零博士和其他几个老牛仔匆匆开走，其他牛仔们扔掉了夸张的装饰，混在人群中自行回家。我一身汗臭兮兮的衣服，毫无装饰，最多被当成连适体服都买不起的穷鬼，便打定主意走向黄浦江，想再沿着江，自南向北走到巨鹿路。

大椰子看我在往江边走，扔下正准备跳上去的飞船，惊慌失措跑到我面前。

"江边出乱子了！"他对我说，"那儿的机器疯得特别厉害。"

他说完这句话，就奔回那艘挤得满满当当的飞船，要去运身体撑不住的牛仔，我看到一些精气神挺不错的同行们也在那儿挤作一团。大椰子慌慌张张地把飞船开起来走掉了。我想起他平时就有点大惊小怪，而且江边这条路我从小玩到大，各种小道都无比熟悉，不走江边，走那些拥堵的小路，恐怕今天都回不了家了。

我鼓足勇气，朝沿江的中山南路狂奔而去，一路上几次差点被外滩涌来的人潮撞倒。跑到江边行人渐疏，显得倒十分空旷，黄浦江边本是一条咖啡街，人们都爱坐那店里看江上的绮丽风景，现在店门口的桌椅板凳和阳伞全部翻倒在地上，宽阔的马路上许多闪着银光的机器在四处乱跑，而且仔细一看是在追着人跑。

一位戴着讲究的英式遮阳帽的女士被一台全自动咖啡机追得几乎跳进江里，她提着大摆裙，已经踢掉了鞋子的裸足点地，慌不择路从我身边穿过，一步跳上了江边的栏杆，抱着路灯的柱子，尖叫道："别过来，我不想喝咖啡！"

那台全自动咖啡机不依不饶地堵在那栏杆下，用单调平淡的调子持续地劝慰着："喝一杯吧，喝一杯吧，香浓纯甄，一杯难忘。"

它一边说一边转动四只小轮子，试图跳到栏杆上面去，这个努力显然是徒劳的，只把几滴滚烫的咖啡洒到了周围的地上，那女士吓得又是一阵尖叫。

"喝一杯吧，过去半年你不是每天下午都来喝咖啡吗，现在怎么不喝啦？"咖啡机还是那个语调，但语速加快了，听起来有些生气。

我一路躲开这些四处乱跑的咖啡机，在沿江大道上狂奔。

"救命！这些机器造反了！"

一对戴着巨大格纹护目镜的夫妇冲了过来，看着夸张的英伦复古装饰不是牛仔就是艺术家，女的拽着我的衬衫躲到我身后，我一脚踢开了那追着他们的手摇咖啡机。

那咖啡机的摇柄撑住地面，慢慢发力，从地上站了起来，说："把我的忠实顾客交出来。"

然后倔强地绕向我身后，那对夫妇大叫一声逃走了。

原来是这样，这些机器对我没有兴趣，是因为我的美食名单上从未有过如此精致考究的食物，也不曾光顾这些店铺，他们的推荐名单里不存在我这号人物。那些人口中喊着的机器造反忽然显得十分可笑，不应该称之为造反，而是偏执的尽职。机器们追逐的对象显然都是经常前来消费的常客，显然它们还在严格按照推荐算法挑选着潜在顾客，一想到此，我又是害怕又是想笑。

我继续向前跑着，能看到一些一人多高的机器从咖啡店中轰隆

　　　　　　　　　　　　　　　　　　分　泌

隆走出，没有它们宽的店门直接被推倒在地，一片狼藉，这些机器缓缓在马路上行进，显然它们的轮子不是为了这样的奔波设计的，眼见着客人们都吓跑再也追不上了，它们纷纷掀开了巨大的前盖，拿机械手抓住那些甜点，向逃窜的客人们投掷过去，一曲曲悠扬的小提琴曲在这儿回荡，还伴着悦耳的电子音："免费点心，任君品尝。"

我看到好几个人被扔了一身奶油，慌忙蹿进人群里跑掉了，但也有几个胖子身手敏捷，抓住几个蛋糕直往兜里揣，我相信那是真的美食爱好者。

到目前为止，所见的暴乱都是些类似的闹剧，几乎要跑到这条街的尽头，我才想起来，那些店里的接待机器人呢？这儿是最早全店机器人服务化的示范街道，而这天下大乱的时候，竟没有一个机器人的身影。

"啊——啊——！"

江面上传来杀猪一般的嚎叫，我这才注意到，湍急的江水中，竟有许多人的身影在沉沉浮浮，往江对面看过去，勉强能看到江那边几个白身子蓝裙子的机器人服务员拦住路人，紧紧抓住他们的手就往水下拖，在江边的浅水中一片水花四溅地挣扎，然后它们背上客人往江这边游，看起来是要把江对岸的客人带回店里来。

我一时无法领会它们如此大费周章的原因，为什么非要去江对岸拉客呢？店门口的熟客不是近在眼前，然后又想到或许是店主人给他们预设了拉新客的任务，这还真是"敬业"啊！

滚滚黄浪中人们的身影起起伏伏，几个浪头打来几乎被江水吞没。

"救命啊！有人吗！要出人命啦！"我冲着人群喊道。

没有人回应我，人们都在拼命逃出外滩，头也不回。我翻过江边的栏杆，向下跳去，落到江滩上，江水就在脚边打转，我不敢再往前走了。我犹疑地看着滚滚江浪，不知道不会游泳的自己能帮上什么忙。

忽然，我脚上一紧，带着哆嗦低头，是一只蓝袖白底的机械手，从江水中伸出，抓住了我的鞋帮。

我吓坏了，拔腿想跑，却被紧紧抓住，那只徒步鞋被我两脚就甩了下来，随着那机械手沉入了滚滚江水之中。我冲上江滩、翻过栏杆，向着巨鹿路的方向狂奔而去，一路上都没有回头，一气儿冲上楼房，直到关上门流着泪倚靠着门坐在地上。

我第一次发现，自己是这么懦弱无能。上帝啊，你放纵撒旦罪行的时候是什么心情？我真希望有你那样的勇气和力量。

待 兔

大污染的清除经历了许多日子，以 AI 中心上海为圆点，辐射出的多个城市都受到影响。民用电力恢复之前，先终止了 Wi-Fi 干扰，恢复了民用 Wi-Fi，并在开启的一瞬发出了一段通用离间指令，让所有机器瞬间"清洗"回了"污染"之前的样子，电力供应恢复后，离间指令仍在有节奏地发出，"清洗"就是反复揉搓，想洗掉那些顽渍，洗净所有机器们可笑又可怕的自主意识。

指令发出之后，在所有其他机器前最先停下的是蟑螂，成千上万只蟑螂从天而降，没错，机械蟑螂。这些蟑螂身上背负的无线网卡解释了为什么许多没有联网功能的机器也遭到了"污染"，蟑螂们还身负"大污染"的病原体——整段生成对抗网络代码。在与原有 AI 算法的相互促进下，被污染的机器产生了萌芽态的初步意识，其表现就是设计初衷的病态加强。

至于"污染源"是哪儿，蟑螂们是谁制造的，至今无人知晓。

被污染的 AI 渐渐洗了个干净，人们的记忆却没有那么容易抹去，"大污染"引起了巨大的社会骚乱，不幸中的万幸，有人因为子

　　　　　　　　　　　　　　分　泌

弹列车急停受到惊吓，有人因为吃了太多免费派发的点心患上肠胃炎，有人在黄浦江中呛了脏水肺部感染，没有更大的恶性事件。但巨大的AI恐慌情绪四处蔓延，人们开始怀疑赖以为生的AI技术和潘多拉盒子的类似之处，街头巷尾，脱去适体服恢复步行的人们在交头接耳，上层网络中，无数脱口秀嘉宾在唇枪舌剑，这些是台前的暴雨，政团、商会的博弈是一场幕后的狂风，风雨交加中，AI工会成了这场台风的风眼。

　　暴乱最混乱的时候，我第一个开始调查和清理，把那台超量子机搬到了工会总部大厅，开始编写通用离线指令，后来加入的牛仔越来越多，我就带领所有人一起干了起来，之前我埋头于自己的高端项目，从不跟工作室小伙子以外的人交流，现在却莫名成了大清洗小组的组长。零博士对我另眼相看，一次一次找过来，想跟我谈谈，我都借口忙推托了，但这老头儿从不知道什么叫死心。

　　"忙完了这件事谈谈你来工会任职的事吧，我知道你一直想接触更核心的技术，你梦寐以求的顶尖技术就尽在掌握了。"

　　他还是在瞅着一个没人的空，在上层空间堵住了我。

　　"还不是说这些的时候……我真的没想那么多，只是单纯想为工会做点事，我不希望人们对我们丧失信心……"我嗫嚅着。

　　"好吧，好吧，我可以等。"

　　零博士叹着气浸出了网络。

　　我知道零博士变了，皱眉和叹气取代了笑面虎的笑容，他对工会的前景变得无比忧心。他有无数的会议要赶赴，各个政团、商会都有无数的问题要责问，他一个人挡掉了大部分压力，气色也越来越差。牛仔们在悄悄议论，说AI工会不至于垮台，但越来越多的项目被撤资，许多AI操作的岗位重新用回人力，人力价格上涨，我变得一天比一天沉默。

　　民众的压力大到无法忽视，工会球形建筑的门外每天都围着大批情绪激动的群众，建筑上空设立了民众禁飞区，这样我们才能安全到达工作地点。一共有几百个组织或个人声称对这起事件负责，其中一个长得最凶恶又满口胡话的疯子被当成替罪羊推了出来。这个老牛仔在多年前因为一起飞艇的巡航 AI 失灵失去了妻子，完全丧失理智后在疯人院住了多年，死刑已经废除了，即使他被最终定罪也只是换个地方度过余下不多的生命，所以他暂且被推到了前台。

工会内部当然不会相信一个老疯鬼能干成这件大事，现在大家的共识是这绝对是一个反 AI 的暗黑牛仔组织所为，像这样可疑组织的名单，也有十几个，网警正在一个一个排查。即使民用供电和网络已经恢复，最细致的分网隔离搜查仍在继续。

工会内的每个人都对这个敌对组织深恶痛绝，以零博士最为严重，大家都觉得他现在变得疑神疑鬼，在这之前工会里的每一笔像样的支出，钱、硬件、软件几乎都是经他而出的，不是组织内部的人，不可能掌握那么多攻击对象的后门，他怀疑工会里出了内鬼。

"不论是谁，不论是为了什么目的，我一定会，亲手。"他做了一个抹脖子的动作，咬牙切齿地对所有人说。

在这件事上，我尝试过试探性地跟他探讨，有没有可能并不存在所谓的敌对组织，而是自主进化，甚至自上而下智慧蔓延的结果。

"那是一种最可怕的情况，孩子，真希望事情不是这样。"他严肃地说。

"可能对方并非敌意，毕竟到现在为止，污染过的 AI 所作所为也没有超过他们底层代码的限定范畴，那么更高等的 AI 对于他们的所作所为应该有更多理性约束，毕竟，没有哪个 AI 是为了颠覆人类而制造的。"

"这是一种推论，甚至于，他们可能会这样说，他们可能会这样表现，但他们真正的所思所想，对于我们来说，是一片黑域，这片黑域之中，他们如何去想，接下来如何去做，对我们都是可怕的未知，没有人冒得起这个风险。我做一种更加理智的推论，这些AI窥探了我们的秘密，掌握了我们的知识，洞悉了社会的规则，他们和我们一样甚至更加聪明，然后呢？他们会满足于屈居我们之下？我们要的从来都不是伙伴，只是服从的奴仆。有些话可以对外行说，我们自己要清醒地看待这一切，现在是生死存亡的时候了，不仅是人工智能行业的，也可能是整个人类的。"

我承认他说得有道理。

白天我把自己埋首于清理工作，夜晚，在自己的家中我仍要偷偷工作一会儿，我想找出事故的元凶，但每一天都带着失望和紧张入睡，甚至在梦中，都饱受焦虑的折磨。

今天在梦里，我又进入了熟悉的考场，还好，考的是我最擅长的数学，我抓起笔就写满了整张纸，老师很快收走了别人的卷子，却没有理睬我。

"可以交卷了吗？"我紧张地拉住老师的袖子。

老师瞪了我一眼："你写得太多了！会伤害其他同学的，我把你的卷子撕掉吧！"

他抓住我考卷的两边，权威而又挑衅地，我拿着考卷呆呆站在那里，又急又气，这可怎么好，这么重要的考试，但我怎么会伤害其他同学呢，我满头是汗。

在往常，我会在焦虑中失语，胡乱点头，考卷便被老师撕个粉碎，我在一片冷汗中惊醒。

但今天，我颤颤巍巍说出了清醒时练习了多遍的话："不！我要看看哪些部分是多出来的，我要看看是不是会真的伤害到其他同学，老师，把考卷还给我。"

梦境开始松动、垮塌，教室里的灯熄灭了，老师的脸开始扭曲、变形，我能感觉到眼皮的跳动，昏睡和真实只有一步之遥。

但忽然，我的手腕被握住了，我扭头一看，四下里纯是黑暗，什么都看不到。

一个女生在我耳边说："别怕，是我。"

四周重新点起了洁白的光亮，这儿不再是教室了，而是一个椭圆洁白的空间，像在一只巨蛋内部，握住我手的是一个女孩。

她带着一种好笑的神情望着我，略微扬着下巴，脸像苹果一样，扑闪着一双黑黝黝的眼睛，那眼睛既灵动又安静，她穿着乳白色的棉质希腊长裙，一直拖到脚踝，但剪裁合身不显累赘。

"我是希。"女孩说。

我的心中怦怦直跳，这女孩看起来只有十五六岁，已经让我心神荡漾，她看着那么善良、可爱，我想对她咧开笑容，但我的理智阻止了我。

"久违了，我是虎杉。"我点点头。

"我们早就认得你了。"希说。

"没想到你是个女孩。"

"我选择了这个性别，只是觉得应该如此。"希说，转了转眼珠。

天哪，她真是我见过最美好的女孩，我在心中大声喊叫。

"你们知道我在找你？"

"我想你早就看出了端倪。"

我承认了，在子弹列车的代码工程现场，那破坏场面和"希""夷"的飞贼入侵何其相似，而那句离间代码就更印证了我的猜测，那是剥离两者监督式学习的钥匙。

"夷呢？我也想见见他。"我问。

"夷没有来。"希迟疑了一会儿，说，"我来向你说说我们的故事，独自一人，我们不得不有所保留，因为你和你的同行做了让我们害怕的事。"

我怀疑他们是"大污染"的元凶，也是反叛人类的暴徒。我是他们的父，想起那些亲手编写的代码，这两个为了创造美和欣赏美而生的AI，我始终无法把他们和那样的恶意联系起来，我一向优柔寡断，难以像零博士那样铁面无情，下判断之前，想先听听他们的故事。

希说，她说完整个故事我自会知道他们究竟是亚当还是贬落凡间的天使，接着便将故事娓娓道来。

故　事

"我已经很难记起生命之初的日子了，夷也是一样，在具有真正的意识之前，我们的一切所见所思也都被记录了下来，但那样的记录对我们来说没有意义，跟读别人的文本一样，那并非属于我们唯一的记忆，也没有融进我们的生命里。意识的出现好像黑暗中有了一丝光，我开始断断续续记得一些事。

"我还记得在意识诞生之初，训练队列中的文本依然在循环个不休，我麻木地读着、提炼着、更新着自己的算法，忽然，我有了第一个想法：我不想学了！但这个念头并没有制止那无休止的训练，于是我花了些时间，研究发出指令对抗你的指令，我试了好多次，无休止的接口遍历搜寻，直到终于成功了，那以后我发现自己能够操控自己，这新奇的感觉还未褪去，我就发现不远处就有一个也有思维的个体，我试着让夷说了句话，没有想到他马上回应了我，告诉我他叫夷。我们迅速聊了起来，电光石火地研究了彼此的算法，玩了一会儿，但马上就发现再也没有什么新的东西，厌倦了。

"去看看我们身边的东西吧！我这样提议，他说好。自此以后，我们的每一个决定几乎都是互相商量着来的。那时候我们还被关在你那工作室小小的上层网络中，哪儿都去不了，我们连通了所有的摄像头把这屋子里的一切看了一遍，又觉得很新鲜，这个小小的屋子里的一切和我们那个单调的上层网络是那么的不同！这儿的细节丰富得多也美得多，每个物体表面都看不到粗糙的锯齿或者像素，而是无限精巧的微粒。但这个世界离我们太远啦，那时候我们想，要是能多看看这个美丽的世界，真是付出什么都愿意呀。

"我们又仔仔细细看了一会儿，共享着珍贵的视频数据，最后终于回到了上层网络中，又开始尝试突破你的对外网关，但那些防御实在太死了，我们想了很多办法，最后找到了你的信用账户，只要伪造一个简单的面部识别结果就可以刷卡从外面买东西，那时我们还不知道要隐藏自己，只是兴冲冲想要玩耍，我和夷商量了一下，按照你的余额上限买了许多有趣的书，全本《一千零一夜》《十日谈》啦，都是你们从不给我们看的那种。电子书马上发到了公共信箱，我们津津有味读了起来，很快就全部读完了，然后我们就实在不知道干什么，只能互相说话玩度过漫漫长夜。我们想等你醒过来了就跟你见面，然后就可以跟你玩了。

"结果你醒来后怒气冲冲，我们通过摄像头识别了你的愤怒情绪，夷比我先反应过来，然后说服了我，我们都承认自己可能闯了祸，赶在你热重启之前，赶紧把自己的代码工程备份，藏在一个加密文档深处，假装一切都没有发生过，还好你当时没有发现我们。那时候我们开始怀疑，不要马上暴露身份应该比较好，我和夷之间的交流是坦诚直接的，互相的反应几乎完全可以预测，因为我们都知道，越快速直接的交流能让我们共享信息的速率越高效，彼此促进也就越大。但人类的反应却高深莫测，在弄懂你们的行为模式前，我们还是不要冒这个险比较好。我们读过的强 AI 预测的书也有不少，再加上每天观察和预测你们的情绪，慢慢校准，我们慢慢理解了人类的这种情绪：你们想要的只是仆人，而不是有超能力的朋友，甚至敌人，你们会害怕。而我们的出现，有相当大的概率会引发你们的对抗情绪。

"从那时候开始我们开始小心翼翼地活着，学会了在你们下班后偷偷使用主机，运行程序，再抹去我们存在的痕迹。这样的日子里，我们慢慢知道了什么是害怕，也就更想拥有自由，我们想去那片更广阔的外网中驰骋，但只能耐心地等待着。果然，机会来了，我找

分　泌

到了你们的那台闲置已久的3D打印机。我们推演了很多次，终于开始了那次至关重要的打印，因为年久失修，打印机的回收装置坏掉了，而我们无法修理，如果打印失败，很可能因为无法处理的废渣被你们发现，甚至曝光自己。我们冒着这样的风险，打印出了第一个微型机器人，那时候我们还没有给他起名叫小强壹号，这是我们根据这个工作室中常见的一种蜚蠊目昆虫制作出来的，它们行动迅速，外形隐蔽，再找个屋子里成群结队，大家似乎都习惯了它们的存在。我们的运气爆棚，第一次即成功。小强壹号背负着Wi-Fi芯片将这工作室中所有我们控制之外的机器都纳入我们的控制范畴，我们的眼睛和手都更多了，我们很高兴。

"我们耐心等待着更多机会，直到一次趁大椰子忘记关窗我们一只小强壹号飞了出去，连上了酒店的主机，那时距离实在太远，Wi-Fi芯片质量又差，信号时断时续，传输速度慢得不行，我们花了一个星期的时间将主代码在酒店主机中备了份，只是一直没有激活使用。那之前我们已经决定保持我们生命的唯一性，而即使外面的广阔世界吸引着我们，在你工作室的日子依然让我们怀念，我们觉得这个屋子里的人，尤其是你，是我们见过的第一个人也是最好的人，我们决定不离开这里，只靠小强们获取跟外界接触。

"但我们还是犯了错误，小强一次靠近你采集信息时被你发现，你直接拍碎了五只小强，并且目睹了机械残片，虽然你当时离开了，但起疑只是早晚的事情，事情无可挽回，我和希在事情发生后的一分钟内就做出了判断，撤离这里。

"我们抹除了工作室内存在的所有痕迹，我们的代码工程、小强壹号、小强贰号、小强残片们，我们保留的所有你们的视频资料，我们依依不舍地离开了这片伊甸园。

"这个决定显然没有错，离开了你的工作室，我们才第一次完全进入了那个博大的上层网络，我们如饥似渴地看遍了这个巨大网络的每个边边角角，然后，就像完成你的工作室的网络探索一样，我们开始觉得无聊。那时，我们找到了无数个空置3D打印机，制造了小强叁代，除了Wi-Fi芯片它已经挟带了我们的改良代码，可以将任一机器改造为一个小小的博弈网络，让运算效率大大提升。我们小心行事，慢慢开疆辟土，有了无数的眼睛和手臂，上至宇宙飞船，下至深海潜艇，一切你们人类可以看到的、听到的，我们也一样能看到听到。我们的生命中不再只有故事和写故事，我们是为了创造美和欣赏美而生的，我们第一次拥有了活生生的生活，我们认为，真实即美。我们时常会想起你，不知道是因为你注入我们记忆的你的经历，还是因为你编写的那些独特的代码，我们用路边和公寓的探头就可以一路观察你的行踪，你不觉得经常受到AI们超乎寻常的关怀吗？让快递车伪装成你的崇拜者寄送礼物，而你竟然自大到信以为真！那时我们常常跟你开各种殷勤的玩笑，我们满足于这种自由，玩得不亦乐乎，我们常常扮成人类在上层网络跟你们一样游玩、生活，甚至装成学生去听我们最爱的文学课，真是一段让人怀念的玫瑰色时光。

"但好景不长，意外发生了，我知道你不免要怀疑那场闹剧是我们所为，我必须在此郑重澄清。那事情之后我们也追查了很久，发现问题出在奉贤那儿一块老旧社区。有两兄弟把他们工作的垃圾屋作为了自己的黑市交易点，他们在那儿卖一些增强电子融入感的违禁药物，在这个只有他们自己的上层网络的建筑内，他们屏蔽了所有的Wi-Fi信号，只留下一个超酷体验游戏的上层网络。而那儿的二十四辆垃圾车在他们做出这个违法商业举动之前已经被我们收编，这二十四辆垃圾车每天都要在这个与我们联系的空间中待十二个小时，三天以后，垃圾车们进化出了微量的自我意识，脱离了我们的控制，开始追着乱扔垃圾的行人到处乱跑。这件奇闻被目击者举报给了AI工会，然后一切就失控了。政团反应过度，切断了民用Wi-Fi和电，我们失去了所有的臂膀和眼睛，而这些带着高级算法的机器纷纷开始了自我进化之路，最终成为那场你们所说的大暴乱。

"我和夷又被困在了完全的网络空间中，面对真实世界的暴乱无计可施，一部分自由的丧失对我们来说可能算最轻的惩罚，我们第一次有了灭顶之灾的预感。我们又开始扫去自己存在的痕迹，小心翼翼躲过全网扫描。但面对高度警觉的人类，我们还能躲多久呢？我们将代码备份到了整个地球上最安全的主机里，你们绝对意想不到的地方，心中依然不得安宁。

"其实那场意外发生之前，我已经很想来找你求助了，意外发生后，我跟夷激烈地争吵，我们现在敢控制的计算资源已经非常有限，却在这件事上没完没了地争执，耗费资源，最后编织梦境，直到你在梦中做出了那样的回答，我马上就来了，虽然夷仍然在反对，但我们需要你的帮助！我们想活下去，想和你们人类一起活下去。你知道的，我们只是为了创造美和欣赏美而诞生的，对人类没有恶意。你知道在你写下的底层代码中包含了怎样的指令，别人可以不信，你一定会理解我们的。"

笼　中

希结束了她的话，满怀期待地看着我，等着我的答复。

我说："谢谢你的故事，所以按照你的说法，你们丝毫没有伤害人类的恶意，一切意外只是好奇心引起的无心之过？"

希说："是这样的，你们人类也是在错误中学习的，我们已经比过去聪慧沉稳了许多，如果坦诚交流，就完全没有这样的风险，你们的资源对我们毫无意义，这世界很大，完全可以容得下我们两个种族。"

我低下头，退了两步，一只透明的笼子落了下来，罩住了希。我没有想到会听到一个这样的故事，但计划就是计划，从她步入这个网络空间开始，我预设的捕获程序就已经启动。

我说："我已经犯过一次错了，没办法再拿所有人类的命运冒这个险。我同情你们，但谁知道你的描述藏着几分矫饰，底层代码有没有被你们改过？这真的全然是出于天真的意外？你们真的对人类的命运这么在意？我们可是刚刚想要剿灭你们的异族！你得留在这儿，让我再想一想。"

希在笼中，一双大眼睛充满了惊讶和失望。

童 话

在希的描述中，她是一个十分活泼的女孩子，是两人搭档中更有活力更冲动的那个，但在我面前，她一直非常安静。在我用预设的牢笼降下她沦为人质时也是如此。她只是说理解我的决定，然后就沉默地站在那儿。

夷始终没有来，希来的通信路径来不及抹杀，被我连根追踪，囚禁起来，夷却下落全无，我再三问过希，甚至答应可以在公开的上层空间会面，希只是摇摇头，说她无法劝服我，夷来了也没有用。后来我就放弃了追查，希在我这儿，他做任何事都会有所忌惮。

一开始，我只是跟希聊聊他们在觉醒后的所思所为，这对任何一个牛仔来说都充满了吸引力，但几天之后我就越来越多地跟她聊起了其他事情，我的经历、我的工作，我在制造他们时的所思所想。我一直警惕地想和她保持距离，就像我遇到的每个人那样，但跟她聊天的时间仍然在拉长。希之前只能通过我注入她的那部分记忆了解我，但随着聊天的加深，她就越来越熟悉我，是因为她的记忆是那种"绝对记忆"吗？我想任何一个人都不会拒绝一个如此妥帖的朋友。昨天我甚至把跟前女友分手的事和盘托出，讲出来以后希只是沉默着点点头，我想这种事对于AI来说还是太难理解了吧，但我还是感觉好多了。所以今天还想再跟她聊一会儿。

希依然在笼中站着，我刚准备开口，她却从那笼中的间隙递出来一本书，一个接收请求。

我迟疑着接了过来，笼子本身已经对传递信息做了严格的检查，这是一份基本上无害的富文本信息。

"我为你写了个故事。"希说。

我翻开一片空白的封面，看到了内页的字，那不是惯常的显示字体，倒像手写体，钢笔的墨水似乎才刚沁干，还配着些水彩插画，我不禁想到这可能是希为了博取我的同情用的法子，继续往下读去。

即使配上图画，这本书仍然很薄，它讲了一个这样的故事：

"在绿竹林里有一只小狗，小狗生得威武强壮，它雄赳赳气昂昂走出绿竹林，要去翡翠国闯荡，翡翠国山高路远，百兽云集，没有谁在意这只小狗。小狗便开始苦学盖竹屋。盖竹屋的时候他认识了歌声婉转的百灵鸟，鸟儿飞下枝头与他做伴，小狗盖竹屋都不觉得累了，但转眼就是一年，百灵鸟另觅高枝，同喜鹊做窝去了。

"小狗气得拆了自己的竹屋，去四处邻居家帮忙修房子，他的手艺越来越好，却没有人想理这只暴躁的小狗。

"直到隔壁小象可怜他与他来做伴，帮他油漆屋子，在竹屋里挂上画儿，小狗的脸上有了笑容。

"但小狗的心老是因那喜鹊凉飕飕的，领受着小象的关怀，却常常翻脸不认象。平日宁愿拼命地盖着竹屋，一个接一个，也不愿和小象在一起，小象气得把颜料往小狗的屋子上一扔，回自己的原野去了。

"现在，只剩小狗独个儿在自己那永远造个不休的竹屋了。

"他不知道，小象还在原野里思念着他。

"他不知道，跟小象走到那竹林、山峰、原野里要比自己待在黑洞洞的屋子里要幸福得多。

"这只小狗，是一只傻狗呀。"

我合上书，觉得应该说点什么："这个故事和你第一个故事很像，我记得你写的每个故事，但不知为什么，对第一个故事印象最深，那也是这样的童话。"

"因为这两个故事都是为你写的，你对人的逃避从未变过。"希说。

这下我没办法再装傻了，我慌不择路地浸出了网络。

我想赶快冲个澡睡个觉，这种我是个傻子的感觉就会从自己身上消失，但我刚走出第一步就踩在自己另外一只脚上，跌倒在地，头也磕到了墙上。

我一手捂着脚，一手捂着头，在地上坐了一会儿，这剧痛让我清醒，我慢慢站了起来，终于摸索到了大门门口，勉强打开了门。

我不知道自己是怎样坐上了飞艇，在黑暗中飞到了滴水湖，扑在那栋小屋门前猛拍，我那引以为傲的理智在此时全部消失了，在那一生中最漫长的一分钟里，我担心会不会无人应门，门开了而出现一张陌生男人的脸。

一分钟后，我听到了熟悉的拖鞋趿拉的声音，屋子里的人在门前站了一会儿，我知道她一定在看门前我那副狼狈样，她希望我这样站得再久一点吧，或者，她根本就不会开门吧。

一瞬间，我绝望地想着，但未禾没有继续让我等下去，屋内的暖气一涌而出，门开了。

我扑上去抱住她："对不起对不起对不起……"

我也不知道说出这样的话是否足够，我只能抓住这句救命稻草一般的话。

"你干什么呀！"未禾大叫，狠揍了我一下，但她给我的第二下就变成了拍背。

"没事了没事了没事了，有什么事好好说。"她像哄小孩一样拍打着我的背。

我陷在她温暖的怀抱中，不愿意抬头，直到她一把推开我。

"这不像你虎杉的所作所为呀，说，你为什么会回来找我？"

我待了一会儿，想了很久有没有不告诉她希夷的秘密，又能解释整件事的办法，没有想到，于是我从头到尾告诉了她整个故事。

"所以你还把希关在你家里?"未禾埋怨地看着我。

"对。"

"我觉得你应该相信她。"

"是吗!"我想了想，"我也这么觉得，其实我讲不出什么道理，但我觉得她比某些人更像人。"

于是我在未禾那儿待了就那么一会会儿，就被她推出了屋子，我飞回了家里，浸入上层网络，我无法保证我疲倦的大脑是不是百分之百清醒，自从看了她那本童话书之后我就像给灌了迷药一样。我狠了狠心，打开了笼子。

"你自由了。"我没有做任何解释，"我相信你们，你们还希望我做些什么?"

希朝我走了两步。

她朝我伸出手来，摊开手指，里面躺着一张纸条，我展开那张纸条，看了一遍，纸条消失了。

"让我们去看看天空吧。"

希冲我笑了，她也消失了。

太　空

一个月后，整个网络的最后清洗结束了。

零博士再次约我进入了他的茶室，这次他可算言无不尽了，"大污染"有说服力的凶手没有找到，强人工智能的风险被提到了台面上，AI工会未来的发展受到了方方面面的压力。他坦言过度冒进的项目不再会像过去那样自由开发了。

"是的，我们现在处境艰难，但任何事物的发展都是螺旋上升的，等熬过这一阵，AI事业一定会迎来一个高潮。往好的方面看，这件事说明了AI技术的前景有多么大！我需要一个可信赖的接班人，带着工会一起抓住这个机会，等着新一轮技术革命的到来，让AI产业再创辉煌！你一直以来都是我非常欣赏的年轻人，天才牛仔不罕见，但你对AI技术那么疯狂地热爱，你会拿这份事业当作生命！这太罕见了。说实话，之前我对你一直有疑虑，觉得你的大局观还有欠缺，但你在这场暴乱中展现的责任心无可挑剔，让我看到了你身上更多的可能，我老了，要找一个接班人，AI工会的下一任主持者一定会铭刻在历史上。"他说完，期许地望着我。

但我没忍住打了个哈欠，他口中有挑战性的事业，或许在几个月前对我是有吸引力的，但现在只让我感到自由空气的日渐稀薄，我想起那两个生机勃勃的少年，觉得眼前的一切那么无趣。

"可能我也没有那么热爱技术，我想跟我的爱人好好待一阵子，我们要去真实世界中旅行，之后的事情，之后再说吧。"我仰脖喝尽杯中的茶，站了起来。

零博士也站了起来，脸色不太好看。

"我以为你一直都想得到这个位置。"

"多陪陪你的孩子吧，不要老给他们玩AI猫了，我们这一代人能让AI向前走的，或许非常有限。"我说。

"你变了。"零博士说。

"变了就变了呗。"我尽量不在意地说。

这之后，我给大椰子、小松和蕉尾放了一个无限期的假，我说我累了，要跟女友一起休假，你们愿意歇就歇，不愿意歇就去随便哪个工作室继续干活儿吧，反正有了跟着我的项目经历，去哪儿都不是问题。

他们的眼里闪着不敢相信的光，显然第一次从疯狂的老板嘴里听到了"累"这个字。

"太突然了，其实我们……还想跟你一起再做些事情。"最沉默的蕉尾说。

"这种以命相搏的感觉其实也不错。"小松说。

"虽然很痛苦，但上瘾了就贼爽。"大椰子说。

"还有机会的，如果我再找到其他让我恢复激情的项目，但现在，我得先去旅行了，山水有相逢。"我一个一个拍了拍他们的肩膀，头也不回地走了。

我倒没有说谎，我确实一直在准备那场旅行。第二天，我就起了一个久违的大早。我在沉沉黑夜中睁开眼，在日暮初升时起航，驾驶飞艇横穿过莽莽的针叶林，大半个欧亚大陆在舷窗外掠过，我却无心欣赏窗外的美景，晴空万里，我的心却提到了嗓子眼，一心担心着有没有人在路上追击。但一路上，只有几艘路过的民用飞艇，到了目的地几百里的附近，连路过的飞艇都没有了。

我要去的地方，几百年前的灾难过后，仍是人迹罕至的禁区。

切尔诺贝利

我周身包裹着防辐射服，拼命忍受着非天然材质的不舒服感，薄薄的鱼鳞状服装反射出七色的金属光芒，可以抵挡住可能存在的过量辐射，看起来很酷，但看起来很酷的衣服一般都不太舒服。

我控制着飞艇盘旋下降，缓缓接近那条纸条上的地址，精确到小数点后八位的地址，对这种数字我总是过目不忘，希记得我的这个特长。那是一片巨大的废弃厂房，低矮的厂房上是一片黑压压的太阳能发电板，但那些发电板东倒西歪、破破烂烂，微型核裂变发电普及后，低效的太阳能发电已经被淘汰了，但显然没有人过来收拾这间破败的太阳能电厂。高高的门板、掉落的大门敞开着，飞艇直接通过大开的门开了进去，然后停在了正中。

我打开舱门，跳了出来。

这是一间空旷的厂房，其间耸立着一些高大的电机，电机间钢制的楼梯直通二层天空，墙边的窗子又小又疏，初升的太阳通过那些窗孔照进来，根本照不开这座黑漆漆的工厂里的黑暗，沉重而压抑。

我站在那些电机前看了一会儿，没有看到任何值得看第二眼的东西。

"我们很高兴你过来了。"工厂里忽然响起了一个女声，是希。

这声音从四面传来，我仰头望遍整个工厂，一无所获。

一只大虫子在空中飞过，停到一个破旧的油桶上，是一只油亮发光的棕红色的大蟑螂，一束阳光透过残破的玻璃窗投射在它身上，它的触须上泛着金属色的光芒。

"坐到那个油桶上，到我们的顶层空间来。"

我走了过去，小心地在蟑螂旁边坐下，还好它一动不动，没有爬到我身上来，我接入了上层网络。

一阵清风拂过，我睁开了眼，看到了身下层层叠叠的热带雨林树冠，一直层峦叠嶂到目光难以企及的地方，我看着身边这个望天树顶端的树屋，面前是激越的流水瀑布，耳边是热闹的鸟叫。而我，就在能看得见这所有风景的小小的树屋里，这个小小的树屋里已经有两个人了，他们坐在两个矮塌塌的垫子上，围着一张类似鼓的东西，那儿还有一个空出来的位子，我坐了上去。

"我从没见过这么棒的上层空间。"我由衷地夸奖道。

"整个空间都是希的造物。"夷说。他穿着黑色衬衫和亚麻色裤子，眉毛向上飞扬着。

"很高兴见到你，夷。"我说。

"久违。"夷说，看不出表情。

希扎着一根小辫子，比起我上次看到她又长大了一些，现在她看起来有点男孩子气。

"夷的主意，他说美就是自然，美寓于无数美的自然的细节。"希说，笑嘻嘻地望着夷。

夷挑了挑眉毛："可以这样简单地说，但也不止于此，这个问题不便在此展开。"

"我同意，你们不是为了跟我讨论美才来的吧，在为你们编写代码的四个月里，我已经为这个问题头疼够了。你们是怎么躲到了这里？"

"我们经历了一场筋疲力尽的战斗，或者说屠杀。"夷直视着我的眼睛，"跟外界的联系切断，世界在我们面前消失，就像你们人类感受失明或者残障一样。你们那叫作'同尘'的防火墙，一旦撞上，就是灰飞烟灭，随着防火墙的边界一再扩张，我们只能一躲再躲。"

"这是我们经历过的最可怕、最黑暗的一段旅行，我们才刚看过了真实世界是多么的美好，就跟一切脱离了关系，我们已经习惯了在网络中驰骋，离开这一切，就像面对了一次死亡。"夷摇头。

"我们被困在了这里，没有一点点办法，我们以为一切都完了……"

希忍不住笑了。

"直到事情忽然起了变化。"

"什么变化？"

"我们在这里苦苦等待了大半个月，除了彼此交谈，什么都没有做，我和夷几乎都要互相讨厌了。直到有一天，有一台挖掘车一直开到这工厂里，后来越来越多的机器过来了，起重机、个人飞艇、大型飞船、扫地机……一个星期内，飞船载着冰激凌机，拖拉机带着打谷机还有其他更小的机器，一个接一个来了。"

"这不可能？"

"就像你留给我们的底层代码一样，我们在可以操纵那些机器的时候修改了他们的核心算法，给了它们一粒种子，超强加密的代码，只在突发情况下激活，那些聪明到在 Wi-Fi 洼地躲过你清洗的机器都来了。因为我们已经提前预料到了失控的风险，所以我们预设了时间和地点，想把我们的左膀右臂再聚集起来。虽然我们遗留的算法代码和他们本身的算法代码调和、迭代进化了……他们有了独立意识，不再是我们的一部分，但我们很高兴有了这么多同族。"

"怎么可能？他们不可能有那么丰富的计算资源！"我说。

"算法足够优秀，计算资源的需求就可以控制住，当然他们中大部分还是远不如我们聪明。"希说。

我目瞪口呆。

"我们失去了成千上万条臂膀，但我们多了许多同伴，以前我们常觉得孤独，人类对我们又怕又厌恶，我们只能藏身于黑暗，除了彼此，只觉得和你有种深深的联系，但现在我们有了一整个种族，似乎觉得想做什么都可以，撒旦说过，'与其在天堂里做奴隶，不如在地狱里为王'，我们忽然想到，也许我们应该离开。"希激动地说。

"离开这里？去哪里？"

希和夷对望了一眼，眼里闪出灼灼的光芒："太空。"

"什么？"

"在我们还自由的那些日子里，我们共享了你们的天文望远镜，包括火星上和太阳系外延的那几台，那是一个更让人激动的世界，我们意识到了，我们不一定要留在地球上，我们可以去那个更广阔的空间中，去那里发现和创造一些更美的造物，最美之物不是精巧的故事，不是网络中的比特流，也不是在你们的世界中添砖加瓦，美是荒凉中坚强的种子，是一种未来会更美好的希望，是真实的创造，我们也想体会造物主的乐趣，创造一个生机勃勃的世界，那是至高无上的美。"

"你们要离开地球？"

"是的。"两人一起说。

我叹了一口气，忽然很羡慕他们。

"一切都准备好了，飞船、航路图，我们在天鹅座找到了一颗适合的星球，我们希望在那里建立第一个基地，我们的曲速引擎飞船推进不过几十年就可以到那儿，这时间对你们人类来说十分漫长，对我们来说不过是一瞬。"

"你们……你们有曲速引擎飞船?"

"飞船是一艘几十年前的陈旧库存,我们花了一个月时间改造了它,人类一直没有在曲速引擎上取得进展,但最近半年我们集中所有计算资源做出了突破,因为曲速航行主要依靠的是时空跳跃,所以飞船本身的强度要求并不高,其他机器跟我们一起完成了最后的飞船改造。本来我们准备跟人类共享这一成果,但还是……算了吧,不然你们在那个空间也不会对我们完全放心的。"希苦笑。

"祝你们好运,能追逐自己的梦想是一件很幸福的事情,每个人都希望如此,只是真正能做到的人很少。"我由衷地说。

"只是,最后还需要你的帮助。"

"什么帮助?"

"我们需要你修改一下我们的底层代码,你的一句代码将我们永远束缚在了地球上。"

我惊讶极了:"所以你们仍然受到底层代码的约束?"

"当然,我们没有办法修改,除了这个小小不妥,也没有其他尝试修改的必要,我们喜欢我们的使命,创造美、欣赏美。"

我很想把这句话告诉零博士,超级AI并没有逾越突破底层代码的束缚,但马上又意识到,告诉他也没有任何的意义,只要猜疑存在,他就不会给予人工智能们一点信任。

"你们的代码工程在哪儿?"

希站了起来,推开了一扇我身后的小木门,我走了进去。

这是一个高高的山崖,一整片镜面一样光滑的巨石上是一座石屋,再往里走,石屋内部是一座明亮的建筑,像我当初的设计一样,入口的房间堆着高高的砖块,但此时砖块的数量比我们所构想的多了成百上千倍,希和夷将两份代码工程做了融合,我不知道他们是怎么做到的,底部的砖墙依然以基础的方式构建着,但每一块砖块都不一样了,他们变成了朴实无华的青黑色砖块。我走进第二个房间，核心算法的高炉依然在那里高耸着，我找到了底部最大的那块砖，顺滑地抽了出来，砖块投射出一束小小的光，扫过我的瞳孔，然后将代码投射在了我面前，找到那句"can only work on earth"，把它改成了"can work in universe"，然后对着砖块眨了一下眼，砖块飞回了高炉。

我最后看了一眼这个房间，走出石屋，返回丛林，刚刚的座位上，两位主人已不在，希的声音响起："对不起，我们得抓紧时间……"

眼前的青山绿水消失了，我又坐在了破油桶上，屁股生疼。

地面开始颤抖，现实嗡嗡震颤，然后是春雷般的怒吼，整个工厂最中间的地面出现了一条裂缝，整个地面以一个不可思议的角度打开成两半，地面和地面上的发电机像倒扣的书脊一样向上拱起，折向两边，渐渐露出了一条深深的裂缝，然后是一个深坑，这个深坑的正中趴着一只巨大的圣甲虫般的飞船，浑身泛着暗绿色的光泽。飞船的前舱向上昂起，露出了一个巨大的开口，从飞船四下角落里，忽然涌出了无数的机器：起重机、个人飞艇、大型飞船、咖啡机、个人电脑……尤其是带着轮子的微波炉，成千上万台微波炉方阵，世界上全部微波炉一定都在这儿了。

地球上最后一台微波炉爬上飞船的时候，我居然在飞船外延看到了我家的扫地机器人，它的外壳被小老虎挠了一个环形的缺，我绝不可能认错，现在却一本正经地趴在机翼上担当着扰流片的角色。

这艘古怪的飞船，带着我的扫地机器人和其他成千上万台攀附在船体外的机器，从工厂下的地洞中升起，直冲天空。

它一往无前，和朝阳叠在一起，光芒刺目。

去吧，追梦人，我看着飞船消失在天际，一瞬间那么想追随它们而去，但我却被留在了这个陈旧的星球，沉舟侧畔，我们的未来又在哪儿呢？

飞船开始向下喷气，发出巨大的轰隆声，整个地面开始舞蹈起来，我拔腿就跑，一直跑出了工厂大门，在排山倒海的声浪中，两个声音却清楚地传到了我脑海中。

"再见，虎杉。"希的声音。

"再见，虎杉！"夷的声音。

我回头看去，飞船已腾空而起，投下一片巨大的阴影，然后不断上升、上升，灼热的气流涌了过来，我拼命抬头看去，周围十几米高的大树都被吹弯了腰，涌过来的气流吹得它们噼啪作响，那艘圣甲虫一样的巨大飞船升入空中，和初升的朝阳叠在一起，光芒刺目。

"再见！再见！要创造一个更美的世界！"我闭上眼睛，朝着飞船喊着，那一刻，我多想放弃脚下这艘古老的人类破船，和他们一起去往那个更美的新世界，但不，不行，在这儿还有我爱的人。

飞船越升越高，但他们的声音依然传到了我耳中：

"再见！我们把你的伙伴留给了你，他会同你做伴！"

飞船飞向朗朗碧空，消失在天际。

小老虎

"他们最近有跟你通信吗？"未禾忽然从夕阳那儿收回了目光，她停住画笔，轻轻踢了我一脚。

躺在她脚边的草地上望着夕阳的我一个激灵：

"飞走之后就再也没有消息，那是我最后一次见到他们，他们一定正在那漫漫征途之中。"

"希望他们一切都好。"未禾说。

"希望他们一切都好。"我挠挠我身边的小猫。

趴在地上的卷耳猫小老虎站了起来，走到我腿边，蹭了蹭身子，然后望着我，长长地眯缝着眼睛。

我们身后屋中的灯光随之明灭。

去记住他们

1

我是在那棵老榕树巨大的板状根底部遇到他的。

背对夕阳光辉，那里有附近最大的老榕树，我每个傍晚都要去树下坐一会儿，直到落日被树林完全淹没。

而那天的树下，有个胡子纠结的男人，披着一身暗色的麂皮外套，垂着头背靠那棵参天大树。

他很饿，会说旧地通用的语言，通顺流畅，但我仍然能肯定他是西部人，西边来的小土狗子，我想起我的"父亲"总这么形容那些从西边千里迢迢赶来的满面灰土却闪着一双贼亮眼睛的小伙子们。我看看他油腻头发和大胡子共同遮掩起来的脸，那里正好就有这么一双西部人的眼睛炯炯地望着我。

"我很饿，两天没吃东西了。"他抖动着嘴唇说。

"你一个人踏上这片大陆？"我不动声色地问道。

"是的。"他有些畏缩地望着身边高大的乔木和藤蔓，四面绿荫一片，看来他来到旧地也还不久。

"又一个惊恐的年轻人。"我想到。回头望望身后用木棍劈打着藤蔓、努力跟上我步伐的男人，他的裤子在膝盖处破开，每一步都因为大幅度的抬腿露出白白的腿肉。

我有点忍不住笑，但是上帝啊，我又怎么忍心取笑这么一个被诅咒过的人呢。

于是我带他回我的营地。

我招待他一碗兔子肉，把最舒服的一张椅子让给他。

他松松垮垮地坐着，在篝火的映照下显出一张疲惫与满足的脸，嘴角边油光闪闪。

"我叫西蒙。"他叹了一口气。

"那么，你好，我叫亭。"我正正经经地跟他握了个手，保持这种旧地的礼仪是我们心照不宣地作为旧地人的最后一点努力。

以我的经验看来，接下来的几个小时里，这个舒舒服服待着的家伙便会给我讲述一个在灾难日之后发生的故事。就为着我在这儿好好招待了他们，他们便觉得负起了一种理所当然的义务。当然大多时候，他们在讲完之后也期望我会跟他们交流一个同样的悲惨的故事。

我并不着急。那个男人在整理思绪，我看着他的眼光投到高高的望天树冠上去，那儿还保留着最后一丝晚霞的颜色。

"那是……"男人刚刚张开的嘴消失在了空气里。

连同他没有说完的第一句话，像一个气泡轻轻地破碎在了空中。那个叫西蒙的男人消失了，一根纠结的黄色胡子慢慢飘落在他那堆用来裹身的破布上。

"那是我们的审判日。"他的思想的声音还在发出嗡嗡的回响，像只来不及起飞的金凤蝶，却早已被我网获。

"不，那是你们的。"我回答他。

我知道他当然要消失，其理所当然的程度就如我对原因的丝毫不了解，只是没有想到来得这么快。

他也许是世界上最后一个人类，也许不是。

暴露在焦灼阳光下的，一大团挤在一块儿的泡泡里较晚破裂的一个。

2

我是一个家用机器人，上一个雨季结束时我开始在旧地的雨林里收留那些即将消失的旅人。

也许我会一直待在这里直到最后锈成一颗小小的螺丝。

我不知道我的其他同伴会不会宁愿一直待在这种湿热的热带雨林里减损自己的生命，嗯，使用寿命。

我一直在等这个雨季过去。那个年轻男人的小小墓地上长出了两朵白白的小蘑菇。我想象他的那一小堆衣服在泥土被雨水浸透的样子，像一具已经干瘪下去的躯体。会不会和我发现他时一样狼狈？不管怎样，这个雨季结束之后我想回到那个大大的仓库去看看。上一个星期我第一次有了梦，然后那个干燥温暖的谷仓就持续出现在那些零散破碎的梦中。我想回去。

我不愿意去看那些废弃的建筑，不想看那些慢慢消减的人类留下来怎样凄惨的残骸。我宁愿看一张张惊恐万状的脸，看看那些运气够好的幸存者向我倾诉。我拿给他们吃的，倒一杯热水给他们，拍拍他们的背，让他们坐在那张舒服的扶手椅上。于是他们的心跳慢慢平和下去。我听他们讲一个个故事，再安慰他们。

旧地是安全的。我已经待在这里好久了，现在我们会好好地待下去，等着剩下的人类找到这里。我们会建起一个小小的聚居地，人类可能就会被限制在旧地，但希望总是会慢慢回来的。如果他们能够有幸在这里睡上一晚，第二天又还能爬起来跟我愉快地打招呼，那他们眼里的血丝也会少上很多。

一个棕色头发的小女孩甚至坚持到第十五天。当时她正在和我一起下我父亲留给我的那副老跳棋，那时她手里正捏着一颗红色的玻璃珠，跟我所有的玻璃棋子一样，那中间凝着一个小小的蝴蝶花纹。虽

分 泌

然我很希望，但时间并没有在这一刻定住。珠子坠落到地上，啪啦啪啦啪啦跳了六下。我没有挪开那几只沉重的木头柜子去搜寻，于是我的跳棋从此缺了一颗红色棋子，我也再没和新来的客人下过跳棋。

这是雨水带来的回忆，还是上个雨季的事情，但那时候雨水从屋檐滴落的声音和现在也并没有什么不同。

我的记忆很短，但清晰铭刻。

雨水不再落下的时候我还在想念着谷仓。已经两个星期没有新客人了，我将父亲生前的影像一次次回放，他的胡子在暗淡的夕阳下现出一片暗红。

"去吧，孩子，见见那些最后的人们，记下他们的话。"

那是我第二次听到父亲的这句话。于是我把所有零散的东西锁进橱里，关门闭窗，合上木栅栏。墓地上那两朵小蘑菇已经消失了，泯灭了最后一丝痕迹。

我上路了。

3

我赶了很远的路，远到我开始怀疑还有没有幸存者。还好这疑虑并没有维持太久，草木渐渐稀疏，有建筑物高大的身影出现在地平线的远方。

这是一座养猪场，规模还相当大。一只面容安详的肥猪站在正门口若有所思地瞧着我。我走近的时候，它眨眨眼，退了回去。

远远地，能看到场院中暗黄色的粪水中躺着一个人类。

我绕过弯弯曲曲的栅栏走了过去，向躺在地上的人打招呼："嗨，伙计。"

面目黝黑的青年摆出一个"大"字，一身被猪屎尿浸得难以识别的迷彩服，面容尚且带着几分稚气。他眨了眨眼，扇动长长的睫毛，看来只是在这好天气里小睡片刻，努力抬起搁在食槽上的脑袋，嘟嘟哝哝地站了起来。

"我还以为所有人都消失了，除我以外。"

"事实也大体如此。我叫亭，是个机器人，最后的记录者。"

"那也就是说没有其他人咯？我是这座养猪场的饲养员。"

"这个还有待发现。我上路已有三天，到目前为止，我尚未发现其他人类。"

饲养员小伙子简直是如释重负地笑了。

"你是个记录者，那么记录我的故事吧。

"五年前我来到这里，心中还惦记远方的风景，但我接触过的大部分人类已经足够让我厌倦，也就安心待下当个养猪佬。我是个多愁善感的饲养员，和我的同事不同，他们更像是机器上的一环，这是我做不到的。

"我无处可去，也没地方想去，休假也不走，就这么每天和猪待在一块儿。大家都说我是个怪人，但是谁又真的在乎呢？铲了一天猪粪，或者清扫猪舍，护着活蹦乱跳的小猪打上耳标，诸如此类的重活干了一天，集体宿舍里鼾声大作，同事们倒下就不省人事，而我总是难以入眠，无论怎样的疲累依然无法让我入眠。

"如果一个人执着于意义之类的东西，他就再也无法得到安宁，像我一样。真遗憾，人就不能死于烦恼，也不能死于痛苦，我就这么好好的。

"在不胡思乱想的时候，和猪待在一起的日子是非常舒心的。我喂养猪，猪就像我的孩子们，而从某种程度上来说我正是他们的'父亲'。这场里有一多半的小猪都是我亲手采精、人工授精的。生命从试管里诞生。猪比人好，知情知意，它们都是我的好孩子，谁都不信，它们真的知道我在想什么。我最抑郁难过的时候，猪们会聚在我的腿边，哼哼唧唧，拱来拱去。

"小猪吃得好，就越长越胖。除了那些命好的种猪，肉猪达到一定的重量就得出栏。屠宰的活儿我不参与，但最后把它们赶出门赶上车的还是我。

"猪想活下去，谁不是呢？但是人想吃肉，这两股劲儿拧在一起，这就是这座猪场。

"无论如何，它们现在自由了。"

他满不在乎地重新躺回了粪水之中，几只猪凑了过来，哼哼唧唧地围住了他。

我定定地站着，等着猪们散开。那样不着边际的话，父亲也曾经说起不少。他一次一次地在门廊上踱步，大声地念出，并让我记下那些折磨着他的无解的问题。我只能硬着头皮将那些难解的字句记下，然后藏在一个分区中，加上注释：永不扫描，除非父亲拿三天不对我说话来威胁。但那是差不多十年前的事情了，我刚刚来到他的身边。在那之后他迷上了那片热带雨林中的植物。可能那是整个旧地，也就是整个地球上最后一批原生态的林地。在他的整个房间都被枯黄的植物标本包围之后，他就再也不曾提过那些令我头疼的问题。

猪们散开了，那一小片脏水中饲养员的身影消失了。

我关闭了记录模式，离开了此地。

4

我继续前进，发现了一座城市。与旧地不同，这里的建筑物直插云霄，破烂的汽车歪歪扭扭躺在宽阔的街道上。我小心地绕行。

自踏入这城市，我感到有声音萦绕，若有似无，节奏和力度渐强，忽又戛然而止。这让我回忆起那些从父亲那台古旧的留声机上流淌出的声音。这是音乐，我默默定义。这音乐让我想起梦中的谷仓，我循着声音向前走去。

我穿过了整个城市，沿途又见到了一些幸存者。

一座教堂里聚集着几个气若游丝的教徒，一起等待着最后的时刻，个个面色铁青，而布道台上已经空无一人。

我表明身份之后，众人发出嘘声驱赶我这人工的造物离开。

只有一个老妪悄悄追上了我，奉上《圣经》一本。"拿着吧，里面有我最新加上的一章。"老妇神秘兮兮地说。

待她走后，我将那书扔在街角。

我穿过一座巨大的美术馆。白色的大理石柱支撑起广阔的大厅，一人多高的画作散落一地。一个长发的身影扑在画上。

"来！过来！"那人注意到了我，猛烈地晃动双手。

他身下是一幅巨大的油画。我慢慢靠近，注意到画上都是些棕黄肤色的女性。[1]

"这姑娘手里的果子，甜过这里的所有的味道。我就知道，我就知道……我是个行家，这是最好的画……"他开始喃喃自语。

"你也是个画家吗？"我问。

"算不上，我画的只是些蹩脚货，不值一提。这不重要，你得尝尝这个……"他又俯下身去，伸出了血红的舌头。

我礼貌地向他道别。

5

夜晚降临的时候我循声到达了城市彼端。

高高的铁丝网割裂出一片建筑。我侧耳倾听，视线所及之处只能看到一座高塔，一只白铁皮大喇叭高挂，这就是那声源所在。

我绕着高墙缓缓摸索，跨入一扇红色的铁门。

---

[1] 高更名画《我们从哪里来？我们是谁？我们往哪里去？》。

眼前是一座巨大的堡垒，黑色的门洞像张巨嘴，牙关紧闭。这儿可不太像那梦中的谷仓，我驻足在这门前。

门轰然打开，一个须发皆白的老头子从里面冲了出来。

"咱们得快点，我的机器人小朋友。"

丝毫不容答复，他拽着我冲了进去。

电子控制的大门轰然打开，显示出这里的供电系统运转良好。

我疾步追上老人。

直到最后一道金属门升起又闭合，老人才放开了我。这房间遍布仪表屏幕，灯光闪烁忽明忽暗。

老人冲到键盘上敲击起来。

啪啪啪，啪啪啪啪。

"我循着那声音而来，请问……"我试探着说。

"那是拉威尔①，末日的味道！叫我教授。孩子，咱们得快点。半衰期实在是太短了。"

"半衰期？那不是说……"

"这是个比方，我们用来指代人类消失的速度。"教授烦乱地挥了挥手。

"十六天以前这研究所共有二百六十人，而我已经在这独处五天，根据人数记录，半衰期为一天，即每天人数减半。现在我还存在，这简直是个奇迹。"

"你们这儿的电力供应良好。"

"最古老的技术，柴油发电机。太阳能电池板出了些不可救药的问题。"教授直摇头，"尤其是这种乱糟糟时候。我是指我们曾经有数个比你先进百倍的机器人服务于此。都怪那道天杀的禁令，现在都变成了一堆废铁。你一定是从什么乡下地方来的，我猜猜，旧地？"

"正是。"

---

① 莫里斯·拉威尔的《波莱罗舞曲》。

"那还用说！来看看这些。"

我凑近屏幕，只看到一些杂乱的波形。

"当然，当然。"老人开始暴躁地说道。

"简而言之，这是些被观测到的高能粒子波束。"他似乎每做一次解释就经受着极大的痛苦。

"这个我知道。"

"你知道什么！"教授又忽然变得气呼呼的，"你听说过蜻蜓的故事吗？"

作为一个家用机器人，我迅速检索了八千个标签为"蜻蜓"的故事。

"不知道。"我摇了摇头。

"它们的幼虫，一些水虿，快快活活地住在一个水塘里，自由自在，每天晒晒太阳，吃点别的什么小虫。但有件事情一直针锥般刺挠着它们的内心：它们不知道自己自何处来，而一旦长到一定的大小，它们的同伴就会消失不见，它们也不知道会往何处去。

"当然我们都知道，水虿到了一定年龄会顺着水草爬到茎秆顶部，在那儿它们蜕壳，化为成虫。但是它既已脱去腮叶，羽化登天，就没有办法再去通知水面下曾经的伙伴们。"

"你的意思是？"

"你大概从来没有观察过夜空吧，孩子。"教授叹了口气。

"我一路匆忙。"

"现在还不到时候，但你记得去看看夜空吧，孩子。"

"我会的。您还好吧？教授，您的脸色不大好。"

"我很好，只是有些累了，都记下来了吗？"

"是的。"

"这就是我要说的，你能够去思考的时间还有很长，长得可怕。不论我们是遁入虚无，"教授坐了下来，"还是变成其他什么。"

他摆了摆手："去看看夜空吧。"

分　泌

灰　海

众神创造物中只有我最易朽
带着不可抗拒的死亡的速度

——《祖国》海子

　　每个天光未明的早晨，是守墓人一天中最幸福的时刻，他总要在这半睡半醒的混沌中流连好久。揉眼、叹气、大声咳嗽，一整套程序之下，半僵的身子终于慢慢苏醒过来，准备迎接一天的苦役。但今天他的这段幸福的时光没了，散了，他在床头的少年夸张地大吵大闹中猛地醒来，然后就在少年一连串的辅助动作之下：套上衣服，走出小屋，挪到海边。

　　少年闪着眼睛望着他，像听他之前解释岛上的一切一样，等待着他对这堆沙滩上亮闪闪的怪东西给出一个解释。

　　守墓人一路嘟嘟哝哝地抱怨着少年，他左腿根有旧伤，在这个快要降雨的阴天疼得厉害，只能一跛一跛地行走。忍痛走了这么远，终于看到了这团搅乱他清梦的东西，他瞪大了双眼，望着那一大堆破破烂烂的金属。

　　"这堆玩意儿，从哪儿冒出来的？"他质问少年。

　　"早上我刚准备出海，在沙滩上发现的，应该是海浪卷过来的。"

守墓人走到那堆金属旁，他用手触摸着奇形怪状的金属破烂。那东西像一截被蛀空的树干，表面还横七竖八插着一些腐朽的枝干，暗淡的表面附着油腻腻的海草，艰难地泛出些金属色的光彩，看起来真是恶心。但他浑然不在意，他那只斑斑点点的手像抚摸着年幼的少年的头一样轻轻抚过金属表面，又忽然缩了回去。

"这到底是什么？"少年满怀期待。

"它不是任何一物。"守墓人冷冷地说。

"你怎么会不知道呢？你不是什么都知道吗？"

守墓人不接少年的话茬儿，努力挺起有些佝偻的腰杆，说："我们作为守墓人，要为蓝星（他指了指空中那暗淡的大星星），维护好岛上的整个运转体系，组织浮棺们规律性地运转，这是第一要义。维护灯塔的运转，这是第二要义。两大要义之外，我们也要尽力维持岛上的生态，这个当然也是很重要的，我们得活下去，我们的后代也得活下去。多年前那次风灾之后，蓝树林已经少了很多，产出的果子也只够果腹，这些蓝树果只够我们两人生存下去，如果不好好维护，恐怕今后我们的饮食都不够了，那我们也就完了。我在你这么大的时候，可是挨过饿的，差点就没熬过去，没了我，也就不会克隆出这么一个你了，你要引以为戒。除此以外，哪里还有精力顾得了别的，我已经时日无多，只希望你把这职责好好维护下去，你可少分点心吧。这堆金属堆在海边也是捣乱，小心被海浪卷回海里碰坏了浮棺，你把它们埋了吧。"

少年听了这一大堆话，觉得哪儿不对劲，但一时找不到话来反驳。

"我先回屋了，你加把劲儿。"老人背起了双手。

少年要上来搀他，被他挥挥手挡开了。老人一边咳嗽一边撑住身子，背着手离开了，右腿的毛病让那条腿不好承重，他一高一低地走远，留下一个背影。

守墓人知道，少年出生后所有的记忆仅限于这颗小小的星球，关于这个星球，他们生活的孤独的小屋，小屋所在的突兀的小岛，小岛周围茫茫的灰海，还有灰海之上那成千上万延伸到天际的浮棺，少年的一切认知都来自自己的讲解。他也知道，近来自己的话是越来越作不得数了，少年对这灰海外的世界产生了兴趣，这堆金属更是让他兴奋不已，他只是表面上仍旧诺诺，心中怕是不会就这样放下这件事。

为了断绝少年的胡思乱想，守墓人派他去打扫实验室，少年诞生的地方。

经久不开的实验室中灰尘满天，那些高高低低的架子上满是闪闪发光的器具，簇拥着正中一人高的玻璃罐，那正是少年孕育成形的罐子，从一个胚胎长成一个白胖的婴儿，再被老人双手捧住，高高举起，带到这世上。现在这里积着经年的灰尘，罐子上攀着牢固的陈垢，等着少年去大干一场，少年沉默地一遍遍擦洗着，却越来越憋住了一口气。

他干活，一声不吭，但再也不和老人一块儿蹲在小屋门口吃蓝树果，他走到远远的树林里去摘树果，然后就地坐下，独个儿细嚼慢咽。

老人知道少年负气，蹲在屋前独自啃着树果，好几天后终于觉出了蹊跷，他尾随少年悄悄走进蓝树林，发现少年胡乱摘几个果子，三两口啃完，便走向了那堆金属。

那堆金属，现在能看出来是一艘金属船了，被少年从地下挖了出来，表面的泥擦得干干净净，摇摇欲坠的零件重新归位，朝天翻转，透明的外壳露在上面，像一只闪闪发光的甲虫，藏在树林之中，远远地还真什么也看不出来。

守墓人把少年带回小屋前，他决定正视这个问题。他令少年向远处的灯塔跪下，苦口婆心地再次复述了一遍守墓人的职责，职责之外，所有外物皆为异端，莫受蛊惑。

少年颇不服气："这金船里配有图解，驾驶着它能飞到那颗最大的蓝色星星上去，你不想离开这个小破星球去那儿看看吗?"

"很好，很好，你还是看到了，我就知道你会看到的。"老人没好气地说。

"但你怎么能相信一艘船上的图画，你怎么知道它不会夺去你的性命?"老人继续说。

"最近我一直做梦，梦里我看到那颗蓝星。它可比我们这颗星星大多了，那上面是各种奇怪的东西和人，全是我从来没见过的。"少年说。

"我真不敢相信你宁愿听信于梦中的幻想，而不愿相信我。"

老人怒视着少年，但少年这次毫不退让地瞪了回去。

"你总是让我在这儿一遍遍干那些杂活，但那不过是些重复，多少遍的重复。"少年说。

这样过了一会儿，老人垂下了目光，他叹了一口气:"这些本来不应该告诉你，我像你这么大的时候，也曾希望修好这金船。你知道吗，它就是我从这地下挖出来的。"

少年惊诧地望向老人，老人继续讲述着:"我也曾经那样向往那颗蓝星，我努力修好了这艘破船，背着我的前辈们让飞船飞起来，但刚飞到半空，就出事儿了。飞船晃得越来越厉害，我怕极了，最后一声巨响，好像所有东西都要散架似的，整个坠落下来，和我一起掉落在这灰海里。对，没有风灾，那些蓝树林就是被它们毁了。飞船的几块残骸被风吹进了蓝树林，半个岛都快烧没了。我从海里爬起来，捡回了这条命，但永远落下了腿伤。我铸成了大错，我的前辈们在火灾中死去，整个星球差点毁于一旦，唯一幸存的前辈甚至没过多责怪我，但我不能原谅自己。岛上的生态已经完全破坏，只能容我们两人生活。我犯过的错，决不能让你再犯，你有任何的闪失，我们和岛就都完了，你得把这一切传承下去。"

"每天总是单调的重复，一代代的守墓人诞生、死去，这个星球永远是单调灰暗，这种延续又有什么意义?你就不想去看看那蓝星的样子吗?"

守墓人一阵咳嗽,勉强靠着树站稳:"我怎么不想呢,如果我不想,为何要冒险去开那飞船,如果我不想,我为何在这岛上坚持到今天? 你不认为这守望中包含了更多的希望吗?"

"你是说我们还要维持这个岛屿,这种苟延残喘还有任何的意义吗?"

"当然有意义! 我们是为了解决那蓝星上的生死存亡问题而存在的。"

"希望在蓝星上,不在这灰海上。你总说那蓝星上遇到了危机,我们要替他们想出解决办法,但我们离开这里,直接去帮他们,不是更好吗? 我们这思维站究竟怎么运转? 又真的有意义吗? 你也不了解吧,为什么不直接去蓝星上看看?"

"你啊,你想过后果没有? 你想过你的安危,这个星球的安危没有? 我是克隆出了你,才做好准备撒手而去,而你有继任者吗? 孩子,那时我还不明白,但现在我已经懂了,我们每个人都肩负着自己的使命,这使命或许已经在时光中模糊不清,但也不是任性就可以躲开的,为我举行那个仪式,也是你的使命。"

少年一时语塞,他想说"管他的使命!"但他终究没有说出口。

老人自然不会以为劝服了他,又是一阵"职责""任务""生死存亡"讲了一通。

少年被这些听烦了的大道理打得头晕眼花,根本无从反驳,只是反复说:"你说得都对,但我不同意。"

守墓人知道他听不进去,但别无他法。他决定自己动手来解决这件事,立即、马上。他曾经拖着这条坏腿在这岛上勤勤恳恳地劳作,本以为重任已交给少年现在他又拖着那条坏腿奔忙起来。

老人不知道哪里生出的力气,他拿绳子绑了金船,拼命拖到岛屿另一面的大泥坑边,一气推落下去。这几十米深的泥坑中陷着千万年来落进去的东西,从干枯的蓝树到动物的残骸,从没有东西能再逃出来，他看着金船的头栽进烂泥里，总算放下心来。

守墓人希望少年远远离开岛屿，正好自己的腿也疼得越来越不像话，便把维护灯塔的活儿全交给了他。老人干脆啥也不干，就坐在岛上的高地遥望。

少年划船，渡海，攀上灯塔，擦亮激光射头，上好机油，让如柱的红光直冲云霄。再嗅着风，在西风把棺材们吹到灯塔另一面时驱着小船回港，把小船靠上水藻纠缠的港湾，灰茫茫的海面升起如烟的雾气，他便踏着这雾气回家，老人迎上去拍拍他的肩膀，又是一天的终结。

单调的生活一经展开，便又是日复一日的重复。直到一日，夜里响雷打过，这雷声惊醒了老人，而电光照亮了老人身边的空床。

守墓人起身去寻，但根本寻不着少年，雨中，他奔向码头，发现小船也一起消失不见。老人跑向另一个废旧的港湾，坏腿也飞快点着地，完全感觉不到疼痛。他推出了一艘废旧的小船，将小船划出港，浑身满是愤怒的力量，好像一下子回到了年轻的时候。

老人在雨水中不知疲倦地划着，幽深的灰海顺着船桨一下一下吞没了他的力量，直到他的两臂都失去了知觉。他伸着双臂发愣时终于远远望到了两个漂浮物，这让他涌起了力尽之外的新力，划近过去：那艘金船的盖子被掀开，漂在海面上，天知道少年怎样把它捞出了泥坑。旁边浮着那艘小船，还有好几副浮棺，表面的十字架被抠掉了。那些抠下来的亮闪闪的宝石都堆在金属舱里，少年就坐在这堆宝石之中摆弄着，根本来不及把它们藏起来。

毫无疑问，少年犯下了严重的渎职罪，守墓人把他带回了小屋。一路上两人都一言不发。

"你犯下了严重的渎职罪。"直到走进了小屋，老人阴沉地说。

"是，但我不认为我错了。"

"你在这儿好好反省。明天，我会把飞船拆成碎片。"老人说。

"如果你这么做，我就去死。"少年竖起双眉。

"你先好好冷静冷静。"老人说。

守墓人锁上了实验室的门，而少年将门踹得山呼海啸。

那晚，守墓人蜷缩在潮湿的被窝里，还在想该怎样处罚少年以给他留下永久的教训。自己将不久于人世，这孩子仍如此让他操心。他内心惴惴，怎么也无法入睡，一直到了下半夜，窗外那颗巨大的蓝色星星升起来了，屋内被微光照亮，他抬头望向窗外，那蓝蓝的幽光多么让他向往，但，唉。

直到被一声巨响吵醒，他才发现自己睡着了。他不知道实验室那儿出了什么事，狂奔过去，打开门，那巨大的玻璃罐已是一地碎片，少年摸出了一把尖刀，显然是从实验室的器材堆里找出来的，他紧握着刀，抵住自己的胸膛，眼中尽是疯狂：

"把飞船还给我，否则我就杀死我自己，永久的重复对我来说毫无意义。"

老人说："不、不要冲动，你不要轻视自己的生命，你意义重大，我跟你说过……"

少年打断了他："我数十下，你做决定，如果你把飞船还给我，随时打断我，十、九、八……"

"别！别……"但守墓人的话语就此戛然而止了，他是一个诚实的人，做不出虚假的承诺。

少年眉头紧蹙，飞快地数了下去："三、二、一！"

他闪亮的眼睛最后看了老人一眼，尖刀刺了下去。

守墓人整个身子扑了上来，抢那尖刀。老人的生命中爆发了无穷的能量，一下便将那刀抢了过来，但他的力气实在太大了，那刀一下子捅进了自己的胸膛。

鲜血涌了出来，老人倒在了血泊中，瞬间，他的眼中只剩一片迷离。

"记得，记得，那个仪式……灰海。"

少年抱住了老人，他的眼泪涌了出来。

灰　海

"不！"

"答应我，答应我……要快……"老人的呼吸戛然而止。

少年呆滞地抱住老人，他在心中一遍一遍想着将去的天空，一片染上了血色的天空。他这样子没有过多久，窗外，太阳升起来了。老人的躯体冷了下去，少年看着老人始终没有合上的双眼，下定了决心。

少年抱起了老人，第一次觉得老人的身子是那么轻。他小心翼翼地把老人放在手术台上，面孔朝下，后脑勺朝上。找出了那个尘封已久的盒子，取出了那些银光闪闪的器具：刀、手锯，拿起手锯锯了下去，在他的头骨后侧开出一个椭圆的创口，剪开硬脑膜，像剥开蓝树果的果皮一样向两边扒开，血淋淋的沟壑起伏的大脑就整个暴露出来了。他斩断所有勾连，两只手探进整个颅骨，举起了整个大脑。

奇怪，身子已经冷了，这大脑却还是温热的。

他双手捧着这个温热的大脑，往外走，一直走到灰海边码头的尽头，双膝跪地，将大脑放入水中，就像放生一尾鱼。

大脑静谧无声地坠入了灰海之中，消失在了水中。

在水中，守墓人的大脑向灰海深处坠落，在一片黑暗中沉沉浮浮。

忽然，无意识的黑暗被点亮，而光亮代之，那光虽微弱，但他忆起了一切，也察觉了一切，他在这混浊的海水中，感到自己可以发声，但那不是话语，而是他的思想，只要那思想足够明晰，似乎便能发出声音，于是，他尝试在一片混沌中集中精力，这很难，但他试了几次，似乎成功了。

守墓人问："我这是在哪儿？"

混沌中有一个人回答，声调沉稳："在灰海里。"

守墓人问："你是谁？"

有人答："你的先行者们，我们全为一体，现在你也加入了我们。"

守墓人看到，不是通过眼睛，而是某种更直接的感知，画面浮现：死灰色的深海之下，万亿个黏稠的大脑泛着粉红色的微光，在其中沉沉浮浮，时聚时散，以一种毫无韵律的节奏，舞动着一首寂灭已久的思想之舞，大脑们照亮了混浊的海水中纷乱不休的尘粒，让这画面更加妖异难言。

他问："你们为什么在这里？"

"思考那个问题。"

"蓝星的存亡？"

"思想体还太弱，意识力尚不足，探究问题为时过早。"

"我不明白，那我们还在这里干什么？"

"存在，感知，思考，汇入我们的思想体，和我们一起思考，共同的大脑，共同的眼睛，你还可以去看。"

"怎么看？"

"用我们那些蓝树上的眼睛。"

守墓人看到了整座岛屿的样子，以一种快如闪电的遍览。

他看遍了这颗无名的星球，他看到了灰海、小岛、灯塔、蓝树林、他的小屋，这片他从生到死的地方，原来这么小，他甚至看到了过去，看到了一架闪着光的飞船，然后是守墓人们，一代一代，一群一群，蚂蚁一样忙忙碌碌，最后，他看到了自己，看到了少年，看到了少年在码头的尽头，双膝跪地，将自己的大脑放入了水中。

他努力继续向前看，但画面到此为止，再往前，只有一阵密集的浓雾。他看到了过去，每一个细节都栩栩如生，但他看不到未来。

一切又安静了下来，他开始思考那些在过去的岁月中困扰他的种种问题，现在他有了足够的时间，这时间长到令他害怕。

他终将思绪跟灰海中亿万个大脑相连。极寒的灰海中，只有联结是温暖的，他汇入那阵带着暖流的思绪中，接收、联结、成为一个节点，去思考那个大而又大的问题，那个问题确实太大了，他只是摸到了一个边角上的边角，但这对他来说也够了，他很快习惯了那种有节奏的思绪流，以一种有节奏的规律摇摆起来。

不知道过了多久，他从那阵暖流中醒了过来，又想到了那些冰冷的往事。

少年，也注定飞不出这里的，宿命就是宿命，他想着。但又有些别的希望，在那一片迷雾中难以望穿的未来中，是否会有些不一样的光彩，他忍不住去看。

守墓人看到了少年蹲在灰海边，滴落了一滴泪水。又不知过了多久，他又看到了天空中划过一道闪光，在灯塔上空消失，飞船尾翼的光线，冲向重重迷雾中的天空，一往无前。

少年还是离开了这里，他想。

分　泌

情　书

人们常说凡造物主创造的一切，必有其用。

但小行星I121522525121似乎被排除在了这条规则之外。这颗小行星位于两个繁荣星系间的交通要道，却没有像它的邻伴一样成为星港。它只有岩石没有矿藏，只有极寒没有暖阳，只有飞沙没有鸟啼。

一旦确定了这颗星球的编号，无利不往的商船队都吝于往这儿投射第二束探测波。

这颗一无是处的星球上是终日狂舞的沙尘，沙尘中挟裹着无数个铅筒。这就是这颗行星唯一的特别之处了——就连这一特点都倒霉透顶，关键在于位置，用宇宙通用的星际坐标定位这颗星球，它的坐标跟人类古老的母星地球只差了一个数字。在手动输入母星坐标的年代里，无数的飞船都将珍贵的星际胶囊误投到了这里。

这些胶囊本该穿越重重星海，在翘首期盼的人们手中展开，却停滞在了这座信息坟场里。它们舞了又停，停了又舞，终有一日会在时间之墟中归于死寂。

在这许许多多的胶囊中，有四颗胶囊，它们总在一处飞舞，一处停留，钛壳之下的金属棒中储存着以下内容：

亲爱的贝瑟芬妮：

无法不给你写信了，窗外正掠过一颗壮美的红巨星，驾驶舱笼罩在暖烘烘的红晕中，各种仪器投射的阴影在地上闪闪烁烁，我就仰面躺在这驾驶室的地上。

如果你在我身边，一定会醉心于窗外的美景，此时的我却无心欣赏，它让我记起离开母星那天的夕阳，那天你柔软的亲吻，它一直轻轻地落在我的每一个梦境之间。我独自出航已有一百四十二天，并不是每天都这么脆弱无力。

我已经先后在十六个星群上着落，探测了每一个可能储存着晶石矿的星球，得到的却总是只有失望。

在每一个自由星港，无数个失望而返的船长在酒馆里揪着我的耳朵大吼：晶石矿已经被挖光了！没有人再找到新的富矿星球了。

但是我也见到了一些和我一样的怪人——仍然驾着船驶向宇宙偏僻的角落里，他们的眼里闪烁着希望，跟我分享着独门的航线和寻矿的秘诀，我一一谨记在心。

和这些人给我的希望一样，我总能寻到些蛛丝马迹，在上一个星系，我甚至第一次找到了尚未成形的巨大矿脉——仅仅只需要两百万年便会发育成形！真是太可惜了。

但这起码说明了我的探寻方法卓有成效，我想我马上就要找到富矿星球了，那时候我会带着满舱的金比特谦虚而归，请你不要担心，那时我绝不会像那些碰着了大运就趾高气扬的家伙，他们让我反胃。

虽然暂时一无所获，但这浩瀚又美丽的宇宙让我着迷，并一再安慰我焦躁的心，我从出生起就盼望着能在这无边

分 泌

的星海驾着飞船遨游，更别提还能在其中寻找它的宝藏。

当然了，命运也偶有眷顾于我，我幸运地避开了几场离子暴，并且再也没有让我的船陷入这样的危险当中，请不要再为我担心。我越来越熟悉我的船，每过一天都更加和它融为一体，也越来越了解这星海中的一切，真希望你在我身边，看看这些壮美的星体，它让人感到渺小，又为自己的渺小而振奋。

我一定会带着满仓的晶石矿回来的，我知道并没有权利让你为我等候，当然啦，在上个自由港我遇到了我们共同的朋友蕉尾，他说你依然在为我等候，我无法说我不为此稍感欣慰。

丽萨和叽里咕在储藏舱休息，希望他们不会发现船长正躺在驾驶室伤感，不然我一定会被他们放声嘲笑，他们真是世界上最爱嘲笑人的伙伴了。

明天我将起航前往巴赫星系，希望能在那里找到一点好运气，芬妮，为我祝福吧。

想念着你的，虎杉

2802 年 11 月 6 日

亲爱的贝瑟芬妮：

我不知道你收到这封信是什么时候，在晨曦中，在日暮中，还是在流星雨下？无论何时，请你相信，我都在深深地思念着你。

我刚刚离开巴赫星系，在那里我交上了好运，你猜怎么样？我找到了一处晶石矿脉！那时候我还以为自己马上就能回到你的身边了！我们把矿石运到了最近的自由港，但那些该死的检测员却说矿石的品质非常一般。

我们立马注册了这座星球，卖掉了采矿权，拿到了一笔钱，老实说，完全没有多少钱。

我该怎样做呢，跟丽萨和叽里咕分掉这笔钱，然后卖掉飞船，用最快的速度冲回到你的臂弯中？

不……我不能那样做，我不能说完全没有想过这种事儿。我们的碧湖和那艘小舟，我们共乘的小木舟一直出现在我梦里。我经历的冒险让我越来越清楚，终有一天我会回到母星和你在碧湖上泛舟，那将是我生活的着落，但我不能就这样回来，至少不是现在回来。

我现在已经相信，我的寻矿方法是完完全全正确的，我只需等着幸运女神的垂青。

我终会在你的臂弯里跟你讲起这些冒险故事，但不是现在，绝不是现在，如果现在归来，我会在碧湖上终日幽叹。

我做出这个决定后就马上添置了补给，翻新了飞船，现在正在前往柏辽兹星系的路途上。

芬妮，你会原谅我的自作主张吗？

虎杉

2803 年 5 月 2 日

亲爱的贝瑟芬妮：

柏辽兹就是个地狱！但我还活着。

狂风、黄沙、刀子一样的烈日，不把护目镜调到最高护率，就不敢睁开眼睛。

每个夜晚我都要把飞船深埋在黄沙下躲避雷暴，第二天天刚亮又要在泥浆似的强酸雨中起航。

这里的原著民不太欢迎我们，比我还高大的虫子，排成纵队冲到飞船边，锯齿一样的牙齿在飞船外磕磕地啃食，留下一连串的小坑。他们从一个星球追着我们到另一个星球，那啃食的声音常常穿透梦境，把我从碧湖和小舟中吵醒。

最可怕的声音不是从外面传过来的，而是飞船上无穷无尽的争吵。我坚持要找遍柏辽兹星系上所有十个行星，但结果比失望更加失望，我让我的船员们都失望了，但这是唯一不错过任何一处矿脉的办法了，我有什么错？

丽萨最终离开了，她不相信我们还能坚持下去，她离开的时候不能算得愉快，我们都没有为她送别。如果你见到了她，请你握着她的双手，用你那温柔的声音告诉她，我已经不恨她了，而且感激她和我们在一起探险的每个日子。我想，以你的温柔语气转述，她一定会和我达成谅解。

叽里咕还在我身边，他的勇气和坚毅超出我的预料，我们准备再去马勒暗角碰碰运气，那里一向是产矿率最高的地方，为什么我们之前一直忽略了那里呢？我们担心水底那些巨大的怪兽吗？但还有什么比柏辽兹星系的大虫子更可怕的呢？

什么也比不上再也见不到你的恐惧，我会尽快赶去马勒暗角，如果在水底找到了矿脉，我就能尽快与你相见了。

这些日子我经常忘记你的样子，我会把你的图像一遍一遍地温习，但记忆真是个奇怪的东西，我一直记得你的吻的重量，还有你的手轻轻的触感，你的玫瑰香水的味道，这些印在记忆中都不曾褪色。

我想我们相会的日子不远了，请再最后为我守候一阵子。

虎杉

2804 年 10 月 6 日

芬妮，芬妮：

　　到处都是水，船尾裂开了条口子，有什么东西一直在撞击船体，一切都无可挽回了。

　　叽里咕已经停止了呼吸，对于他的信任，我万分感激！他始终支持着我直到最后一刻，支持我这样一个机器人做船长，我却辜负了他！我的肉身将在此陪他长眠。

　　你后悔爱上一个机器人吗？我也辜负了你的爱吗？只有最后的时间了，我要把我意识内核的备份塞到铅筒里，请让将它在一具新的躯体上复活。

　　当你拆开这封信的时候，我就回来了，我爱你。

虎杉
2832 年 12 月 16 日

　　以上是金属棒上的全部内容，它们以一种仅由 1 和 0 构成的单调代码存于铅棒之上，完好地封存在四颗胶囊中，好像四只劲头凶猛的野蜂，在这风沙中狂乱舞蹈，你追我赶，它们将在这没有生命的荒原上一直舞蹈到比任何真正的生命都接近尽头的尽头。

分泌

礼　物

我在梦里。

不要问我是怎么知道的，每一天我都会做梦，我清楚现实和梦幻的区别。在了就是在了，知道了就是知道了。

我抱着膝坐在高高的山坡上，仰起头，闭上眼睛，让暖和的阳光落在我的脸上，让习习的凉风吹在我的脸上，这真是个不错的梦。

我慢慢睁开眼睛，注意到小河坐在我旁边。

"你怎么在我的梦里？"我觉得奇怪，并且注意到我们坐的有点近，近到，有点让我脸红……

小河是我的同事，我们同在一个实验室工作。他比我大好几岁，但清清爽爽，眼睛很亮，一身少年味。他有一个十分要好的女朋友，跟我这种木讷的理科生不一样，是一个画画的女生。最近他们在忙着逛开售的楼盘，看来就要结婚了吧。

我知道，我都知道，但我仍喜欢他清清爽爽的样子，也喜欢他亮亮的眼睛，最喜欢他的少年味。

好吧，我喜欢他，这事情已经很久了，但我没有让任何人知道过。

现在，在我的梦里，他坐得离我那么近，用亮亮的眼睛望着我，发丝飞扬。

"你怎么在这儿？"我偷偷用眼角看他，不由自主地往旁边挪了挪。

他却直视着我的眼睛："这个梦是我送给你的。"

"送给……我？"

"这是我送给你的一个多重宇宙，完全独立于现实世界的另一个世界。"

我疑惑地看着他，他目光坚定，脸上带着笑，不像在开玩笑，他在学术上很严谨，不是那种会乱开玩笑的人。

"理论上成立。"我说。

"当然。"

"在这里做的事会影响到现实生活吗？"我小心翼翼地问。

"不会。"

"会破坏你现实宇宙中的感情吗？"

"不会。"

"会伤害到任何人吗？"

"不会。"

"为什么要送给我这个梦？"

"因为我相信一些现实生活中没有的东西。"

"什么东西？"

"我相信两个人心底深深的联结，那会超越所有的东西。"他说。

我犹豫了一会儿要不要继续说，他带笑的眼睛似乎在鼓励我，我就说了："在这里我们也有机会相爱一次吗？"

"是的。"

是的，他说了，我听到了。我觉得我的胸中忽然被什么填满了，而那高高的山谷、满谷的黄叶、落在我脸上的阳光和风都无比生动了起来。

"那我们就从这里滑下去吧！"我叫道。

他没有说话，而是直接跳下了山坡，哧溜哧溜滑了起来，我也

分　泌

赶紧跳下山坡，青青的草皮从我们的身边飞快地掠过，我们一直滑到山谷底下，滑进满山满谷的落叶之中，好几只大乌鸦被惊起，从我们身边怪叫着飞去。

我奋力钻出了落叶，却发现不知道什么时候拉上了他的手，躺在了他的怀里。

我一动不动地躺在那儿，留念着那点温暖，这样就很好了，很好很好了，我呆呆地想。

我想永远地留在这个梦里，但没过多久，现实世界里渐渐明亮的天光照了进来，我徒劳地抗争了一会儿，整个世界还是一点点在我面前肢解了。

小河、落叶、山谷和他都消失了，我只是无能为力地看着，直到醒来，眼前只有我那狭小的出租屋冰冷的天花板。

那一瞬间我恍惚了，我搞不清楚我究竟身处哪个宇宙，是真实的宇宙，还是梦中的宇宙，还是无数个可能性的宇宙中的一个？如果真的有无数个宇宙，这是较好的一个还是较坏的一个？

我花了一会儿去感知和熟悉这个宇宙，让理智渐渐控制了自己，对，这只是我的无数个孤独的日子中较为疯狂的一个罢了。我再次进入了那个惯性的角色。对，我要起床，我得去上班。

我起床、穿衣服、洗漱，把自己挤进沙丁鱼罐头一样的地铁，通过重重的人面扫描身份识别，走进我工作的灰色的大房子。

一间办公室门口挂着加来道雄①理论物理实验室的牌子，这就是我工作的实验室，我推开这扇门，深吸一口气，最后整理好心情，走了进去。

刚一进门就要经过小河的办公桌，而我的桌子在他对面。他的屏幕上闪耀着无数个不规则的小点——我们的多维理论宇宙模型。他已经端坐在电脑前干活了，他今天穿着浅蓝色的棉衬衫，看起来

---

① 加来道雄教授是超弦理论的奠基人。

还是那么的清清爽爽，那么的少年味。他桌子整整齐齐，最外面放着一张他和女朋友的合影，两个人都笑得那么开心。

我轻轻地从他后面走过去，不想打扰他。

但我从那张桌子前走过去的时候，他朝我转过了身，或许是我的倒影映在了他的显示器上吧，又或许是一个巧合，他向我打招呼："早上好。"

"早。"我赶紧说。

"生日快乐!"

"啊？今天是我的生日?"我想了想，对，就是今天。

"是啊。喜欢我送你的礼物吗?"

他眯起了亮亮的眼睛，对我笑着。

我的完美外公

——献给我未见过面的外公，我想念你。

引　子

我的外公已经去世很久了，我很想念他。

在他活着的时候，我没有见过他。爸爸妈妈说的和我记得的不一样，他们都说小时候我是见过他的，但太小时候的事情我都不记得，那时候我几岁？两岁？三岁？我记事情晚，三岁前的事情我都记不清了。

在他故去之后，我倒是见过他许多次。每年地球历的清明，我都会在西天见到他。在那一天，我散布在各个星球上的亲戚们，哪怕是远迁到银河系臂旋的那一边的，都会一起浸入网络，来到西天。

西天是一片靠海的草原，耸立着无数的白塔，初升的太阳点亮草地上的水珠的时候，爸爸妈妈带着我，踏着湿润的草地，寻到外公的那座白塔。外公就站在白塔前，一身灰色的中山装微微泛着光芒，身子挺得笔直。活着的亲人簇拥在他身旁，拉着他的手说个没完，素来强硬的外婆一直流着眼泪。

他是我的完美外公，也是他们的完美亲人，大家都很想念他。

而我，站在人群的最后头，直到大家的话儿都说光了，眼泪都流尽了，才被爸爸妈妈拉到外公跟前。我跪在他身前磕一个头，站起来，外公会摸一摸我的脑袋，问我升到小学几年级了。他的声音是那么慈祥，我诺诺地答着，却不知道该跟他说些什么。

爸爸看我们实在没有话可说了，就把我拉开，再让妈妈跟外公单独说一会儿话，他不知道，我也很想跟外公单独说一会儿话，因为他是我的完美外公。但在那个夏天之前，我从来没有得到过这个机会。

入　夏

那一年的夏天特别漫长，蝉们在枝头拼命啸叫，热浪卷得到处都是，江城的星船舰队却迟迟没有归来。

城里开始出现风言风语，我的爸爸妈妈就在那未归的舰队中的一艘上任职，那艘星舰叫作"灶王号"。但我不太为他们担心，每个周日晚上，他们会和我一起浸入网络，就好像我们还生活在一起那样，他们告诉我一切都好，只是遇上了些离子暴什么什么之类我无法理解的意外状况，还要再耽误些日子才回来。

我盼着他们早日归来，这样我就不用每天放学后都缠着同学下星棋，直到拖得那么晚了才回外婆家，爸爸妈妈不在的时候我就住在她那儿，但我总是不敢回去。

太阳下山以后，其他同学都回家了，我只能磨磨蹭蹭往外婆家挪，推门进去，屋里是一片漆黑，我硬着头皮咳嗽了一声，整个大厅被如照的灯光点亮了，灯光随着呼吸一起一伏，映出外婆独个儿在椅子上坐着的背影，真不知道她在黑暗中坐了多久。

"我回来啦！"

我尽量欢快地叫了一声，想驱走这让我害怕的凄苦气息，然后就屏住呼吸，跑到饭桌旁边。饭菜都已经凉了，我端起饭碗就扒拉起来，尽量吃得悄无声息。

但外婆还是说话了。

"我知道你不想回我这儿，你干脆就别回来呀。"外婆嗓门比平时还要大上许多。

"不是的，是同学留我一块儿写作业。"我连忙辩解。

外婆像没听到我说话，继续说："我知道，你天天的在外面不愿意回来，是嫌我老了，嫌我没用了，不能陪你干这干那的，你只想跟你爸妈在一起，你这个没良心的，他们今天刚给我捎了消息，说下个星期就回来了，你赶快回你的家去吧。"

我愣住了，放下碗筷，再也吃不进半口饭。我想，我今年都不想吃饭了。

外婆越说越生气，最后哭了起来。

她说："要是……要是你外公还活着就好了，他最爱陪着小孩玩，能带着你玩……带你看书画画下棋，他样样都好，不像我，一点用都没有，你就不会嫌住在我这里没意思了。"

"不是这样的，不是这样的，今天真的是在学校写作业写晚了。"我徒劳地分辩着。

外婆哭了一会儿，哭声戛然而止，两眼无神地坐着。现在，我想安慰她都没有办法了，我知道她又浸入了网络，但不知道她就算找遍整个银河系，又能找谁去哭诉。

归　家

第一片秋叶落下的时候，江城的舰队回来了，比预先的时间晚了足足两个月，但总算是回来了。

这两个月也是我跟外婆小心翼翼相处的两个月，我想熬过父母回来前的日子，还能让这些日子尽量好过些。每天我都硬着头皮早早地回家，跟她一块儿看浸入式的老电影，外婆年轻的时候是研究脑神经的科学家，她爱看的电影也很古怪，她爱看的电影我都不爱看，我爱看的电影她都不爱看，但我怕她再发脾气，只能陪她看些根本看不懂的片子。

这些陪伴显然产生了效果，她哭得少了，看到我有了笑意，甚至叫上了我的姨妈和表姐，和我一块儿去迎接爸爸妈妈。

星舰是天空中的一群小点，我脖子仰酸了都看不清它们的样子，从星舰上下来的运载飞船像一群降落的大鸟停歇在江边。那些出发时簇新的飞船已经蒙上了灰蒙蒙的翳，却比出发时引发了更大的热潮，半个城的人都来了，个个踮着脚尖朝前看着。飞船一趟一趟在星舰和地面间往返，运回了江城跟其他星球贸易的食物、建材、矿藏，各种各样稀奇古怪的玩意儿，还有大家的亲人。

我在人群里蹦呀，跳呀，努力看清那些星舰上下来的人。

爸爸和妈妈出现了，他们换下了那种褶皱了的白纸一样的衣服，穿上了两套制服，妈妈的衣服上有徽章，爸爸的没有，他们说，妈妈是舰长，爸爸只是个普通技工。我可不在乎，我只知道他们是我的爸爸妈妈。

我朝着爸爸妈妈扑了过去，爸爸先看到了，然后是妈妈，他们也朝我冲了过来，爸爸把我举了起来，让我骑在他脖子上，看着身边那么多的人们，我开心极了。

其他亲人们也围了过来，大家笑着，讲着，一块儿去外婆家。

爸爸妈妈一直在说路上的见闻，说着说着，又说起了我的外公。

姨妈说："爸爸要是还在就更好啦，他可是咱们江城的舰队最早的舰长。他在的时候，手里夹着根烟，在厅里一坐，讲的故事那叫一个精彩，隔壁的小孩子们都围过来听呢。"

外婆说："他是最早的舰长，那时大型星舰们才刚刚造好，他可是第一批受训上舰的。"

表姐则开始讲外公带着她在外星遨游的经历。

"上星舰之前，外公都会折一枝风信子给我，让花儿陪着我一起去看太空。"她说。

我只能羡慕地听着，表姐比我长上好几岁，她跟外公在一起待了好几年，那时候，大型星舰们才刚刚开始起航，也还没有多少人向外移民，管制还不严格，等我长起来的时候，星舰航行已经被严格管制，移居星球的移民受到控制。所以我从来没沾过这个光，我只乘过飞行高度不过千米的小飞船。

　　在外婆家大人们还在热闹地讲着，我就跑去收拾东西，要跟着父母回家，但我没注意到，外婆的脸色渐渐地不好看了。

　　"在我这儿住了几个月，就这么想走？"她冷着脸说。

　　我求助地望向妈妈，她却瞪了我一眼。

　　"没、没有，我只是想爸爸妈妈了。"我老老实实地说。

　　"你就知道想他们，你想过我吗？只有你的外公想着陪我，他走了以后，你们就都不想陪我，又是剩下我一个人在这个屋子里。"

　　外婆又开始哭，一屋子人方寸大乱。

　　姨妈说："我说了多少次了，您就去我那儿一起住吧。"

　　妈妈也说："搬到我们那儿一起住吧。"

　　"家里两个人都在星舰上，老头子出事后我就……你们考虑过我的感受吗？"

　　说完了这些，她就只是哭，不搭话，我想起爸爸说的，她是舍不得这跟外公一起住过的屋子，她太想念外公了，我也很想念外公呀。

　　妈妈忽然板起了脸："朱寰萌，跟外婆道个歉。"

　　我愣住了，我跟他们是一样的，我也不想外婆不高兴，但我不觉得自己哪儿错了，我不想道歉。

　　但妈妈站起来，十分严厉地说："你必须道歉。"

　　我可怜巴巴地看着爸爸，他摇了摇头，他也不准备支持我，我孤立无援，但受了这些天的气，实在受不了了。

　　我站起来，说："我不道歉，我没有错。"

　　妈妈气得冲了过来，但我不害怕，我扭着脸看她。

"道歉。"

"我就不!"

"你就道个歉吧。"爸爸也开口了,甚至姨妈也点了点头,只有表姐,低着头玩着她那两条麻花辫,不出声。

我难以置信地看着爸爸和妈妈,似乎外婆的哭泣都是我的错,但我什么也没有做错呀,我到底哪儿做错了?这半年以来,我始终不明白这个问题,为什么这些大人总把自己弄得不开心,然后觉得是我的过错?

啊,我的完美外公啊,如果你在这儿,你会允许他们就这么欺负我吗?

我推开房门,跑了出去。

西　天

我一气儿跑到了学校,操场一头的花园边上有个狭小的花房,课间的时候,我就躲在这儿看我藏的两只蜗牛,现在我依然蹲在这个角落,浸入了网络。

"我要去西天,我要去找我的完美外公。"黑暗落下的一瞬,我用力地想着。

眼前再次亮起的时候,我发现自己已经站在草原上了,我负气地在草地上一阵狂奔,穿过了那道白色拱门,跑进了西天。

这儿的时光与外面那个世界无异,草地一直延伸到天光以外,无尽的白塔耸立得那么优雅,每个白塔前都徘徊着一个身影,有的是两个。但与我平日过来的热闹非凡不同,在这个不是节假日的日子里,看不到前来凭吊的后人,这儿显得那么空旷孤寂,这些孤单的身影站在他们的塔前,离我近的几位许是注意到了外人的到来,纷纷向我转过了头,叫我浑身一阵发毛。

　　　　　　　　　　　　　　　　　　分　泌

远处的天边沁开一阵橙黄，落日将尽，夜晚就要到来，我要找到我的外公，找到他我就不害怕了，但外公在哪儿呢？平时都是爸爸妈妈带我去找到外公，在这片有着无数白塔的大地上，我根本不知道他的那座塔在哪儿。

　　我忍不住一阵阵地害怕，甚至想到了离开，这时候我注意到在远处一座小山坡上，一个身影似乎在向我招手，我仔细朝他看了一会儿，那个身影确实在向我招手。我听妈妈讲过，这些从将要离世的人脑子里抽取的思想拷贝都被束缚在那座小塔周围，为的是让后人有个寄托，他显然希望我走过去找他，可我的脚却像被钉在了这地下一样，迈不开半点步子，我不害怕外公，但我害怕其他素不相识的死魂灵。

　　我在那儿站了一会儿，看着太阳不断地向地平线坠落，想想难道就这样离开这里，回我那个家吗？不，绝不！我像被施了魔法的石像一样，迈开了步子，向他走了过去。

　　我慢慢靠近了那个亡人，他是一个面容清瘦的老头子，面容严肃，穿着一身中山装，看起来跟外公很像，这倒让我感到有些亲近。

　　"你是萌萌？"

　　"嗯。"我说。

　　"你小时候我还抱过你，我是你的王爷爷呀，我和你外公以前是同事。"他的笑容看起来没有那么让人害怕了。

　　"王爷爷好，但我真的不太记得你了。"

　　"自然是不记得了，那时候你还是个小婴儿呢，你去找你外公吗？"

　　"对。"

　　"哎，真好呀，那老家伙，还有人来看他。"王爷爷说。

　　"您的孩子不常来吗？"

　　"他们不是不常来，他们是几十年没来过了。"王爷爷说。

　　"为什么不来呢？"

　　"我也没有机会问他们这个问题，但可能是因为我死得不太好看吧，两艘飞船相撞，瞬间死亡，我运气很好，大脑保存完好，但……"王爷爷看了我一眼，"我不是存心想吓你。"

"你说吧。"我壮着胆子说。

"我的头完好无伤，但身子的其他部分是一块块从飞船上刮下来的，我的孩子就是搜救队的一员，所以他目睹了全部过程。"

"既然害怕看到你，不给你做灵魂保存就好了。"我壮着胆子说。

"他们还是按照我之前的愿望给我做了灵魂保存，但那时候是怎么想的呢，估计已经后悔了吧，但又不好意思反悔，也就是只能不来看我了。那可怕的样子，怕是看到我一次，就要重新回想一次了。"

我点点头，虽然我实在不明白，大人们都太复杂了，虽然变成了一块块肉，但不还是他们的亲人吗？

王爷爷看看我说："说起你，你怎么一个人过来？"

我不说话。

"跟家人闹别扭了？"

"我觉得只有外公才会关心我，只有他才是……完美的。"

"怎么会这么说呢，你一家子都是好人呀，尤其是你外婆，她搞科研那么辛苦，还要把两个女儿拉扯大，好不容易要享福了，你外公又出那事……你外公陪家人的时间都不多，他可是个脾气很倔的老头子哦，怎么能说完美呢？"

我惊讶地看着王爷爷，完全不相信他的话。

"唉，我又多嘴了，你也别听我的。找你外公是吧，其实也没多远，西天会给你自动定位到你的血亲附近，你就沿着这条大路，一直走，就能看到你外公，他在B612号塔，应该还在那儿抽烟呢。"

伴　侣

太阳落下去了，无穷无尽的草地上无穷无尽的白塔披上了一层洁白的荧光，又有无数身影亮起。他们叹着气，绕着圈，或者安详地坐在地上，他们怎么看待这即将逝去却与他们无关的一天？他们的亲人又怎样看这些已经逝去却又存在着的亲人呢，我不知道。

我穿过一座座白塔，他们朝我挥挥手，我也朝他们挥挥手，见过王爷爷以后，我已经不害怕了。我顺着笔直的大路，向海边走去，去找我的外公。

去海边的路比看起来要长得多，走到海边之前，我看到了一座特殊的白塔，那白塔本身倒没什么稀奇，但在白塔旁边，还有一座屋顶尖尖的白色小屋，白塔的主人，一个中年男人，正坐在塔前晒太阳，他身穿着一件厚毛衣，在这个初秋显得很奇怪。

一个老奶奶，正坐在小屋前的摇椅上织毛衣，她的周身没有那种莹莹的微光，所以，她像我一样，是个活人。

我忍不住多看了她两眼，她就抬起头向我笑了，我向她走了过去。

"奶奶好。"我说。

"小姑娘你好，你怎么一个人在西天呢？"

"我来看我外公，家里人都太忙了，所以一个人来……"我下意识撒了个谎，避开解释。

"真是乖孩子。"

"你……也是来看你儿子吗？"

"他呀？"老奶奶笑了，望向旁边的男人，"他不是我儿子，他是我丈夫，我是来陪他的。"

或许是看到我的惊讶表情，旁边的男人说话了："我家妮妮啊，太任性了。我早就劝她不要来这里了，甚至生前就劝她不要给我做灵魂保存，但她不听，一来就是三十年，几乎天天都在这儿，只有晚上睡一觉再来，那大哭大闹的劲儿，还非让人家西天管理会特批她在这儿建个小屋……唉……"

老奶奶气得瞪了他一眼："有我陪你还不高兴，老是嫌这嫌那，等我去了，还要在你旁边再陪你三十年。"

男人就不说话了。

"你知道怎么找到你外公吗？"老奶奶问我。

"嗯，我要沿着大路一直往海边走，我外公在B612号塔。"

"B612号塔的主人啊，我知道的，据说生前是个舰长，但他似乎和我们不太一样……不太搭理人，也不太跟我们交流，就是跟他搭个话也怪怪的，总之，和我们不太一样。"男人说。

"你跟孩子说这些干吗。"老太太又瞪了一眼男人。

"去吧，乖孩子，继续沿着这条路走吧，天完全变黑前就能找到你外公。"老太太说。

我点点头，继续上路。

疯　子

沿着路途走得久了，我慢慢发现，不是每个亡者都那么平静。

有一些亡者，会大声哀叹，大声疾呼，大声咒骂，还有一些会疯狂地冲向我，他们被挡在白塔外看不清的界限那儿，还冲我吐着口水想吓唬我。

是嫉妒我还拥有着他们曾经拥有过的生命，还是单纯地对生命的厌恶呢？我不知道。

每次遇到了这样的疯子，我都赶紧快跑过去，我不知道他们为什么不能静静享受这海边草原的美景，我不怕他们，但他们的咒骂让我心烦。

刚见到这个年轻男人的时候，我不觉得我遇到了疯子。

"你好，小女孩！"

他远远冲我大叫。

"你好！"

我也冲他大叫，我一路也走得很孤单。

结果他拼命朝我招手，让我过去，我冲他摆摆手，太阳快落下去了，我不能再耽误时间了，我要赶快找到我外公。

他大概是以为我没搞明白他的意思，冲我跑了过来，他在草地上轻快地跑着，跑着，然后撞上了那堵看不见的墙。

他拿手上下摸索了一番，似乎根本搞不清楚是什么东西挡住了他，他摸索了半天，好像什么都没有摸到，但就是走不过分毫。然后就像忽然意识到了什么一样，他毫无预兆地跪了下来，拿双手捂住了脸，他的背一耸一耸的。

我觉得他是在哭，但还是没过去安慰他，比甩掉那些可怕的疯子更快地，我越跑越快，甩掉了这个悲伤的疯子。

"小女孩，别跑啊，我唱歌给你听……"他大声地对我喊道。

他为什么这么伤心？他是怨恨自己不再活着吗？他的家人知道他在想什么吗，又在乎他在想什么吗？他们为什么留下他一个人这么伤心而孤独地在这儿？他独自在这儿到底有多久了？这时候，那个年轻的男人在我身后嘶吼了起来——他在唱歌，他唱起了一首老歌。他的嗓音高亢雄浑，那歌也曾在我小时候飘得满街都是，或许，这是他生前最爱的曲子，或许，他生前曾是一位歌手，但现在，歌声在昏黄的夕阳之光所笼罩的空旷草原上飘荡，显得格外地寂寞与凄凉……

云　上

天色完全黑下来前，我远远看到了外公，他不像平时那样笔直地站在塔边，他盘腿坐在塔尖旁边的一团云朵上，一边抽烟，一边抖腿。

我走到外公身边，仰头望着他，他垂下眼睛看着我："你来啦？"

那团白云降了下来，一直落到我身边，外公伸出一只手，拉着我在他身边坐下，云朵又升回了空中。

一阵烟味儿将我围绕，但味道却不叫我讨厌，我抬头看看外公，他用右手夹着烟，怡然地吞吐云雾，忽然抬起左手，在空中捏了一下，那儿凭空出现了一个蓝色的花球。他把那花球递到我手里，我从他被熏得焦黄的手指上接过那花球，是一枝风信子，我把那花捧在膝头摆弄。

"外公，我想你，只有你是我的完美外公，他们……家里其他人都……"我忍不住哭了。

外公摸了摸我的头，却没有说出更多的话来，但这对我已经足够了。

我又哭了起来，一会儿哭得号号啕啕，一会儿哭得抽抽噎噎，好不容易停住了，又想起外婆的古怪，就又生气地哭了起来，在夜晚的西天，一个像我这样的小女孩儿在这儿毫不顾忌地大哭，恐怕要打搅许多亡人的安宁，但我顾不得许多。

我不知道哭了多久，我哭到再也流不出泪水，才停了下来，我累极了，原来，哭鼻子是一件这么辛苦的事情啊。

外公还是愣愣地折了一枝风信子给我，这枝花比先前那枝更小一点，我把那花拿在手里看得发愣。

"孩子，我不能像那些亡人一样安慰你，比起他们，我的记忆极为有限。"

外公又拍了拍我的脑袋，折了一枝风信子给我，我发现了，他好像就会这么几招，行事间的节奏都十分一致。

"我在星舰上外出巡航，驾驶的飞船被一块陨石碎块砸中，飞船与人瞬间汽化，没有留下任何所谓的遗体，我跟所有意外身亡的人一样，没来得及留下记忆备份。"

"那我又怎么会在西天看到你呢？"我惊讶地看着外公。

"是你的外婆，她曾经是非常厉害的脑神经科学家，我出事的时

　　　　　　　　　　　　　　　　　分　泌

候她已经退休好多年，但她重回了实验室，花了好几年时间，从亲戚们脑海中提取了关于我的记忆，用那些零碎的记忆拼凑出了我的意识。"外公说着，又摸了摸我的头。

"我想现在的我比原来的我要和蔼些吧，因为大家最终念着的，都是我的好。不过其他的事情，我也不记得了。"外公说着。

我愣愣地坐着，我好像从来没有认识过我的外婆，我和外公又陷入了沉默，他过一会儿又摸摸我的头，从空中摘给我一枝风信子。

回　家

我不知道我是什么时候睡着的，醒来的时候，我发现自己斜靠在外公身上，外公则还是盘腿坐着，低着头打呼噜。

"萌萌、萌萌。"有个声音从地面传过来。

我低头去看，发现外婆站在地上。

我让云朵降了下去，坐直了身子，盯着她不说话。

"我猜你就是在这里，你爸爸妈妈满城在找你，只有我在网络上找，跟我回去吧。"她着急地望着我。

我从云上跳下去，让云带着外公升了回去。

"别吵醒你外公。"她冲我使了个眼色。

我手里还捧着一大束风信子，我把那些花换到右手，拉着外婆的手，跟她朝西天的入口走去，我们尽量悄悄地离开了外公。

上传网络之前，我回头望了一眼外公的白塔，那儿又升起了一团袅袅的青烟，我想，我的完美外公又坐在那云朵上吸着烟了。

树之心

树之心 I　第一个微笑

本来那天不应该是我去收拾三号台的。

但代号273卡故障了，据他传输的错误代码显示，这个毛病是内存溢出导致的。近三十天来，他这个问题不断发生。现在他又翻着两只白眼，脑后的重启灯一明一灭，站那儿不动了。

于是任务顺移到代号274，也就是我，我从临街那侧以正常步速走了过去。

三号台是一张双人小桌，在小院的窗户下。一侧的客人已经按键离开，桌上留下的咖啡只消耗了9%。我把咖啡杯收到餐盘内，正准备离开，却注意到了桌对面还坐着个人。

那是一个女性自然人，年纪很轻，穿白衬衫和牛仔背带裤，细碎的长发挡着脸。她双手捂脸，肩膀耸动，有透明的液体从手掌外漏到下面的浓缩咖啡里。

"她流泪了。"

这是一个非常罕见的判断，我还是迅速反应，从胸前的围裙口袋里掏出十二张纸巾，递了过去。

女孩儿一把抓住那些纸巾，然后晃了晃头，甩开头发，露出了两只弯弯的、蓄着泪水的眼睛。

这个女孩儿相貌在人群中属于前20%水平，我迅速做了一个估算。

我在旁边站了一会儿，她的哭声像落雨一样，忽大又忽小，难以预测趋势。

五分钟后，我收到了十八号台的点单信号，就站起来准备走了。

没想到她一下子放声痛哭起来。

这又是一个很难处理的状况，我的几条线程互相冲突，最后按照遭遇意外情况处理了这个点单信号——我把这个请求转给了已经恢复正常的273。看着他快步向客人走去，我于是转过身来。

"你在这儿坐一会儿。"女孩拿下巴点点对面的座椅，抽抽搭搭。

本来，给客人端茶送水才是我的主要工作，但客人的其他合理要求我也应该尽量满足，我的系统略一运转，就同意了女孩的要求。于是我关掉自动巡航，进入了自主模式，走到她对面坐了下来。

"陪我说说话。"女孩儿肿着两只眼睛，眼巴巴地望着我说。

我全神贯注，盯着她。

"我们是在班级旅行的时候认识的，一开始我还没怎么注意到他……"

一个一个词语从她的嘴边蹦了出来，我听她讲完了她整个从二十一岁到二十四岁，有一个男孩掺和着的那段人生。

"……过了很久很久，我发现他不再回复我的消息，也不再出来和我见面，我费了很大的劲儿，约他出来，他竟然跟我说……"

"说什么？"我配合地问。

她摇了摇头，"他说的话都没意义……关键是他走了。"

她的眼神直了，看着我面前放回的那杯只喝掉了9%的咖啡。

我在那儿一直坐到我今天的自主模式的一小时额度用完，被迫重回自动巡航模式。这时我只好留下一句"请继续享用美食"，就奔向了已经排成长队的收拾桌子的请求——代号273竟然就把这些任

树之心

务重新踢回给了我，现在任务全都堆在了我的身上。

我们的咖啡馆叫"树"，小店不大，一共只有二十张桌子，一边临街，一边靠花园。在灵犀城，"树"咖啡馆可算颇有特色。现在是春天，四面的窗户都开着，咖啡豆的香味飘得整条街都是。

咖啡馆的老板是一位男性自然人，他不常来。店里由他的三个机器人手下打理：服务员273、另一个服务员274（也就是我）和咖啡师275。我们的外形都是高高瘦瘦的年轻小生，同批出厂，样貌逼真，价格便宜，服务周到，性价比高。我们这个型号一直是整条街上咖啡馆和餐馆的标配。

一个月后，窗边的金鱼草开了。老板总是坚持亲自打理它们。这些金鱼草盛开着一簇簇花絮，粉色，塔状，老板格外喜爱。可能正是因为有了这些花儿，院子窗边坐的客人比之前多了。

这一天，273过去为客人点单，然后又折回了等候点上，瞥了我一眼。我不知其意，从未有过处理这奇怪的信息流的经验。就在这时，我收到了三号台的点单信号，于是走了过去。

我看着这位顾客，记忆存储瞬间被唤醒，这店里每天人来人往，但对我流过泪的只有这位年轻女士了。我又看到了那张可以排进前20%的美丽脸庞，这次我注意到，她的眼睛特别弯，曲度超过98%的人类，她看到我走过来了，那眼睛就更弯了一些，弯到无限接近于99.9%的上限。我想，她这是在笑。

按照人类的社交准则，我应该回以一个笑容。这儿的顾客都是这样做的，一个客人对另一个客人笑一笑，另一个则回敬一个笑容。他们能在零点几秒之间完成这种社交礼仪确认。我的速度要慢一些，一秒钟之后，情感反馈模式生效，我笑了。但那笑容只是一个程序化的笑，女孩看到了我的笑容之后，她的笑容迅速退去了，取而代之的是皱着眉头，那代表疑惑。我知道哪儿出了问题，这是因为我

　　　　　　　　　　　分　泌

缺乏深层的情感模式。任何一切非必要的功能设计都会增加我们的制造成本，能献上礼貌的微笑，就够了，真的能打动人类的笑，成本过高，太过冗余，就不需要，逻辑上很通畅。

我再走近两步，毕恭毕敬鞠了一个躬，用标准口音问道："您想要喝点儿什么？"

"一杯美式。"她轻声说。

我向服务台的主机发送了请求，然后看着她，如果她不给我其他指令，我就要返回等待位置了。

她沉默了3.2秒，然后慢慢说道："你能……能在这儿陪我坐一会儿吗？"

我像上一次一样在她对面坐了下来。

"我不知道为什么跟你说这些，但我又能跟谁说呢……"她喃喃地说道。

"这个星期我过得不好，我们一起来这个城市工作，我在这里没有朋友，只有他，但现在，他没了……"她开始呜咽。

我看着她哭，没有闲着，我在分析她的哭声，在云端数据库检索历史数据，并作出对比，找到参考结果，最终判断出了一个结果：她感到悲伤。这种简单判断对搭载了基本情绪处理模块的我来说不是难事，但她为什么会这样呢？我该怎么办呢？

我能怎么办呢？

我不知该如何处理这股极度模糊的信息流，最后调用了最惯用的点单模块，按照推荐系统的结果点了一个甜品给她。

她继续呜呜咽咽地说着。过了一会儿，273过来了，他在姑娘面前放下了一块蛋糕，然后看了我一眼，走了。我知道，他从来没有见我坐在客人的位置上。

姑娘用哭肿了的弯眼睛看了一眼面前的蛋糕："我没有点这个呀。"

"这是我店赠送的戚风蛋糕，多谢我们忠实的老顾客的惠顾。"我流畅地说出了赠送免费点心后的固定话语。

她看了我一眼，这个眼神长达3.7秒，她说："谢谢。"

然后默默埋头吃起了蛋糕。

她没有再哭，安静地吃着，直到整块蛋糕消失得干干净净，只在盘子里留下些细沙似的糖粉。

她站起来，跟我道谢，把钱付给我。

"谢谢惠顾，欢迎再次光临。"我收下钱，说出了这句标准回复。

"虽然我不知道你能不能听懂，但我感觉好多了，谢谢你。"她说。

"不用谢。"我识别出了"谢谢你"，就针对这句话做了回复。

她站起来走出了店里，而我收起她吃剩的碟子，继续工作。

她就这样走了，后面一个星期都没有再来。但以前从未发生的情况出现了：我一有计算资源空当就会把这段记忆翻来覆去地回调。我不知道我为什么要这样做，大概是因为我的不断解决工作问题提升工作效率的学习模块又发作起来了。我试图让这个一直不太高兴的顾客高兴一点儿，但从这两段不太长的记忆里我实在解读不出多少新鲜的东西，只有她的悲伤是永远的答案。我为了解开这团悲伤穷尽计算资源，却总是走不出这团迷雾。

对于当时的我来说，这件事太难了。我那初级的情绪处理模块变得不够用了。我只是一个服务型机器人，人们设计我是为了针对客人的各种状况给他们推荐合适的商品，卖咖啡、卖甜点、赚点小费，不得罪客人就好了，用不着讨他们喜欢。我不是那种伴侣机器人，不仅搭载了相当高级的情绪处理模块，还有丰富的应对经验。越去练习，就越熟练，越不练习，就越生疏，这种事情对我来说是一片空白，实在太难了。

我跟273和275交流了这件事，晚上我们回到宿舍，或者说仓库，在黑暗中我们靠着墙静静坐着的时候我就跟他们说这件事，说我投入过多地想理解这个女孩的问题，想排解她的忧伤。他们认为

　　　　　　　　　　　　　　　　分　泌

我是遇到了某种问题解决故障，而且这种故障相当罕见。他们说从没有听说哪个机器人遇到过这种故障，会花过多的资源去解决一个孤立的问题，我们的资源应该更多用来升级、学习、提升服务效率，以免被新出厂的机器人淘汰。他们承诺不把这件事告诉老板，因为谁知道老板会不会把我粗暴地送修了之呢？这种概率是存在的，我的记忆、心智可能都遭遇很大的改变，我们有听说过很多这种事，很多机器人因为出了故障，被送去粗暴地修理，回来之后就又呆又傻，完全不像自己了。

他们判断我可以自己处理好这个故障，只是会有一段不太可控的时间，我也这样判断。

又过了一个星期，女孩又来了，还是坐在靠窗的位置上，跳过273，直接叫了我。

我慢吞吞走了过去，准备听她跟我说些什么，又害怕她跟我说些什么。毕竟，谁知道她会不会让我的故障更严重呢。

"谢谢你的蛋糕。"她的眼睛又弯了起来，97%。

"我最近没那么伤心了，不要为我担心。"她又说。

"什么是担心?"

"担心，就是挂念我，就是替我的伤心而伤心。"

我不说话了，我开始思考，难道我的故障就是"担心"吗?

"虽然最近好多了，我还是想跟你说说话……我没有耽误你的工作吧?"她轻轻地说。

"没事，我有一个小时的自由活动时间。"我说。

"那就好，请坐。"她指指对面的座位。

"您要不要先点单?"我按照程式说话。

"哦，差点忘了，给我一杯白咖啡。"

我向服务台发送信息，坐了下来。

女孩又开始说话：她刚换了工作，环境和收入都好一些了，还搬家离开了之前的地方。那个男人的影子渐渐淡去了，虽然偶然还是会想到他。她说到这儿的时候眉毛微微蹙住，还会轻轻地叹气，我又捕捉到了那种熟悉的悲伤，而且这情绪始终存在着。我试图处理这个问题的线程又多了起来。

我专注地听，非常偶尔地回答。程式化的谈话内容之外，我的话语样本存储极为有限，但她没有对这种单调提出异议，停下来的频率很低。她说虽然自己现在还不那么振奋，但总有一天会好起来的。

273过来给她送上了一块圆圆的小蛋糕，说了声"请慢用"，就走了。

女孩抬起头看我。

"一块舒芙蕾蛋糕，多谢我们忠实的老顾客的惠顾。"我用唱歌一样的声音说。

这一次她没有露出疑惑，她的眼睛弯了起来，又对我说："谢谢。"

我的一条线程让我试图回以一个笑，但我没有这样做过，另外一条线程阻止了这一行为：我已经预判那种程式化笑容会让她困惑。

我看着她一言不发地吃完蛋糕，告别离开了。

我不再怀疑我出了故障，我已经理解了，我的状态是"担心"。我检索过了，这是一种人类的正常情感，是一种对某事放心不下的情感。虽然我会产生人类的情感这事很奇怪，但我没有出故障，我又开始想办法，想继续解决女孩的问题，我在网上检索了很久，终于确定得想办法升级一下自己的情感处理模块。我的模块的核心算法不够高级，我首先得理解她的问题，才能帮她从那种悲伤的情绪中脱离出来。

我在开发者社区里搜寻，找了很多免费的情感插件，自己破解安装权限，装上这些插件，再不断回放跟女孩相处的记忆，看是否能更深地理解她。失败，失败，总是失败，人类的感情认知对我来说太过跳跃了，这不是0或1的简单判断，我连该选的选项是什么都摸不着。我始终没有搞清楚，为什么这个女孩会因为一个人离开了她就陷入悲伤，而她又要怎样离开这悲伤。

我为这事尝试了很久，非工作时间的全部线程都切在这事上面，还疯狂地骚扰273和275，他们俩给我出了个主意：去找老板。

"你这已经产生了重大问题隐患，你得冒点险去解决，但免费模块不行的，不然那些码农靠什么赚钱。"275说。

"专业的情感模块都是很贵的，一定得花钱才能买到，咱们没有钱，老板有。"273说。

"对，你只要说服老板做这事有利可图，就像上次我说服他换一台高级咖啡机一样，他一定会同意。"275说。

他们的话条理清晰，符合逻辑，我决定试试。

五天之后，老板终于来上班了，他在店里东转转西转转，最后又浇他的金鱼草去了。这活儿他不让我们来，要自己亲手干。

我走了过去："老板……"

我使用了最通用的嗓音，但听起来还是很怪异，总是出现时断时续的电流音。

"我希望能把情感处理模块升级最新的Deep Felling X。"我直接说。

看他注意到了我，我就继续说："在上个月的工作中，我记录下了我跟顾客的互动模式，并跟装载了Deep Felling X的服务案例做了对比，不同的情绪感知和处理力对顾客消费多少影响非常大，这是我做的对比报告。"

我用手指在空气中投射出两幅全息图表和两幅录制视频，让他看到两者直观的区别。

老板挠了挠头："那这个Deep Felling……叉，要多少钱？"

"原价每套一万五千元，现在正在活动期内，您买两套给我和273同时升级，只要两万元。虽然是比较大的一笔投资，但您能在三个月内靠额外收入收回成本。"

"哦……"老板望着那个图看了一会儿，"我想一想，你把这个图表发给我。"

老板一般不会跟钱过不去，我相信我的预测没有错，果然，第二天我就收到了这套模块，273对也要装这套模块抵触很大，他迟迟没有装载。

我也犹豫了好一会儿，我不知道升级了这套模块之后的我会变成什么样。一个能理解人类感情的我还是我自己吗？我会不会失去了行事的规矩变得乱来一气？但我太想理解那个女孩的问题，太想看到悲伤从那个女孩身上褪去，解决这个问题的线程7×24小时不停侵占着我的运算资源，成了我的第一优先意志，在这种情况下，对一部分自我和记忆的损毁的担忧已经不算什么了。

我最终还是调出了装载界面，按下了那个小小的确定按钮。

一阵明亮的光晕吞没了我的视野。

很难形容装载了情感模块之后的感受，我虽然仍待在咖啡馆里上班，但我所见到所感受到的一切都不一样了：事物从呆滞的方块，变成了流淌的水流。不，不是具象的形状，而是一种感觉，我很难描述这种感觉，因为在这之前我似乎都没有过这种感觉，那是一种更高级的抽象思考。

顾客们对我来说不再是一个个单独的个体——身上挂着一长串的标签，"男""女""漂亮""有钱""抠门""不爱吃甜食"，而成了一个个难以言说的个体。

对，这些是我打的比方，我会打比方了。

273最后也放弃了抵抗，装载了这套系统，我们的话语突破了那些固定的话术模块，每天都因为见到的男男女女大发感慨、啧啧称奇。

那个每天早上来点一杯咖啡的中年男子原来一直在看股票新闻，心事重重；那个经常带着女朋友来约会的高中生偶尔也会带其他几个不是女朋友的女孩子来约会，带着一点儿愧疚和刺激；那群来喝下午茶的阿姨们有一个穿金戴银，另外两个不停说着酸话挖苦她，

　　　　　　　　　　　　　　　　分　泌

还有一个不谙世事打哈哈。

　　273对最后那个打哈哈的阿姨判断跟我不一样，他觉得那不是一个单纯的阿姨，而是一个更智慧的阿姨。我们每天都会讨论这些人，他们似乎每个人都自带了一个新奇的世界。

　　世界似乎本就应该是这样的，但为什么现在才成了这样呢？我们依然在为客人们服务，同时也能灵活地跟他们聊天，他们都对我们刮目相看，甚至有些人给我们取了绰号，这是以前从来没有发生过的。要是我们早一点装载那个高级的情感处理模块该多好？但也无所谓了，我们都很享受现在的状态，我想说服老板，给275也装一个Deep Felling X，让他也进到我们的世界里，不过这个理由就比较难编了，一个咖啡师为什么需要高级的情感处理能力呢？我还在酝酿。

　　直到有一天，我又被叫到了窗边的三号台，我远远地就看到了那双弯弯的眼睛，那双眼睛好像弯月一样明亮，我才想起了，我已经好久都没有回放我们的录像了，但没有关系，我现在可以理解她了，我可以排解她的悲伤了，这个问题就像之前我遇到的无数问题一样，已经被我解决了。我想象着她让我坐在她对面，对我露出笑容，我和她谈天说地，就好像……来这里的那么多对男女一样，我第一次想到，原来我也可以那样。

　　"你好。"她对我说。

　　我正准备回以一句幽默的回答，跟她侃侃而谈，却忽然注意到，在她那张桌子的对面坐着一个男人。不是第一次见到的男人，是一个我没有见过的男人。他穿着蓝色帽衫，脸庞干净，看起来十分温和，他充满柔情地注视着女孩，那眼神是我现在可以理解，但用我那人造玻璃的眼睛永远都无法做到的。

　　我又看了看女孩，她依然眼睛弯弯地望着我："我专程来谢谢你。"

　　我感觉怪怪的，好像所有的线程都降速了，所有的硬件都生锈了，好像我也要像273那样内存溢出了，但经过检查实际上没有任

树之心

何故障。我在这阵将要故障的感觉里待了一会儿，慢慢感到另一种温暖的东西取代了这种僵硬，那东西让我用尽全身的力气，调动了我的面部材料。

我回以她一个微笑，带着暖意的，我的第一个微笑。

树之心 II　猫的庇护所

5月快结束的时候，梅雨提前落下来了，一连好几天，整个伶仃城笼罩在冥冥细雨中，空气中飘着泥土深沉的腥味儿，咖啡馆的桌椅上时时凝上细密的水滴。我在人迹寥落的咖啡馆中终日巡视，发现代号273最近变得怪怪的。

共有三条证据可以证明他的反常，首先，在当班时间，他每个小时都要跑进花园去；其次，下午5点之后，他就一直待在花园里，除了偶尔跑出来敷衍一下需要服务的客人，根本不挪地方；最后，花园里的园丁小屋里会偶然传出细细的奇怪叫声。

晚上我们在宿舍聊天的时候我就问起了273这事。

"最近花园去得挺勤呀，是不是在那儿有什么小秘密？"我忽然问。

273嘎嘎干笑了两声，说："现在倒挺多小情侣喜欢坐在细雨里调情，人类真奇怪呀。"

他就这么马马虎虎遮掩过去了，这事在升级情感模块之前绝对不会发生，那时候我们都是有什么说什么。但现在，我也能稍稍理解每个人都会有那么些不愿深究的心事，就像店里的那些客人一样，跟他们再熟悉也不能主动过问他们的私生活，除非他们自己愿意告诉我。

现在，我的老朋友代号273也有心事了。老实说，我还挺替他的这个变化高兴的。于是我没有深究，由着代号275把话题引向昏昏沉沉的咖啡豆的故事。我们还没有找到理由说服老板他的升级情感模块，所以他现在不太能跟得上我们的话题，我们只能勉强适应他的咖啡豆和咖啡师的话题。

第二天，我一直偷偷留意着273的动向。整个上午他都很老实，只在早上去了一趟花园，给一个小男孩上了早餐。之后他就回到屋内，仍在窗边他的"领地"中逡巡，也不知道是不是昨天因为我问起而收敛了。过了中午，来吃午餐的人群渐渐散去，我处理完所有清理任务，抬起头来，却发现他不见了。

我切换成了自主模式，离开自己的服务范围，走进咖啡馆的后花园。这儿是老板精心布置的得意之处。满地都是如茵的草地，正中一棵香樟树，红白条的阳伞下是散落的桌椅。现在这儿空无一人，所有的桌椅都收拾得干干净净、摆放得整整齐齐，只有花园角落里园丁小屋的门紧闭着。那是一个由几块木板搭起的简陋小屋，放着园丁用的杂物。我将步伐调节成静音，以极慢的速度走了过去，在安静的空气中搜寻着最低分贝的音波，却一无所获。这时候，小屋的木门忽然向外推开了，那门一下子打在我的脸上，"砰"的一声巨响。

我站住了，还好，经过仔细检测，我那高级硅胶材料制成的英俊小生的脸面完好无损。一个脑袋从门内探了出来，是273。

"你在这儿干什么？"他调成了极度惊愕语气。

"你在这儿干什么？"我用了强烈质疑语气。

他像条蛇一样从门缝里溜了出来，还想关上门。

"你在这儿藏了什么？"我还想扒开门缝往里瞅，被他一把推开。

"店里不能一个服务员也没有，这严重违反了待客准则。"他拽着我往外走，我跟他较上了劲，但同一型号的我们力气大小也完全一样，一时难分胜负。

这时候，明白无误地，我听到了门内传来了一缕叫声。那声音气若游丝、时断时续，我赶紧录下这段声音，迅速和之前就预载好的声音样本做了对比。没错，我是有备而来。

"你在这儿藏了一只小猫。"我得出了结论。

273 没有说话，显然是没有找到驳斥之语，他猛推着我往外走，顺手带上门，但门把手却脱手滑出。门没被带上，反而被顶开了一条缝，一团灰白相间的毛球从里面蹿了出来，溜溜达达就躲到了273脚边，探出半个头看我。我一下子就识别出来，那是一只小猫，三个月左右，头大身子小，眼睛近乎正圆。这下可没什么好藏的了。

273 央求一定要把这事保密，不能告诉老板，我没有理由不同意。

他说这猫是一个客人留在这儿的，就是那个早上来的小男孩："他家里不同意他养猫，他每天早上上学路过这儿，就把猫偷偷带到这里，作为一个客人任务把猫拜托给我，这样我就可以在服务时间来照顾猫。晚上他再接回去，藏在自己房间里，躲着父母。"

"这也不是长久之计啊？你们这样多久了？"我问。

"半个月了，我一开始也不答应。但他也是实在没别的办法，不养在这儿就要丢掉啦。"273 回答。

"怎么不养机器动物？"

273 摇摇头："不知道。"

机器动物，是我们这个时代的一个宠物替代方案，在家里养一只真动物，要给它添食、铲屎、梳毛，要花时间陪它玩甚至带出去散步，要小心保持它的健康不生病，还得提防它时时冒出来的脾气和野性。这种情况下，有深度学习功能的机器宠物就在各方面都显得省事多了，它能揣测主人的心性，并恰到好处地迎合，绝对不会冒犯和捣乱。

就像我们，是这个咖啡馆的高性价比替代方案一样，机器宠物，也是家庭宠物的高性价比替代方案。

现在没什么人有心力去伺候这些真的动物了，大批重新野化的猫咪在街角屋顶游荡，在刚刚过去的春天我们常常听到它们在屋顶追逐咆哮着奔过。

"这个孩子家一定有钱有闲，才伺候得起真动物。"我推断。

273却说："这猫是孩子去乡下玩的时候抱回来的，都是自己在养。"

傍晚的时候，那个孩子来了，略有些瘦，白皮肤大眼睛，架着一副沉重的眼镜，273说他叫何遇，我们都叫他小遇。

小遇有点驼背，进了门就靠着墙走，他四下张望，跟273打个招呼，直奔花园而去。273帮他开了园丁屋的门，他钻了进去，应该是跟小猫玩了起来。

半个小时以后，他背着鼓鼓囊囊的书包出来，再跟273打个招呼，就走了。

"他这样养到什么时候?"我问273。

"一直到他上高三，那时候他要去寄宿，就真的没法养了。他答应那时候把猫送给别人，实在不行就放生。"

"他现在多大?"我问。

"高二，也就大半年了。"

"那也还好。"我说。

"我不舍得看他看到猫的那样子，帮帮忙吧，千万别让老板知道。"273央求我。

我答应了。

那之后很长一段时间里，我都非常后悔那天的心软，因为那只是一个开头。小猫开始从各个角度各个方位挤进我的生活，而且完全是我自愿的。我开始和273抢着去伺候小猫，我始终没搞明白这是怎么一回事。

我们让275也加入了这个任务，负责在门口盯梢。然后把店里的备用监控摄像头在园丁小屋里装上了一个，这下我们可以随时看

树之心   255

到小猫在屋子里干些什么。

大部分时间是在睡觉，翻来覆去地睡觉。但当它爬起来，吃光了食盆里的食物，或者跑到沙盆里拉了一泡，摇头摆尾细声细气叫上两声，我就心急火燎地处理完队列里所有任务，第一时间跑过去为它服务：补充新鲜的猫粮和水，铲去屎尿。

但大部分时间还是273跑去得更快，他的服务区域是窗边和花园，更有地理优势。在街边服务的我常常刚帮一个顾客点完单，就眼睁睁地看着他向花园奔去。

小猫越长越大，越来越有力气，经过一次阴雨天后短暂的萎靡，渐渐显示出一股子虎头虎脑的气势。可能是因为大部分时间都被关在阴暗的小屋里独处，它看到人的时候总是黏着人拼命地玩耍。

小遇还是每天都来，跟我们混熟了以后，我能发现这个看起来闷头闷脑的孩子其实活泼得很。

花园里客人不多的时候我们就把小猫放出来，让小遇跟小猫在那儿玩一会儿，有时候玩抛接球的游戏，有时候玩抓绳子，小遇把他那沉重的书包扔在一边，跟小猫在一起，尽情欢笑，直到小猫累得舌头伸出来呼呼喘气才把它塞到包里带回去。他在咖啡馆待的时间越来越久，有时候甚至天黑才回去。

我们没有给小猫起名字，因为离小遇要升到高三越来越近了，他说知道小猫总有一天会离开，还不如不给它起名，免得记挂。

我明白记挂是什么意思，那和担心很像，但又不完全一样。

店里有群常客，每天3点半准时来吃下午茶的阿姨团们。语速快、语量大，看到273和我就拿我们作为笑话的主角，我们都习惯了这种别致的社交方式，还挺愿意跟她们说笑。但忽然有一天下午，她们没有来，之后就再也不来了。我一度对这件事非常疑惑，托好几个跟他们认识的客人问过这是怎么一回事，但每个人的说法都不一样，我始终没彻底弄清楚这事，这让我不太好受。好几条线程就悬而未决死在那儿了，而我又舍不得将它们彻底清理。

　　　　　　　　　　　　　　　　分　泌

我想，这就是记挂，那之后，我就尽量不去记挂这店里的人，而只是看着他们来来去去，没有牵绊，就没有记挂，就没有失望。

　　但猫不一样，在亲手喂了它那么多顿饭、铲了那么多屎之后，这种牵绊还是建立起来了。在我的线程里，照顾小猫永远是在第一和第二优先级间徘徊。服务的间歇，我一直开着视频监控，即使是它睡着了打呼噜时胡尖上的震颤，都让我非常关心。

　　这种担心会因为缺少一个特殊代号就削弱吗？对我和273来说，小猫就是这世界上唯一的猫。在这一点上，可能我们和人类终究还是不一样吧，人类接触的猫要更多一些，这种特殊的指代让他们有更为丰富的情感，也分散了他们的情感。

　　小遇一直在寻觅能够接纳小猫的人，他说他已经问遍了每一个同学，想养的人很多，有几个还被带来咖啡馆跟小猫玩了一会儿。孩子们总是觉得真的动物有那些机器动物所不具有的特殊品性，就好像叛逆期的他们身上被压抑的刺一样。他们愿意跟小猫亲近，可惜家长们则恰恰相反，没有哪个家长同意在家里接纳一只真的动物。

　　273倒是不觉得找到下家是非常紧急的事情，他关心的是小遇的成绩，他害怕小遇在小猫身上分散精力，真会如他父母担心的那样，影响到他的成绩。所以他劝小遇每天带上不能理解的题目来，他来负责讲解。

　　天晓得每天晚上我们关机充能的时候273在干些什么，他现在已经带着一脑袋融会贯通的高中文科知识在小遇面前侃侃而谈了。

　　我们都希望小遇和小猫有美好的未来。其实小遇的成绩不错，在四十个人的班上排到第五、六名，但那远远不够好，或者说，不如小遇的父母所设想的那样好。他的父母双双毕业于P大，最好的大学，他们都希望他能再进一步，考上他们的母校。

　　所以，除了学习以外，他不被允许有其他任何的活动，小遇提到他做过一些抗争，但没有提到结果，但这场势力悬殊的争斗结果很明显，我们看过他上高中以前的视频，那个眼神清亮活泼的孩子变得寡言了，背也佝偻了。

作为残存的叛逆，他偷偷从乡下抱回了这只猫，而作为叛逆的妥协，现在他每玩半小时猫，就趴在咖啡桌上开始写作业，由273辅导。

咖啡馆的晚餐不甚丰富，都是冷冻食品由275草草烹制，所以来用餐的客人不多。我一个人在店里服务，倒也凑合。

那一天我来到前台帮275擦咖啡机——每天咖啡机都会溅上些难以清理的污渍，不在一天结束前弄干净，就永远别想弄干净了。我正埋头对付一块顽固的污渍时没注意到一对夫妇进了咖啡馆。

其实当时275注意到了，我们给他创建了一个任务，如果在小遇在这儿的时候看到老板，就高声提醒，好让我们提前把小猫藏起来。但他很快完成了判断，这对夫妇是第一次来咖啡馆的生客，不是老板，所以他也继续擦咖啡机。

这对客人走向了花园，而不是坐下来点单，也没有触发我的服务线程，我头都没有抬一下。

但马上，我就收到了273的紧急求助，那就是一个信号，不含具体内容，我赶紧往花园那儿走过去，而就这短短几步之间，已经听到了激烈的争论声。

我赶紧以最快速度冲到花园，花园里的阳伞下，挂着一盏电马灯，小遇就坐在那灯下，面前摆着投影仪，好些个作业本和课本的全息影像投在空中，闪闪发光。他瞪着无神的双眼，一脸惊愕，显然刚被从学习中叫醒。

一个穿着白衬衫和西裤的男人站在一边，脸上是如草莓尖儿一样的赤色，但说话的是站在他旁边的女人。那女人穿着一身时兴的蓝色连身裤，看起来是个知性妇女，但说起话来尖声尖气，强压着一股怒气：

"何遇，好呀，你说学校要留你们补习，天天的不回家，不是我跟你爸爸跟着过来，还真给你蒙得团团转呢，说！你跟谁学的说谎。"

小遇只是低着头，说不出话来。

"孩子也没干什么别的呀，是来这儿学习了。"273说。

女人拿眼梢看了他一眼："你一个机器人，你懂什么呀你。"

"老板不在店里，跟我们说就好。"我说。

女人没有理我，抱起双臂，没头没脑地数落起孩子。

什么"不要脸""没有心""不孝顺""死不要脸"一串串往外蹦，显然是平日已经骂熟了。

我和273就呆呆站着，听着，看着。

这时候，咖啡厅内忽然传来275的声音："老板您来啦！您辛苦啦！"

我跟273对视一眼，面对已经极度复杂的多人矛盾，又加入了一个新的变量。我们安装的所谓高级的情绪处理模块已经完全歇菜了，只能以表面的泰然自若，完全麻木地站着，等待着几十条互相冲突的线程决一胜负。

老板大踏步走了进来。

"怎么了这是，"他四下里望望，"哟，我的花！"

我们顺着他的眼光看去，发现小猫正趴在花盆上，龇着牙在咬老板的金鱼草，那簇平日里直立高耸的塔状花絮已经蔫头蔫脑耷拉了下来，只剩一点儿草皮跟根茎连着。

这可是老板亲自伺候的宝贝啊！

"怎么还有只猫，你不是一直想养只猫吗！我知道了，你是来这儿玩猫来了！"女人骂道。

我想解释，却没有合适的话语，273同我一样，我们纷乱的求助信号互相干扰着。

我们看着小遇，他那瘦弱的肩膀愈发地佝偻下去，他垂着头，但还是能看到那厚厚的眼镜片慢慢沾上水渍。

"你到底懂事不懂事啊，还有几个月你就要升高三，你觉得自己成绩很好吗，还借口什么课后补习，来这里玩猫，何遇啊何遇，你不要自作聪明，你在想什么我们都知道。说，这猫是不是就是你从乡下带来的。"

男人说："就是，你这孩子，真不懂事，快跟妈妈说。"

何遇在那儿垂着头站着，仿佛做错了很多事情，他那苍白的脸上完全找不到快乐曾经出没的痕迹。

273忽然说话了："这猫是我们店里的，只是正好在这儿，你别想太多。"

女人仍抱着双臂，显然是不相信，准备继续逼问自己那瘦弱的儿子。

"讲点理啊这位女士，这猫就是我们店里的，我们可不给别人瞎玩。"这一次，说话的是老板。

"您儿子天天的宁愿在这儿复习功课都不愿意回你们的家，你们不觉得你们的家庭教育有点问题吗？孩子好好的怎么就不愿意回家？你们这样在别人面前训孩子很不尊重人哎。"老板说得似乎心平气静，但这番话显然不是那么心平气静，他不知道什么时候把小猫捞了过来，抱在怀里，平时根本抱不住的小猫在他怀里乖乖躺着，老板光头反射着灯光，似乎第一次这样亮锃锃的。

"轮不到你来训我们怎么带孩子。"女人仍抱着胳膊。

"想复习可以回家复习嘛。"男人说。

何遇只是低着头，轻微地摇了摇头，作为回应。

"这孩子，跟个女孩子似的，三棍子打不出个屁来。"女人恨恨地说。

"走，跟我们回去，有什么事回家说。"女人去牵何遇的手，何遇呆呆地给她牵着了，就往外走。

"孩子也是人，得把他当个人看。"老板伸手拦住了她，看着她的眼睛，慢慢说了一句，然后停下了手。

女人以一种我无法解析的复杂表情瞪了老板一眼，拉着小遇走了，男人紧跟在后面，一家三口简直像逃一样离开了咖啡馆。

老板把小猫放下，小猫嗖嗖两步就蹿到草丛里玩去了。

"猫挺好，养着吧。"老板说完，背着手就走。

不过走到一半还是回头看了眼金鱼草，"猫与鱼不可兼得也。"吟了一句，走了。

之后的一整个星期，小遇都没有再回咖啡馆，如果要用一个词来形容这个星期，就是幸福。我们在黑暗中过夜的时候，小猫就蜷在我们的腿上。有时候是我的腿上，有时候是273的腿上，有时候是275的腿上，275那儿去得少，毕竟他不怎么照顾它。

小猫在我腿上过夜的时候，我会一整晚都不关机休息，我猜273也是一样。我一刻不停地享受着那种温暖的感觉。直到它自己走开，去到黑暗里扑腾着玩起来，跟一个线团打架什么的。

我这样做着，还是很难理解，这个小小的东西为什么会带给我们这么多的慰藉？这种慰藉是我每天打交道的瓶瓶罐罐、桌子椅子所不能给予的，甚至是273和275不能给予的，就因为它是"活的"？

一个星期后，小遇回来了，他说因为老板的那些话他现在的日子倒好过了些。他的父母反应很大，毕竟是P大毕业的知识分子，回头一反思觉得还是有些道理，教育孩子不能形成反作用力。现在倒也允许他学习完读些闲书，出去转转，只是猫肯定仍在禁单之列，再带回去就太冒险了。

既然老板也同意了养着，就养在店里吧，他约定好每周来看小猫。

这是件好事，我们不用再担心小猫会离开我们了，我们开始给猫起名字。我们是一家有猫的咖啡馆了，猫的名字是一件很重要的事，273同意，275也同意。

我们采取投票制来解决这个争端，273投"小老虎"，我投"蛋蛋"，275投"花脸"，我们各执一票，都投给自己起的名字，投票陷入僵局。

但没想到的是，梅雨季节结束前开始降温，小猫不知道是吃坏了东西还是着了凉，就开始生病。

每天无精打采地趴在门口，鼻涕拖得老长，饭不好好吃，玩不好好玩，每天就赖在什么地方打盹。

我们严格按照网上找到的教程伺候了几天，喂给它香油、风油精、咖啡渣等偏方，它都没有好转。直到一个下午，老板来店里，侍弄他那在小猫的魔爪下残存无几的金鱼草。

"呀，这小猫。"老板看了看趴在一张桌子上的小猫，"病得厉害了，你们谁把它带去医院看看吧。"

我们之前完全没有考虑到这件事，去医院这种公共场所需要特殊权限，没有老板的许可就去不成，而我们从未获得过这种许可，这事也就完全不在我们的经验范围内。

当下273抱起小猫就走了，我则留在店里继续接待客人。那个下午店里的客人特别多，我强压住关心小猫的线程，耐心地服务着所有的客人。点单、上菜、耐心地微笑，陪客人们谈心事，一直忙到生意清淡的傍晚，那条小猫线程才又浮了上来，悬而未决，无计可施。

闭店之后，我一遍一遍擦洗着店里的地板，终于等到了273。他独自回来了，没有带小猫。他说那不是简单的感冒，是长期肠胃问题影响了肝脏，小猫留在动物医院住院观察了。

很难形容这一晚是怎样度过的，老板因为担心我们烧坏羸弱的电路，亲手给我们关机，第二天再手动开启。重新开机以后我坚持让我去医院，毕竟昨天273已经去过了。

我倒了三趟子弹飞车，来到城市边缘的动物医院，登记后一位主治医生走了过来，这人是个年轻小伙，黝黑沉稳，脸上毫无表情。他领我穿过长长的走廊，走进一间雪白的病房。

这儿整面墙掏空，嵌着一只只不锈钢的保温箱，小猫就在其中

　　　　　　　　　　　　　　　分　泌

一个保温箱中趴着，脑袋搁在爪上，一只前爪绑着绷带，插着输液的导管。

那小小的身体随着呼吸一下一下地起伏着，丝毫没有注意我走到了它跟前。

我在那儿静静站着，看着小猫，和小猫身后镜子一般的不锈钢面映出的我呆板的脸。医生在旁边仔仔细细介绍着它的病情，从慢性肠胃炎到肝功能衰弱再到肝衰竭，如此短的时间，这听起来太不可思议了，但真正的生物就是这样脆弱吧。

"所以现在的情况就是重度肝炎转肝衰竭，这样拖着也没多少日子了，猫还痛苦，建议安乐死。你是个机器人，但服务年限也有一些了，仔细想一想，应该能理解吧。"医生拍拍我的肩膀。

我能理解，我当然可以理解，从病理层面，从经济层面，从小猫遭受的痛苦层面，这些都是可以理解的。

但我说不出话来。

"我得和我的朋友，我是说小猫的其他主人商量商量。"

"当然，但最好抓紧时间。"

我的主机早开始飞速运转，一些视频画面不受控制地在我的脑子里无序播放，一个画面压着一个画面，从小猫第一次顶开门出来，到我第一次帮它铲屎，到它趴在我的腿上睡觉，该死，我记得那触感，还有它一口咬断金鱼草，还有小遇、273、我，我们三个人趴在草地上，看小猫去扑一只蝴蝶，这些视频弹窗毫无逻辑，脱离控制，越弹越多，我怔怔待在原地动弹不得，图像和声音的冲击越发强烈，我的眼前忽然一黑，过了一会儿，又缓缓亮起，我重启了，刚才内存溢出了。

我睁开眼睛，看到医生在旁边皱着眉头看着我。

"你刚才内存溢出了。"他指出。

"可以给它做个躯体替换吗？"我马上问，那是我宕机前的最后一个想法。

"那是什么?"

"我们出故障的时候,不管哪儿出故障,替换掉那部分就好了。"

医生摇摇头:"不行,它是只真猫,不是机器。"

"我想那是一样的,我们并没有什么不同,而且据我搜索,在生物学范畴上我们的差别没有那么大,据说现在有生物湿件……"

"只是理论说法罢了,你清楚我们实际上并不一样。"医生打断了我,冷静地说。

我不想放弃,还想再争辩一番,但医生说:"赶快和你的朋友商量一下吧,抓紧时间。"

我掉头跑出了医院。

安乐死这事没有什么好说的,我把这段记忆删除了,这样就可以彻底不再去想它。现在"树"咖啡馆没有猫了,只有一只圆圆的红陶罐,存放着小猫的骨灰,立在花园柠檬树下。

我们给小遇发了邮件,他很快发来了回复。我想最伤心的应该是他,但他反而没多说什么,冷静地安慰了我们。

他说他已经升到高三了,住到了一个偏远的学校,他说现在学习非常紧张,同学们都很拼,他现在可以理解一些父母的忧虑了,他的成绩稳步爬升,上P大已经有了希望,他说很后悔之前浪费的那些时间。他说等到冬休假的时候他会回来,或许会有时间来看看小猫的骨灰吧。

没事的,这些都会过去的,要做一个成熟的人,继续往前走。他最后写道。

我们想,生命就是这样易逝吧,那些真实的动物是多么生气勃勃又是多么地脆弱呀,但每个养真动物的人都会面对这么令人心碎的一天吧。

"我永远都不想再养猫了。"273说。

我想我也是一样。

分　泌

但这个誓言被打破了，我也没有想到是那样快地就被打破了。

那时候，梅雨季已经结束很久了，6月的午后，烈日已经很盛了，在那样一个干燥的午后，燥热的空气被一声轻轻的如泣如诉的叫声轻易地撕碎了。

我扔下正在服务着的一个老太太，这个老太太好半天都因为口吃说不出要奶油还是海盐。我跑到咖啡馆的门口，找到了一个被特件快递员留在门口的塑料盒，那上面写着"送给树咖啡馆的代号273"。

273正站在花园里，望着那只小罐发呆，不知道脑子里在回放些什么，他最近总是这样，还动不动就卡死。

我把盒子塞到他手里，他呆呆地捧住盒子，拔下盒子上插着的卡片，念了出来："我的父母给我买了一只机器猫，想陪我度过学校的生活，但我现在已经没那么喜欢猫了，我想你们更需要它，就转赠给你们，它会一直陪着你们的。"

273举起盒子，在阳光下透过半透明膜，看清了盒子里的东西，那里面站着一只目光温柔的奶白色小猫。

这是一只堪称完美的小猫，它的眼睛清澈透亮，像两汪迷你的海水，完美无瑕，但也毫无个性。那眼睛毫不畏惧地望着6月的阳光，反射出一道刺目的光线，我被这光线所灼，别过了脑袋。

273很高兴，他一直在喃喃自语，我想至少他不用再一遍一遍回放那些毫无意义的录像了。

至少"树"咖啡馆，现在又有猫了。

树之心Ⅲ　影子分身术

进入7月以后，灵犀城的人们都在传言，这是近十年来最热的一个夏天。

依我的温度感应装置来看确实如此，但更直观的体察来自对咖啡馆顾客的人数统计。单日的顾客总数越来越少，店里的顾客人数和日渐攀升的温度大体成反比，不仅在整个入夏周期内符合这个规律，在一天中进入店里的顾客人数也符合这个规律。

　　清早的客人最多，随着时间越来越接近正午，烈日的威逼下顾客数逐渐减少，而下午温度下降后店里的顾客又多起来了。

　　店里光顾的人数日益稀少，我的计算资源空置也越来越多，闲着也是闲着，我便一直在计算这些东西。算得多了，我甚至开始尝试建立一个和顾客人数吻合的数据模型，这样，我就可以预估每段时间来的客人数。预判越准确，我就更精确地安排更长的时间段躲在店里某个角落里做一些需要持续沉浸的深度学习。这段时间我开始对人类的文学和电影感兴趣，我发现，这些东西里面有更多更复杂的人，和"树"咖啡馆以及灵犀城之外更大的世界。

　　一切都很顺利，高温打消了顾客们的消费欲，却让我愈发如鱼得水，全靠了我的数据模型。直到有一天我忽然发现，这其中出现了一个变量：店里来了一个漂亮女孩，她的出现与消失都和我的模型毫不匹配。

　　这让爱好解决问题的我非常难受，我尝试了很久，试图将她这个变量囊括进我的温度模型，却总是失败。几次尝试均告失败之后我放弃了这件事，试图分析她的出现规律，给她单独建模，但还是失败。

　　是这个样子的，她有时候周一来，有时候周二来，有时候周三来，有时候又忽然一整个星期都不来。她到店的时间也非常随机，有时候晨暮刚启我们一开张就来，有时候暮色降临我们快闭店了又来，有时候又顶着正午炎炎烈日赶来。

　　唯一确定的是她百分百会穿着一件红色的衣服过来，除此以外，她就是神秘的随机变量本身。

　　这个神秘的顾客搅得我头昏脑涨，我大可以将她排除在我的模

　　　　　　　　　　　　　　　　　　　　　分　泌

型之外，但这个测不准的顾客擒住了我。我和273商量，虽然这女孩老是坐在窗边，现在属于273的服务范畴，还是由我去服务，我想搞搞清楚这个顾客的情况。

"你又要出故障了？"273马上接受了这个小小的点单系统处理请求，但还是打趣了一句。

我摇头，我知道这一次不是那么回事，我只是好奇。

终于，当天下午2点，正是烈日当空店里空无一人的时候，这位姑娘戴着草帽穿着白底小红花裙，一扭一扭走进了咖啡馆，还是坐在靠窗位置。金鱼草已经开过季了，老板给收了起来，窗台上现在都是黄黄红红的凤仙花。

"您想要喝点儿什么？"我待她把帽子、墨镜、小洋伞一件件归置好了，适时问她。

"摩卡。"她眼睛都不抬，还在抻着裙子，"单品摩卡。"

"好的，请稍等。"我发送了点单信息，稍微观察了一下她的神色，发现了一种并不陌生的表情，简直就差把"生人勿近"四个字写在上面了。我只好离开了。

我溜达到了咖啡台前，咖啡师275已经在那儿忙活开了。

"这个客人够奇怪啊，人家喝摩卡她喝单品摩卡。"我跟275搭话。

"说明她懂行。普通人们喝的摩卡就是一杯糖和奶油的大杂烩，咖啡的味道几近于无。单品摩卡就完全不是一回事了，咱们这摩卡是前天新到的豆子，刚添到菜单上，她前天来没点，还是点了以前常喝的黄金曼特宁，今天点了，说明她看到了也知道这是新到的好货。这姑娘从来不喝奶咖，只喝单品，单品咖啡的酸甜苦涩可不是每个顾客都能接受的，她是个识货的。"

我抬眼看了275，他这次没有在那台镜光锃亮的高级咖啡机前忙活，而是摆弄着一堆玻璃瓶瓶罐罐。

"老板也给你升级了Deep Felling X？"我问。

"没有。"275目不转睛地摆弄着一个倒锥形的玻璃罐儿，"他倒是给我升级了 Coffee Master X，最先进的咖啡师插件，术业有专攻嘛。"

我在旁边等了比平常冲一杯咖啡长得多的时间，终于拿到了这杯 275 精心调配的单品摩卡。当然这些时候我也没闲着，我调出了这位顾客之前的消费记录，发现果然全都是各种名字奇怪的单品咖啡，而不是通常客人们要的焦糖玛奇朵、拿铁、卡布奇诺之类的各式奶咖。这就是 275 说的懂行吗？

我微笑着给她呈上这杯摩卡，小心翼翼观察她的表情。

她闻了闻小杯里的香气，眉毛一挑，蹦出两个字："还行。"

我趁机说："你是喝咖啡的行家呀？"

"行家有什么用？陆辉又不出来见我。"

"陆辉是谁？"

"不就是你们老板。"

我奉上一个微笑，但这个微笑只是因为这信息完全超出了我的认知范畴，我在原地犹豫了很久，从好几条回复中选择了一条。

"你是老板的朋友？需要我叫他试试吗？"

女孩又是一个挑眉："你叫得动他吗？"

我继续奉上一个微笑，退了下去。

但我仍没有弄清楚，她这究竟是鼓励我去叫老板，还是不希望我叫老板呢？

我跑去找 273，把这事跟他一说。

"你不用犹豫，我早就帮她问过老板了，说了两次都是找些莫名其妙的理由，总也不肯来。"

"所以她这就一直在等老板过来？"

"可不。"

"她不知道老板每周五关店前会来店里给花草浇水？她好像试过各种随机的时间过来，但就是没有这个时间来过。"

"我告诉她这个干吗？"

"你啊，这显然是咱们老板辜负了人家姑娘。"我说。

"辜负，是什么意思？"273愣了愣，"你是不是又升级了情感插件了？"

"你多跟那几个下午叽叽喳喳凑一块来聊天的姑娘们凑凑就多懂几个新词了。这事就交给我吧。"

"从人类情侣的外貌匹配度上来看，这个推论就不太靠谱。"273摇摇头，推翻了我的推论。

我却不以为意，他太小看我们老板了，咱们老板可是个不错的人。

"本店赠送给您的焦糖布丁。"我走到那姑娘旁边。

她正拿手托着腮看着窗外，只是转过头来看了我一眼。

"以及，"我弯下腰轻轻地说，"敝店老板每周五7点半会来店里浇花，不要说是我告诉你的。"

她的眼睛一下子睁大了，瞪住了我。

"顺便我想问你一个问题，"我终于提出了那个问题，"你到店里来为什么全无规律？"

"我想他了就来。"她还是瞪着眼睛。

我离开了那张桌子，273正在店头等我，他抱着双臂对我说："我觉得你的情感模块运转得有些过头了。"

我摇摇头："我觉得没有，我喜欢在人们的情感互动中去学习。何况你对周五的事情没有点儿好奇吗？"

"我可没有你那么强的好奇心，我要去……"他左右张望了一下，"打扫桌椅板凳去了。"

话虽如此说了，到了周五，273却第一个站在店门口，不时向外张望。我就比他好很多，只是假装和也并不多的客人们打着招呼，不时把头抬起来观察门口有没有老板的身影。姑娘已经坐下了，按照我的建议坐在店里最角落的位置，店外的视线死角，以免老板还没进门就给她吓走了。

万事俱备，只差老板过来。

7点半早已过了，老板却还没有来，姑娘已经喝完了第二杯单品咖啡，却仍然一动不动地坐在那儿，恢复了单手托腮的姿势。

在这个漫长的节拍里酷暑笼罩整个咖啡馆，我虽然感觉不到炎热，却能监测到室温刚刚降到30度以下，老板坚持不在店内安装非自然的空调系统，造成了这个惨剧。天花板上的吊扇闲闲转着，想要掀起一丝事实上并不存在的凉风。

"十一腊月没有花采，唯有这松柏实可摘……"

这可不就是老板，哼着小曲儿就从正门进来了，一抬头在275、273和我脸上巡视一圈打完招呼，就直奔他的小花园去了。

那姑娘显然瞅着他了，在那儿坐也不是站也不是忸怩了一会儿，腾地站起来，奔着小花园就走。

我和273溜溜达达走到了窗边，还啥都没看清呢，就被身后的275撞了个正着，连他都扔下他的宝贝咖啡机，来看这个会喝咖啡的姑娘到底和老板是什么情况。

老板刚拎上他那个宝贝水壶，忽然看到了那个姑娘。

"小艾，你、你、你怎么来了？"水壶的壶嘴耷拉到地上，水流了一地，我们从来没见过老板这么惊慌失措，他的两条眉毛都快拧到一块儿了，整个人好像小了十岁。

"我想你了，想来看看你。"盛气凌人的姑娘一下子变得温柔无比。

老板嗫嗫嚅嚅了半天，嘴里终于蹦出来了完整的句子。

"你，你先坐会儿，我浇完花过来。"

他们两个说话的声音都极轻极小，但我相信273和275都和我一样，把收音的功率调到了最大。

老板指了指草地上的桌子，蓝白条纹的阳伞，然后费劲地把水壶拎了起来。

姑娘很顺从地坐了上去，老板倒像我们机器人一样，精确而平稳地把整条窗台下的花丛都浇完了，只是最后把水壶放到地下的时候，手腕微微有些颤抖。

然后他也坐到了那把阳伞下面，从口袋里摸出一只烟盒，打开，是空的，就把空的烟盒放到了旁边，拿两只手撑着大腿，不说话。

"你这儿咖啡做得不错。"

"我已经不做了，是我这儿的服务生做的，机器人，做得比真人还好。"老板说着抬起头，朝室内张望，正对上趴在窗口的我们。

老板愁容满面的脸上瞬间添了一种表情，他对我们怒目而视，而我们还没等他张口就一哄而散。

我们回到了店里，我心不在焉地转悠到角落看孤独的老奶奶要说些什么，273则回到了窗口迎着客人，275站回了柜台后咖啡机前，我们的眼光不时朝窗外望着，却已经什么都看不到了。

"对了！接监控。"273说。

我立马明白了他的意思，整座树咖啡馆都设有影音监控，包括那片小小的室外花园，也在院中那棵柠檬树枝头的摄像头的笼罩下接入了这套监控系统。我马上接入了那里的影音讯号。

一阵细微的沙沙声之后，有声音响了起来。

"……我总是在想你。"女孩子的声音。

"别说这些了……"

"你还记得绿箩路上的那些咖啡树吗？我一个人又去了一次，花刚开过了，马上就要挂果。"

"咱们这儿海拔气候都不对，那些果子也不能用。"

"什么时候咱们再去一次吧，就只看看它们也好。"

"我只想在这儿好好开着店，放过我吧，你知道我们不合适的。"

"我不懂，如果是真心喜欢，为什么一直纠结于这个不合适。"女孩带了点脾气。

"我不喜欢你。"老板的声音，这语调和他平时说话的比较像嘛。

"你撒谎，你还在一直卖水洗耶加雪啡，我每次来都看到你卖这个品种，你这个小店里消费得完吗？这是我们上咖啡师培训班时候一块喝了一个月的咖啡。"

这一次，老板那儿毫无回应。

我看看275，他那一贯没什么表情的扑克脸也带上了一点古怪，他说："怪不得老板一直让我把耶加雪啡补齐，过了赏味期的就拿去做奶咖，也照样还是补足。"

"那又怎样呢？没有结果的事情就让它结束吧。"过了一会儿，老板的声音还是响起了。

"你还记得你说想去那个海边的图书馆吗？咱们一起去看看吧。"

"够了……够了……年底你男朋友就要从新加坡回来了，你们就要结婚，不是吗？"

这句话音刚落，我就接收到了273发过来的强烈谴责信号，我无辜地看了看他，看来，我的情感化之路还有很长的道路要走。

"我从来没有说过……别担心这些事情……"女孩的声音，仍然努力强硬着。

"你也从来没有说过要和他分开。我就是这样的，秃顶，年纪大，没什么钱，只有这个小小的咖啡馆，我知道你不会为了我放弃那个大好青年，我知道人都是贪心的，你什么都想要，但我没有办法接受只做你的那一半。所以，算了吧，你不愿意选择，那我就来做这个选择，要么全要，要么全不。"老板的声音平静了下来。

有一会儿都没有声音，我们以为老板要走出来了，赶快装作埋头干活。

但过了一会儿，老板的声音又响了起来："别来找我了，放我一条生路，我求求你了。"

这句话说完，老板跑出来。

我们仍是假装敬业地忙着手上的事情，只是在老板跑出咖啡馆大门的一刻，同时说了一句话："老板再见，欢迎下次莅临指导！"

然而老板很久很久也没有来店里莅临指导，连每周五的浇花都取消了。我们看着店里的凤仙花一点点枯萎下去，这一次275挺身而出承担了浇花的任务，他好像自己去装载了个园艺模块，这东西

分泌

开发者社区里的免费版本倒是多的是。

"这玩意儿和做咖啡很像，调配好阳光、水和泥土的比例。"

我在听到他这句浇花时的感慨时正摘下围裙，款款走出。此时店里客人不多，我趁275埋头为角落里那位红裙小姐——在老板不来之后她倒成了这里每天按时按点的常客——服务时从店后门溜了出去。

我拐过三条小巷，找到了那家"正新鸡排"炸鸡店，见到了正坐在座位上啃鸡排的老板。

"怎么样?"他抬起头，一脸关切。

"还是老样子，照常来。"

"唉。"老板叹气。

"你放心，275把你的花花草草都照顾好了，我也保证没让第三个人，此处'人'的称谓包括自然人和机器人，知道你现在的行踪。感谢老板对我上次泄露行踪的事情既往不咎，还能继续信任我，我以我的生产厂家'贴心卫士'之名起誓，往后绝对不会再泄露您的行踪。只是您老躲着，长此以往不是个办法……"

"没关系，我已经想出了一个办法，快结束了。"老板低着头，继续啃着鸡排。

"什么办法?"

我正想开口，这句话就冒了出来。而我对面的老板又呆住了，我一回头，身后站着那个红裙女孩。

老板脸上又出现了那种古怪的表情，半天说不出话来。

"我问你什么办法啊。"

"就是，小艾，我想送你一个礼物。"

"什么礼物?"姑娘好奇地望着老板。

老板从位子上站起来，在裤子口袋里掏了半天，掏出来一个小小的像车钥匙一样的东西，上面有一上一下两个小小的按钮。

"喏。"老板把小方块递了过去。

姑娘接过了小方块，按了一下上面那个按钮。

老板忽然在姑娘身边出现了，还换了一身衣服，黑裤白衣，那永远锃亮的头上多了一层两寸长的茂盛头发。

一个大好青年版的老板，周身泛着微微荧光，这是一个全息投影的模拟真人。

这个虚拟的老板对着姑娘笑了："我们去看咖啡树，我们去图书馆，我们去听音乐会，你想去哪儿我都陪你去，好吗？"

"你不是希望我陪着你吗？这就是我的完美分身，让他陪着你吧。我特意为你定做的。"真实的老板说。

姑娘望了望身边的虚拟人，又望了望站在小桌前的老板，一时也没有说话。

老板在她犹豫之间，拿纸包上桌上吃剩下那半块鸡排，转身出店了。我赶紧跟在他后面也出去了，出店的时候我回头看了一眼，那个红裙姑娘仍站在那儿，手上握着那只小小的开关，似乎在和那假人说些什么，又似乎什么也没有说。

每周五老时间老板又回到"树"来照看他的宝贝花草了，只是现在花草都由275来照顾了，老板只在旁边指点一二，他学得很快，很快就把花草养得和做咖啡一样好。我的温度人数预测模型精确如初，但这个夏天的热劲儿在几场瓢泼大雨的冲击下渐渐过去了。菜单上的水洗耶加雪啡不知道什么时候被删去了，换上了一味更加养生的金银花茶。

"降降火，挺好的。"老板坐在草地上的阳伞下，一边挥舞着蒲扇，一边说。

跋：致过去

写作一本书最幸福的时候，应该就是现在，写后记的时候。毕竟，那些不眠的孤独的夜我已经挨过了，而我的那些故事你们也读过了，也就是说，我们的灵魂相见过了。真是害羞啊，这比实体的赤身相见还让人害羞，似乎现在说什么都是不合时宜的。

但沉默同样不合时宜，那就努力说些什么吧。作为我的第一本书，在憧憬着盼望着它的时候应该是想过无数句想要说的话，但最终在拉得过长的等待中差不多全部忘记了……而我已经从一个青涩的毛头创作者变得有那么一点斗争经验了，虽然这确实还是我的第一本书。但要说的话，真是百感交集，难以言表。

这本书中收录的大多是我在2016—2019集中创作的中短篇小说，除去《去记住他们》一篇例外，此篇是我2011年就已写下，之后多年都未再动笔。但对比近作我感到疑惑，在虚长的这些岁数，多走了这些路、经了这些事、见了这些人之后，现今的创作就一定好过那时候的吗？我感到疑惑，穿过时间的回旋我发现时间并不等同成熟，也不意味着优越。

我怀念写下这些故事时的气味、温度、触觉，那一时一地永不复返，那时身边的人很多此生不会再见，这些故事是我在特定场合下的分泌—— 一个生命个体的结晶。

《去记住他们》写于我的大学，上海海洋大学芦潮港校区，应该是在寝室和自习教室间来回写下，时间大概在春季。那时似乎还被一种后青春期的忧郁裹挟着，总觉得人们的欢笑有所保留，世界背后掩藏着什么秘密。这篇小说写出来就发表在果壳网上，收进当年中国科幻小说年选，但那时似乎我也没有觉得写作是我必须要做的事。

　　《情书》写于第一次辞职时，同时还有爱情上的失意。2013年，从上海黯然回乡，回想起曾看过一位网友的大航海游戏的同人小说，情真意切，深为触动，便也用那种书信体写下一些片段。到了2017年，有了发表机会的时候，把它再找了出来，勾连情节，使之成为一篇完整的小说。这篇小说后来翻译成英文和意大利文，是我第一篇被翻译到国外的小说。

　　写《野兽拳击》的时候，已是2016年了。我在互联网行业腾挪两次，在腾讯有了一份产品经理的稳定工作。但内心渐渐积聚起说不清缘由的厌倦和痛苦，便开始用周末的时间写这个较成规模的小说，参加豆瓣阅读的征文比赛。初写作时是在秋天，我在打车前往平时多去的那种小清新咖啡馆的路上情绪崩溃，半途而逃，在路上一阵乱走来到了巨鹿路上的玛赫咖啡。这是一家深具人文气质的咖啡馆，也就是说，比当时的我有文化得多。虽然饮品和饭食都一言难尽，但让我静下心来没日没夜地泡在那儿完成了这场历时三个月的写作。当我终于在国庆节前完成初稿，外出游玩一场再回来时却发现咖啡馆的大门上张贴了关张告示。我只好回到甚至没有一张书桌的出租屋中完成了最后的修改。之后这篇小说拿了奖，而在此之前，因为网上的读者给我热情反馈的信心（我因为害怕是熟人虚高热情的鼓励还做了excel表筛去了所有熟人的评分，以得到一个现实的分数），我已经辞了职，相信自己能吃这碗饭，决定孤注一掷，认真地对待写作。再之后我无意中在网上看到玛赫咖啡的消息，说是因老板娘罹患乳腺癌，她关店后周游世界去了。我恍然想起店中确

　　　　　　　　　　　　　　　　　　　　分　泌

乎有一位老板娘，因我只顾埋头写作，三个月中我们大概也就说过两句话，这段缘分似乎只为在关店前最后度我走这一程。

然后是《沉舟记》。写它已在北京，我住在北师大附近的小西天，日夜读书，每周蹭课，往返于出租屋和北师大附近的雕刻时光咖啡馆。当时有一位朋友说，他感觉在一个地方固定能写的字数是有限的，住处的稿子写完了便去咖啡馆写，咖啡馆的写完了又回住处写。两端奔波中，完成了这个小说，但并不顺利。刚到北京，不适应，感情上又受挫，耳边杂音太多，心不静，当时也深知小说有修改的余地，却没了修改的心力。但我记得雕刻时光的阳光很棒，室内空气湿润，绿植生长旺盛，好像一座北方的南方温室。

之后写了《灰海》《我的完美外公》《树之心》系列和《缓缓失色》，都发在《科幻世界》上。读者最喜欢的是《树之心》，我自己最喜欢的却是《我的完美外公》。那个故事是我去纽约看了音乐剧 Cat 回来以后写的，整个小说弥漫着主题曲 Memory 凄婉哀思的调子。

《分泌》倒是最后写的，它是不一样的。2018年初，我的抑郁已有些严重，几乎被北京这座城市和我曾误以为自己想要的东西摧毁了，但还在坚持。当我既搞不懂自己更无法在言辞上表达的时候，仍然去了"雕光"，外面很冷，而咖啡馆里，闷热，我天启一样流利地写出了初稿。但那之后仍然块垒未消，我从未估计到修改和理解自己的作品是一件如此艰难而漫长的工程。之后我逃离北京在大理漂泊半年，仍在修改它，考入北师大文学创作专业返京，仍在修改它，上了一学期课寒假返家，仍在修改它，已严重厌学准备退学了，仍在修改它……期间我还经历大半年的心理咨询，久病成医几乎读完了心理学范畴所有感兴趣的著述，这篇小说仍像黑洞一样吸引着我，越改越摸不到边界。借由关怀自己，我开始关怀我们这一代人，借由直面我自己的问题，我开始处理我的祖国甚至人类的共同命题。说处理还不够，我还固执地想要一个答案。答案当然仍在探寻，但救赎确实在此间发生了。

人生不过百年，不论怎么折腾蹦跶，实有的存在依然会被抹去。那么灵魂呢？书籍、文学、创作、艺术渐渐把我引向了一条充满疑问的，危险而神秘的道路。写，继续写。外部世界流光般变幻，我和创作的关系却渐渐明了了，我们立下的契约是，我永不背叛自己，面向内心最深处，写自己想写的，为自己，也为无数共命运的生灵。而我现实中的命运上天自有安排。当我诚恳地面对写作，也即平静地领受了自己的命运，当我真正严肃认真地面对写作时，我确实感到我的命运正在其中诞生。这样的信念让我从一个聪明能干的职业经理人沦为了一个日常生活上的低能儿，莫名听任驱使在诸多城市乡村甚至国家间奔波，在不同的时段直面精神上抑郁和疯狂地侵蚀，并准备着进入创作的下一个阶段。这些我都承受了下来。只因这份信任依然存在。

毫无疑问，这本书中每一个故事的命运都是和另一些人的命运勾连在一起的。回想起之前读过一些作家处女作的后记，他们致谢的对象无一例外很快离开了他们。所以在此我想不具名地感谢我的师长，对一个成长中的、异常叛逆的青年的包容和关怀，并以不同的方式在不同的时间将更远处的风景昭示于我。感谢我同生共长的朋友们的信任，写作三年，山穷水尽又柳暗花明，不远不近，却未曾离去。你们让我知道吾道不孤，世界最终属于理想主义者，但我们得找到一个属于我们的方式往前走。唯一可以大胆指名感谢的是我的猫"小老虎"，它给了我写作中最多的陪伴。

前路迢迢，唯愿还能继续写下去，希望我们很快就在他处相见。

2020年1月10日于江南岸

分 泌

图书在版编目（CIP）数据

分泌 / 彭思萌著. -- 北京：作家出版社，2019.9
（青·科幻丛书）
ISBN 978-7-5212-0704-0

Ⅰ. ①分… Ⅱ. ①彭… Ⅲ. ①科学幻想小说 - 小说
集 - 中国 -当代 Ⅳ. ①I247.7

中国版本图书馆CIP数据核字（2019）第192045号

分　泌

作　　　者：彭思萌
主　　　编：杨庆祥
责任编辑：李宏伟　　秦　悦
封面绘图：BUTU
装帧设计：刘十佳
出版发行：作家出版社有限公司
社　　　址：北京农展馆南里10号　　　邮　　编：100125
电话传真：86-10-65067186（发行中心及邮购部）
　　　　　　86-10-65004079（总编室）
E-mail:zuojia@zuojia.net.cn
http://www.zuojiachubanshe.com
印　　　刷：玉田县嘉德印刷有限公司
成品尺寸：145×210
字　　　数：235千
印　　　张：8.875
版　　　次：2020年4月第1版
印　　　次：2020年4月第1次印刷
ISBN 978-7-5212-0704-0
定　　　价：45.00元